Sunil Mann

Der Kalmar

Kriminalroman

grafit

Sunil Mann wurde als Sohn indischer Einwanderer im Berner Oberland geboren und gilt als einer der renommiertesten und vielfältigsten Autoren der Schweiz. Zwanzig Jahre lang hat er als Flugbegleiter gearbeitet, seit einigen Jahren ist er freischaffender Autor. Er schreibt Kriminalromane, Hörspiele, Kinder- und Jugendbücher. Sein Werk wurde mehrfach ausgezeichnet.
www.sunilmann.ch

Für Nadine

Freitag, 17:36 Uhr
Langstrasse

»*Vaffanculo!*« Wütend stiert er dem Mann hinterher, der vor wenigen Sekunden noch neben ihm gesessen hat. Ein dunkler Umriss im Türrahmen, der sich mit dem nächsten Schritt im flirrenden Nachmittagslicht auflöst.

Und mit ihm die einzig saubere Lösung für sein Problem. Unter keinen Umständen hatte er den Auftrag am Telefon besprechen wollen, da er sich nicht sicher ist, ob er abgehört wird. Deshalb die überstürzte Verabredung in dieser Bar. Der Kerl harrte nicht einmal aus, bis er sein Anliegen zur Gänze vorgebracht hat, sondern lehnte umgehend ab und gab sich weder von seinem Flehen noch von der Aussicht auf Verdoppelung des ohnehin mehr als großzügigen Honorars beeindruckt. Mit einem Schnalzen glitt er vom Barhocker und ließ ihn einfach sitzen.

Albanischer Türsteher mit erstaunlich wenig Dreck am Stecken, dafür permanent klamm. Einer, der für Geld alles tut. Er hat sich im Milieu umgehört und dann telefonisch einen Kontaktmann beauftragt, das kurzfristige Treffen zu arrangieren. Aus irgendwelchen Gründen ist das gehörig in die Hose gegangen und um andere Auswege aufzutun, fehlt ihm die Zeit. Bleibt also doch alles an ihm hängen.

»*Porca miseria!*« Ächzend pult er ein zerknülltes Stofftaschentuch aus der Hosentasche und deponiert es auf dem Tresen, den Autoschlüssel legt er daneben. Hebt den Zeigefinger, um einen weiteren *Chivas* zu ordern.

Zwischen den Flaschen hinter der Bar verschwimmt sein Spiegelbild auf schlierigem Glas. Ein Mann im mittleren Alter. Weiche Konturen, die Haut teigig. Der Schweißfilm lässt sein Gesicht speckig glänzen, durch das lichte Haar leuchtet helle Kopfhaut. Er ist untersetzt, isst gern, treibt kaum Sport. Das Familienleben hat ihn lasch werden lassen.

Die Kellnerin wirft ihm einen scharfen Blick zu, dem er ungerührt standhält. Schließlich schnappt sie sich die Whiskyflasche und füllt das Glas zwei Fingerbreit. Ehe er sich bedanken kann, steuert sie auf die beiden jungen Frauen am anderen Ende des Tresens zu.

Zwei Gören, kaum achtzehn, in knappen und teuer aussehenden Kleidern. Sie sind eben erst hereingerauscht, die eine blond, die andere rothaarig. Eiskalte Visagen und diese genervte Was-willst-du-Attitüde, wiegender Hüftschwung und hart auf den Boden knallende Absätze. Jeder Schritt ein Pistolenschuss. Und jetzt sitzen sie aufgedreht kichernd nebeneinander und bestellen Drinks mit bunten Schirmchen. In einem Moment tough bitches, im nächsten feiern sie Kindergeburtstag. Wie Mädchen sind in dem Alter. Vorglühen für eine lange Nacht auf der Zürcher Sündenmeile, nimmt er an, bevor sich seine Gedanken wieder verdüstern.

Acht Jahre, führt er sich vor Augen. Acht friedvolle Jahre. Er hat darauf spekuliert, dass sie ihn vergessen haben, dass sie keine Verwendung mehr für ihn gehabt, ihn womöglich sogar absichtlich übersehen hatten. Wieso auch nicht? Hat es alles schon gegeben. Glück hat viele Gesichter. Dass sie ihn für einen Schwächling halten, stört ihn nicht. Im Gegenteil, in seiner Familie ist das ein Vorteil. Deshalb haben sie ihn bislang nie behelligt. Keine Aufträge, keine Befehle, die als fadenscheinige Bitten daherkommen. Keine ominösen Treffen mit zwielichtigen Gestalten, keine schmutzigen Deals, keine Waffen, Drogen, Leichen im Kofferraum. Acht Jahre lang haben sie ihn in Ruhe gelassen. An guten Tagen hat er geglaubt, es wäre für immer.

Wie sehr er sich geirrt hat, ist ihm am Vormittag klar geworden, als sein Handy die unbekannte Nummer angezeigt hat. Er ist drangegangen, natürlich. Das wird erwartet, solche Anrufe drückt man nicht weg. Gleichzeitig hat er sich verflucht dafür. Noch während er das Telefon an sein Ohr führte, hat er inständig auf eine weibliche Stimme mit Ostblockakzent gehofft, die ihm irgendeine unnötige Versicherungsleistung aufschwatzen wollte. Eine Hoffnung, die sich nicht erfüllen sollte.

Loyalität. Vertrauen. Gehorsam. Alles großgeschrieben, in Leuchtbuchstaben, damit sie von der südlichsten Stiefelspitze Italiens bis ins Schweizer Mittelland zu lesen sind.

Er starrt auf sein Glas, den bernsteinfarbenen Whisky. Drei rasch schmelzende Eiswürfel treiben darin, anders bringt er den Dreck, den sie hier anbieten, nicht herunter. Später am Abend werden sie das Zeug flaschenweise verkaufen. Dann werden sie hier tanzen, schwitzende Körper dicht an dicht, flirten und küssen, in ausgelassener Stimmung feiern, als gäbe es kein Morgen. Um diese Zeit ist die *Lambada* Bar bis auf die drei Frauen und ihn leer.

Vor der Tür hängen wie immer die Zuhälter und Dealer ab, in Stühlen, die an Strandliegen erinnern. Die Jury einer abgehalfterten Castingshow. Überquellende Aschenbecher und halb leere Bierflaschen auf den Tischen, Tattoos auf muskulösen Oberarmen, Zigaretten in Mundwinkeln und träge Blicke, denen nichts entgeht. Er hat ihnen beim Betreten des Lokals zugenickt und sich ihnen abstruserweise für Sekundenbruchteile verbunden gefühlt. Stoische Mienen waren die Antwort, für sie war er nicht von Interesse, in keiner Hinsicht. Einzig ein Latino mit Strohhut senkte zum Gruß das Kinn. Immerhin, ist ihm durch den Kopf geschossen, nachdem er ganz kurz beleidigt gewesen war. Man sieht mir nichts an.

Ein Schluck Whisky, der torfige Geschmack lässt ihn das Gesicht verziehen. Mut antrinken, nüchtern kann er da unmöglich hin. Viel Zeit bleibt ihm nicht.

Er hatte so gehofft, den Auftrag delegieren zu können. Wenn dieser dämliche Stronzo von Türsteher bloß mitgespielt hätte. Barami oder Burani hat der geheißen. Jugo, eindeutig.

Der perfekte Typ für seinen Auftrag. Zwischen ihnen hätte keiner eine Verbindung hergestellt.

Bajrami!, fällt ihm plötzlich ein, Bajram Bajrami. Triumphierend schnippt er mit den Fingern, die Kellnerin fährt herum und funkelt ihn an. Sie will keinen Ärger, verständlich, nicht jetzt schon.

Er lässt die Hand sinken und greift zum Tumbler. Leise knackt das Eis, ein beruhigendes Geräusch. Bajram Bajrami. Was für ein bescheuerter Name. Klingt nach Varietékünstler.

Abfällig stößt er die Luft aus und rückt den Barhocker unter seinem Hintern zurecht. Lilafarbenes Licht ergießt sich über den Tresen, die Wände sind mit goldfarbenen Pailletten übersät. Verzweifelt rotiert die Klimaanlage gegen die pampige Hitze an, die durch die offenen Fenster hereindrückt. Das weiße Leinenhemd klebt ihm längst am Rücken, die Flecke in der Achselgegend und unter seiner Brust vergrößern sich zusehends. Als er sich durchs Haar fährt, hinterlassen Pomade und Schweiß einen öligen Film an seinen Fingern.

Acht verdammte Jahre. Er hat wirklich geglaubt, er wäre davongekommen. Hat den Ball flach gehalten, wie sie ihm geraten haben, hat sich bemüht, nicht aufzufallen. Il Calamaro nennen sie ihn, den Kalmar. Ein zehnarmiger Tintenfisch, hochintelligent, der seine Farbe blitzschnell der Umgebung anpassen kann. Auch er hat sich angepasst. Hat die Farblosigkeit der Wohnsiedlung im Niemandsland zwischen Zürich und Bern angenommen, des gutbürgerlichen Lebens, ist unsichtbar geworden, so wie die Familie es verlangt hat. Eine Schweizer Ehefrau, zwei Töchter, Doppelhaushälfte mit Garten, mit den Nachbarn ist man locker befreundet. Gemeinsame Grillabende, Geburtstagspartys, weihnachtlich dekorierte Fenster in der Adventszeit. Für die Gemeindeversammlungen liefert er Häppchen und den *Pinot Grigio* aus dem Friaul, für die Kundschaft seines Lebensmittelgeschäfts gibt er den italienischen Spaßvogel. Redselig und stets zu

Scherzen aufgelegt. Sein gebrochenes Deutsch unterstreicht den südländischen Charme, macht ihn beliebt, macht ihn harmlos. Man kauft gern bei ihm ein, nicht nur wegen der Tomaten, der Pancetta und des aromatischsten Büffelmozzarellas nördlich des Gotthards. Nein, er ist ein Ausländer, wie man sie in der Schweiz mag. Bescheiden, freundlich, angepasst. Arbeitsam. Bieder auch und ein klein wenig unterwürfig. Das gilt hierzulande als Kompliment.

Niemand weiß von den beiden Restaurantbetreibern, von den amerikanischen Touristinnen. Den Schweizer Zeitungen waren sie damals einzig eine Randnotiz wert gewesen. Auf den Zusammenhang wäre eh keiner gekommen.

Er nippt an seinem Glas. Der Geschmack wird nicht besser, der Drink wässriger.

Die Nerven hatten blank gelegen an jenem Nachmittag. Achtunddreißig Grad im Schatten, Sergio und er waren in Sachen Schutzgeld unterwegs, monatliche Routine, das lief normalerweise wie geschmiert. Rein, Umschlag einstecken, raus. Manchmal wurde eisgekühlter Limoncello serviert.

Die Umstände haben sich verändert. Neuerdings geben sich gerade jüngere Polizisten unbeeindruckt von der Macht der Familie, immer häufiger unbeeindruckt von den mit Banknoten vollgestopften Taschen, die irgendwann in den Kofferräumen der schwarzen Alfa Romeos mit dem weißen *Carabinieri*-Schriftzug liegen und in der Vergangenheit so manche Ermittlung verblüffend schnell ins Leere haben laufen lassen. Man geht investigativ vor, sucht Zeugen, Beweise, Spuren.

»Zu viele amerikanische Filme«, sagt sein Vater bisweilen und wiegt dazu sorgenvoll den Kopf. »Heutzutage will jeder ein Held sein.«

In Ravagnese haben sie einen ganzen Clan festgenommen, ein großzügig bestücktes Waffenlager und ein paar Hundert Kilo Koks ergaben siebzehn empfindlich lange Haftstrafen.

Nicht so bei ihnen, da hält sich die ganze Familie an die Omertà, Schweigen ist gleichzusetzen mit Ehre. Ein unerschütterlicher Grundsatz.

Obschon die Bullen im Trüben fischten – die unbeschwerte Stimmung war im Arsch. Die Anspannung stieg.

Und ausgerechnet in dieser Situation stellten sich zwei Restaurantbetreiber quer, Guido und Maurizio Romano, ein Brüderpaar. Fanden die Schutzgeldabgaben überhöht, wollten die Bedingungen neu verhandeln, drohten tatsächlich mit der Polizei. Um unnötige Aufmerksamkeit zu vermeiden, setzte man anfänglich auf Einschüchterung. Die Brüder gaben sich uneinsichtig und beharrten auf ihren Forderungen. Worauf Onkel Elia, der als Capo Crimine für die Planung in der Familie zuständig ist, weniger subtile Maßnahmen anordnete.

Er ging allein mit seinem Cousin Sergio hin, unwillig und nervös. Obwohl es ein simpler Auftrag war und man ihn exakt aus diesem Grund ausgewählt hatte, war er noch nie der Mann fürs Grobe gewesen. Die Faust in der Jackentasche klammerte sich um den Griff einer halbautomatischen Beretta M1935 aus dem familiären Waffenbestand. Seine Handflächen waren bereits verschwitzt, als er die Pizzeria betrat. Ein bei den Touristen beliebtes Lokal am Meer, das zu einem schmucken Hotel gehörte. Der Deckenventilator schleuderte ihnen salzige Luft entgegen, innerhalb von Sekunden klebte seine Haut. Durch die offenen Terrassentüren war das Rauschen der Wellen zu hören, blassblaue Aquarelle an den Wänden, über den körnigen Verputz tanzten Lichtreflexe.

Die Atmosphäre war gereizt. Mit verschränkten Armen und trotzigen Mienen standen die Romanos zwischen ihren weiß gedeckten Tischen und verweigerten erneut jedes Zugeständnis. Machten auf dicke Hose, während sie sich vermutlich gerade zünftig in dieselben machten. Seine Finger zuckten vor Anspannung, der Puls pochte hart in seinen Schläfen, kitzelnd lief ihm der Schweiß zwischen den Schulterblättern hinab und sammelte sich im Kreuz.

Plötzlich fuhr Maurizio zusammen, eine unerwartet hastige Handbewegung. Reflexartig zog Russo und drückte ab. Drei Schüsse, zwei Treffer. Er war ein mittelmäßiger Schütze. Die Wespe bemerkte er erst hinterher. Die beiden amerikanischen Touristinnen auf der Terrasse ebenfalls.

Vier Leichen an einem sonnigen Nachmittag, von denen zwei unweigerlich das Interesse von Interpol auf sich zogen – das war selbst der Familie zu viel. Er musste auf der Stelle verschwinden. In seinem Fall in ein winziges Nest im Aargau, wo ihn keiner vermutete. Acht Jahre Lebensmittelgeschäft und Gemeindeversammlung und Häppchen und Possen reißen. Aus den Lautsprechern im Laden Eros, Toto Cutugno und Laura Pausini. Und wenn ihn das Heimweh plagt, sogar Pavarotti. Pizza, Pasta, Parmigiano. Er hat sich damit abgefunden. Ab und zu schickt die Familie etwas Geld, will wissen, wie es ihm geht. Dann antwortet er, dass er glücklich sei.

»*Porca miseria!*«, zischt er, diesmal so leise, dass die Bedienung nichts mitbekommt.

Er hängt an seiner Frau, an den Mädchen. Sofia wird im Herbst sechs, Lara hat erst kürzlich ihren vierten Geburtstag gefeiert. So jäh aus dieser Idylle gerissen zu werden, erfüllt ihn mit Angst und Wut.

Er langt nach dem Whisky, hebt den Tumbler aber nicht an, sondern konzentriert sich auf das kühle Glas zwischen seinen Fingern. Mittlerweile sind sie zu zweit, die beiden jungen Frauen haben das Lokal verlassen. Die eine hat ihn beim Hinausgehen auf diese Art taxiert, die ihn früher in ernsthafte Schwierigkeiten gebracht hätte. Heute lassen ihn Angebote dieser Art kalt. Na ja, fast. Genau auf seiner Höhe hat sie innegehalten, um am Riemchen ihres Schuhs herumzufummeln, was ihm einen Blick unter ihren kurzen Rock gewährte. Keine Unterwäsche. Er musste einfach hinsehen, er konnte nicht anders.

Er holt tief Luft und verscheucht das Bild. Diesen einen Auftrag wird er ausführen. Muss er ausführen. Weil sie ihm keine Wahl lassen. Familie eben. Danach muss das gleich wieder ein Ende finden, das hat er der Stimme am Telefon versucht klarzumachen. Dass er jetzt ein anderer sei und das Leben, das er zum Schein geführt habe, längst zu seinem eigenen geworden sei. Die Stimme hatte nur gelacht.

Freitag, 17:42 Uhr
Manesseplatz

Belén Vargas zieht die von winzigen Altersflecken gesprenkelte Haut unter ihrem linken Auge straff, setzt den Kajal an und zieht den Lidstrich ein weiteres Mal nach. Noch breiter, noch kräftiger. Grob bohrt sich die Spitze des Stifts in das empfindliche Gewebe. Sie wiederholt das Ganze auf der rechten Seite, überprüft ihr Aussehen. Und schmettert den Stift wütend gegen den Badezimmerspiegel.

»Qué puta mierda!«

Als hätte der letzte Durchgang gar nicht stattgefunden.

»Alles okay?« Die Stimme der Nigerianerin klingt desinteressiert, sie sitzt im Zimmer nebenan.

Wie schafft sie es, stets so teilnahmslos zu wirken?, fragt sich Belén und ruft »Alles gut« Richtung Tür.

Keine Reaktion.

Seufzend lehnt sie sich vor und betrachtet ihr Gesicht aus der Nähe.

Es ist wie verhext. Als würden sämtliche kosmetischen Hilfsmittel versagen. Grundierung, Wangenrouge, Lidschatten, Mascara, jetzt der Kajalstift – die Farben sind überdeutlich, sie hat nicht gespart damit. Andere Frauen macht Make-up in ihrem Alter attraktiver. Es verschmilzt auf vorteilhafte Weise mit ihrem Aussehen, lässt ein paar Jährchen verschwinden und unterstreicht im besten Fall sogar ihre Persönlichkeit. Sie dagegen sieht angemalt aus. Wie ein bizarrer Clown aus einem Horrorfilm. Selbst unter Anwendung einer ganzen Palette von Schönheitsprodukten schafft sie es nicht, sich den leisesten Hauch Glamour aufzupinseln. Dabei hätte sie gerade heute gern hübsch ausgesehen. Doch unter der ganzen Schminke bleibt ihr fades Äußeres sichtbar, die welke Haut, der teigige Teint. Kaum Sonnenlicht, wenig frische Luft, dazu die jahrelange Angst.

Weil ich nicht bloß so aussehe, denkt sie und bückt sich nach dem Kajalstift, der auf der türkisfarbenen Badematte gelandet ist, sondern so bin. So geworden bin. Farblos. Langweilig.

Ein Leben unter dem Radar. Dreiundzwanzig Jahre im Untergrund, dreiundzwanzig Jahre in permanenter Angst, entdeckt zu werden. Das hat Spuren hinterlassen, in ihrem Gesicht und auch sonst.

Damals ist sie als Touristin in die Schweiz eingereist, ohne das Land je wieder zu verlassen. Seit dem Tag, als ihr Visum abgelaufen ist, muss sie darauf achten, nicht aufzufallen.

Seufzend zupft Belén ein Kosmetiktuch aus der Tissuebox, drückt etwas Creme darauf und wischt die Schminke mit energischen Bewegungen ab. Lippenstift und Lidschatten, das muss reichen. Er wird ihr Angebot annehmen, er hat keine Wahl. Und sie die Nase endgültig voll.

Als Illegale kann es ihr schon zum Verhängnis werden, bei Rot über die Straße zu laufen. Sie hat kaum je ein Theater besucht, hat Konzerte und Paraden gemieden, große Menschenansammlungen sowieso, nach Sonnenuntergang geht sie selten raus. Reisen ins Ausland sind unmöglich, wenn sie Zug oder Straßenbahn fährt, dann mit gültigem Billett.

Die Pandemie hatte ihre Lage drastisch verschlimmert. Über ein Jahr lang gab es kaum Arbeit, weder in Restaurants noch in Wäschereien, Putzarbeiten erledigten ihre ehemaligen Auftraggeber plötzlich eigenhändig, da sie eh die ganze Zeit zu Hause saßen. Wo sie auch selbst auf ihre Kinder aufpassten. Es gab Tage, da wusste sie nicht, womit sie ihre Einkäufe bezahlen sollte. Dass es in der Stadt von Polizisten so wimmelte und Passanten zum Teil willkürlich kontrolliert wurden, war ein Albtraum für Menschen in ihrer Situation. Der Weg zum Supermarkt wurde zum Spießrutenlauf, ihre Freundinnen sah sie kaum noch, die Einsamkeit wurde zur ständigen Begleiterin. Hinzu kam die Angst, sich mit dem

Virus anzustecken, ernsthaft zu erkranken. Einen Spitalaufenthalt hätte sie sich schlicht nicht leisten können.

Auch wenn sich die Lage etwas entspannt hat, verschanzt sich Belén die meiste Zeit in ihrem Mansardenzimmer am Manesseplatz und verlässt das Haus nur, wenn es sich nicht vermeiden lässt. Zwar ist die Wohnlage wegen des Verkehrs ziemlich laut und womöglich zahlt sie eine zu hohe Miete, andererseits hat sie noch nie irgendetwas unterschreiben müssen. Dafür ist sie dem Hausbesitzer sehr dankbar. Er hilft ihr aber auch in anderen Belangen.

Denn das ist ein weiteres Problem in ihrem Leben als Sans-Papiers, als Papierlose. Sie kann keine amtlichen Dokumente unterzeichnen. Denn im Gegenzug müsste sie irgendeine Art von Ausweis vorlegen, der bezeugt, dass sie sich rechtmäßig in diesem Land aufhält. Was eindeutig nicht der Fall ist. Ihr Vermieter hat ein Handy für sie besorgt, für Fernsehen und Internet hat er ebenfalls Lösungen gefunden.

Belén steht auf und geht in den angrenzenden Raum, das Wohn- und Schlafzimmer zugleich ist. Joy sitzt auf dem Bett und ist in die handgeschriebenen Instruktionen vertieft. Sie schaut nicht auf, als Belén den schmalen Wandschrank öffnet.

Die passende Garderobe für den heutigen Anlass ist auf Anhieb gefunden, die Auswahl ist ohnehin nicht groß. Das hochgeschlossene grüne Abendkleid mit dem goldenen Schimmer passt perfekt zum Thema der Party. Und zu ihrem heiklen Vorhaben. Stilvoll und seriös, genau so will sie rüberkommen, er soll sie keinesfalls für eine schmierige kleine Gaunerin halten.

Das Teil ist Belén vor Jahren in einem Secondhandshop ins Auge gestochen. Nachdem sie es anprobiert hatte, hat sie lange vor dem Spiegel in der Umkleide gestanden und sich gefragt, ob sie sich so etwas leisten könnte. Die Gelegenheiten, das Kleid zu tragen, waren rar, sie wurde kaum eingeladen, ihre Kontakte beschränkten sich auf eine Handvoll andere

Bolivianerinnen, die meisten davon Sans-Papiers wie sie, ihre Arbeitgeber und die Leute von der Anlaufstelle in der Kalkbreite. Am Ende war es die Verkäuferin, die sie ermunterte zuzugreifen.

»Ein schönes Kleidungsstück. Das macht Sie zu einer ganz neuen Frau«, sagte sie, was Belén pathetisch fand.

Als sie ihr einen großzügigen Rabatt in Aussicht stellte, griff Belén zu.

Eine ganz neue Frau. Wer weiß? Zweimal hat sie das Kleid seither getragen. Sie steigt hinein und stellt zu ihrer Erleichterung fest, dass es noch passt.

Wenigstens das, wenn sie schon ihre Falten nicht mehr überschminken kann und das Fleisch an ihren Armen bei der kleinsten Bewegung wabbelt.

»Was meinst du?«

Joy hebt den Kopf, mustert Belén und nickt kaum merklich.

»Lieb von dir«, sagt Belén trocken.

Ihr Gast reagiert nicht darauf. Ironie ist nicht Joys Ding.

Sie streicht das Kleid glatt und überprüft ihre neue Kurzhaarfrisur im Spiegel. Mittlerweile findet sie, dass ihr das natürliche Grau ausgezeichnet steht. Sie sehe damit aus wie eine altersweise Professorin, sagt ihre Freundin Yoselin, die sich ab und zu als Friseurin versucht und deren Idee der neue Schnitt und das Weglassen der Tönung gewesen ist. Belén wirft einen letzten Blick auf ihr Äußeres. Noch fehlen Schuhe und Handtasche.

Sie setzt sich neben die junge Nigerianerin aufs Bett, vorsichtig, um das Kleid nicht zu zerknittern.

»Hast du dir alles gemerkt?«, will sie wissen.

Joy nickt.

»Für den Notfall kannst du den Zettel mitnehmen. Sollte noch jemand im Büro sein, ist es besser, du tust so, als wüsstest du genau, wo man die Reinigungsmaterialien findet.«

»Okay.«

Manchmal hätte Belén Lust, sie an den Schultern zu packen und zu schütteln, um eine Reaktion zu provozieren. Sie hat Joy und ihre jüngere Schwester Faith auf einer Veranstaltung der Anlaufstelle kennengelernt. Wie viele nigerianische Frauen, die in der Schweiz leben, haben die Schwestern eine anstrengende und lebensgefährliche Reise hinter sich. Aus ihrem Heimatland quer durch Afrika und übers Mittelmeer nach Europa, beide voller Hoffnung auf ein besseres Leben, beide belogen von ihrer Zuhälterin. Joy war zuerst da gewesen und hat einige Jahre als Prostituierte in der Langstrasse gearbeitet. Als ihre Schwester anreiste, ist sie gemeinsam mit ihr abgetaucht. Sehr zum Ärger der Menschenhändler, die ihre Investitionen für den Transport amortisiert sehen wollen und seitdem nach den Frauen suchen. Dass sie sich eine schäbige Kellerwohnung am Stadtrand mit drei weiteren Leuten teilen, weiß nur der engste Bekanntenkreis.

»Vier Stunden?«, fragt Joy.

Belén wiegt den Kopf. »Das hängt davon ab, wie schnell du arbeitest. Normalerweise schaffe ich es, das ganze Büro in der Zeit zu reinigen. Es wäre gut, wenn es bei dir nicht viel länger dauert.«

»Okay.«

Belén kann diese Antwort schwer deuten.

Weil Joy meist »Okay« sagt, egal was die Frage ist. Heute ist sie froh um ihre Hilfe, dass sie so kurzfristig für sie einspringt.

Belén geht in die winzige Küche und macht den Kühlschrank auf.

»Willst du auch ein Bier?«, ruft sie.

»Okay.«

Belén öffnet zwei Flaschen und setzt sich wieder neben sie.

»Eine Party?«, erkundigt sich Joy.

»Bei Herrn Eschmann, dem die Anwaltskanzlei gehört, putze ich auch zu Hause. Seine Frau Marianne wollte mich unbedingt dabeihaben. Weshalb, ist mir nicht ganz klar. Ich habe den Verdacht, dass sie mich für eine gute Freundin hält.«

»Und das bist du nicht?«

»Nein. Sie gibt Befehle, ich gehorche. Sie bezahlt, ich putze. So funktionieren Freundschaften meiner Ansicht nach nicht.«

»Wieso meint sie dann …?«

»Ich höre ihr zu. Das interessiert mich zwar alles nicht, aber was soll ich machen? Ich kann nicht weglaufen. Sie folgt mir auf Schritt und Tritt, während ich das Haus reinige, und redet dabei ununterbrochen. Erzählt weiß Gott was. Klatsch über ihre Bekannten, Privates. Lästert über Schwiegereltern und Nachbarinnen, schimpft über ihren Mann. Als hätte sie keinen, dem sie sich anvertrauen könnte.«

Joy nickt und nimmt einen Schluck Bier. »Reiche Leute haben manchmal niemanden zum Reden. Das war mit einigen Freiern nicht anders. Früher. Schnell fünf Minuten ficken und den Rest der gebuchten Zeit reden.«

»Psychotherapie.«

»Massenhaft Geld, leider keine Freunde.«

»Freunde kann man nicht kaufen.«

»Reiche Leute können alles kaufen. Auch Menschen.«

Freitag, 18:03 Uhr
Langstrasse

Das Gefühl, ihm würde mit Wucht ein verschwitztes Kissen aufs Gesicht gedrückt. Taumelnd bleibt er vor dem Eingang der *Lambada* Bar stehen, den dritten Whisky hat er ohne Eis heruntergestürzt. Er ringt um Atem. Seit Wochen wabert eine zähe Feuchtigkeit durch die Gassen der Stadt, in der Nacht sind heftige Regenfälle niedergegangen, wie so oft in diesem missratenen Sommer.

Als er sich von der Bar entfernt, kann er die Blicke der Dealer und Zuhälter in seinem Rücken spüren. Dass die Rechte in der Tasche seiner Sommerjacke fest den Griff einer Pistole umfasst, gibt ihm ein Gefühl von Überlegenheit. Von Macht. Eine SIG P220, wie sie in der Schweizer Armee benutzt und landesweit in Kellern und auf Dachböden gelagert wird, da die Armeeangehörigen ihre Waffen samt Munition mit nach Hause nehmen dürfen. Als er losgefahren ist, hat sie im Handschuhfach seines Wagens gelegen, zusammen mit einem matt schimmernden Schalldämpfer. Die Familie sorgt für alles, schnell und unauffällig.

In die Bar hat er die Knarre mitgeschleppt, weil er nicht wusste, ob der Stronzo von Türsteher selbst eine besitzt. Hätte er sich sparen können, wie sich schnell herausgestellt hat. Genau wie die Sommerjacke, die er einzig für den diskreten Transport der Pistole angezogen hat. Sie ist aus leichtem Stoff, trotzdem schwitzt er jetzt darunter, als trüge er einen Pelzmantel.

Der Geruch von heißem Asphalt, billigem Parfüm und Abgasen erfüllt die Luft. Über die Langstrasse kriecht eine endlose Autokarawane, Ellenbogen ragen ins Freie, zwischen Fingerspitzen qualmen heruntergebrannte Zigarettenstummel. Musik plärrt aus offenen Fenstern, vor den Kneipen Klapptische, Männer mit desillusionierten Mienen halten sich an Biergläsern fest. In den Seitengassen drängen sich die Nutten wie betäubt unter Markisen.

Schimpfend stolpert ein Junkie zwischen zwei Fahrzeugen über die Straße, in der knisternden Plastiktüte klacken Bierdosen im Rhythmus seiner Schritte aneinander. Gelbstichige Polaroidaufnahmen, die Zeit steht still, bis sich die Kolonne ein paar Zentimeter vorwärtsschiebt. Hin und wieder gleitet mit einem flüsternden Rauschen ein blau-weißer Stadtbus auf der gesperrten Fahrbahn vorbei. Früher Freitagabend.

Er hat den Wagen in der Nähe geparkt. Jetzt da Reisen wieder erlaubt sind und viele die gelockerten Bestimmungen für einen Urlaub im Ausland nutzen, findet man mit etwas Glück sogar eine Parklücke, ohne stundenlang durchs Quartier kurven zu müssen. In zwei Wochen wird das wieder unmöglich sein. Er biegt links ab, geht an einem ehemaligen Pornokino vorbei, das jetzt für Kulturveranstaltungen genutzt wird. Endlose Häuserzeilen, Graffiti an den Wänden, die Luft staubig in der Abendsonne. Hier wirkt das Viertel wie ausgestorben, es gibt kaum Autoverkehr.

Ein Gefühl der Beklemmung erfasst ihn. Hätte er eine Wahl, würde er in seinen daytonagrauen Audi Q7 steigen und auf schnellstem Weg nach Hause rasen, um den Abend mit seiner Ehefrau und den Mädchen zu verbringen. Grillplausch und Planschbecken. Ein Glas Rotwein, später irgendetwas Belangloses im Fernsehen, früh ins Bett. Unsichtbar werden, was er so gut kann, damit sie ihn nicht finden. Mit seiner Umgebung verschmelzen wie ein Kalmar. Eine kindliche Vorstellung, sie hätte ihn womöglich erheitert, würde sich seine Beklemmung nicht zunehmend in Panik verwandeln.

Der Kalmar. Die süditalienische Presse hat ihn nach dem Vierfachmord so betitelt, weil die Amerikanerinnen bei ihrem gewaltsamen Tod eine große Portion Calamari Fritti vor sich hatten. Seine Neffen und Cousins haben den Spitznamen begeistert übernommen. Das macht ihm nichts aus. Es ist ihm sogar wesentlich lieber, als würden sie ihn Herbert rufen. Herbert Russo. Sein richtiger Name.

Seine Mutter hat ihn gegen alle Widerstände der Familie so getauft, weil sie während der Schwangerschaft *Das Boot* im Kino gesehen hat – *U-Boot 96* wie der Streifen auf Italienisch heißt – und vom Hauptdarsteller tief beeindruckt gewesen ist. Nur ein Machtwort seines Vaters verhinderte, dass er heute Jürgen heißt, nach Jürgen Prochnow. Das könne in Kalabrien kein Mensch aussprechen, argumentierte er, ja, im ganzen Mittelmeerraum niemand. Worauf seine Mutter dem Schein nach klein beigab, um kurz darauf den Namen eines Nebendarstellers ins Spiel zu bringen: Herbert. Grönemeyer mit Nachnamen. In der Zwischenzeit angeblich ein erfolgreicher Sänger in seiner Heimat, in Italien kennt den keiner. Wenigstens haben sie im Dorf die Aussprache halbwegs korrekt hingekriegt, trotzdem klang es herablassend, wenn die Jungs auf dem Fußballfeld nach ihm riefen und dazu dieses maliziöse Grinsen aufsetzten.

Russo erreicht eine Straßenkreuzung, in jeder Ecke ein Lokal, Bartische auf dem Trottoir, Bossa Nova hallt über den Platz. Fünfzig Metern weiter vorne biegt er in die Magnusstrasse ein – und erstarrt. Im ersten Moment begreift er nicht, es ergibt überhaupt keinen Sinn. Sein Blick fliegt zum Straßenschild, streift hektisch über die Hausfassaden ringsum. Alles korrekt. Russo erinnert sich genau an das taubenblaue Schild der Bauspenglerei in dem länglichen zweistöckigen Gebäude, an den Laden gegenüber, auf dessen Schaufenster *Internet Planet* steht, ein Globus zwischen den beiden Wörtern. Keuchend lässt er sich gegen die nächste Wand fallen und stützt die Hände auf den Oberschenkeln ab, als wäre er den ganzen Weg gerannt. Schweiß tropft ihm von der Stirn. Sein Augenmerk bleibt auf den Parkplatz gerichtet, auf dem er seinen Audi Q7 vor rund einer Stunde zurückgelassen hat. Der hellblaue VW Käfer steht immer noch an Ort und Stelle, der resedagrüne BMW E30 ebenfalls, beide Autos sind ihm im Gedächtnis geblieben. Nur da, wo er seinen Wagen geparkt hat, klafft eine sechs Meter lange Lücke.

Freitag, 18:05 Uhr
Wiedikon

Marisa Greco öffnet die Kühlschranktür. Eier, ein Becher Sahne, hauchdünn geschnittene Pancetta in Wachspapier, die sie am Vortag bei *Fulvi*, der italienischen Metzgerei im Kreis 4, gekauft hat. Zwiebeln, Knoblauch und Parmesan gehören zur Grundausstattung ihrer Küche, im Vorratsschrank findet sich stets eine Auswahl an verschiedenen Pastasorten. Alles da, um einen Neunjährigen glücklich zu machen. Auch wenn ihr bewusst ist, dass die Nonna ihr die Ohren lang ziehen würde, erführe sie, dass ihre Enkelin Sahne unter die Carbonarasoße mischt. Luca mag sie nun mal lieber so. Marisas Mutter wäre es egal, die ist zwar eine passable, aber sicher keine leidenschaftliche Köchin. In den Augen der Großmutter ist das hingegen ein Kapitalverbrechen, das mindestens mit Daumenschrauben und Streckbank bestraft werden muss, die italienische Originalversion wird ohne Rahm zubereitet. Die Nonna würde anstelle von Pancetta garantiert auch Guanciale verwenden, luftgetrocknete und nicht geräucherte Schweinebacke. Denn für sie kommt Kochen gleich nach der Religion, weder in der Küche noch in der Kirche erlaubt sie sich ein Abweichen von den strengen Regeln. Du lebst zu lange in der Schweiz, würde sie vermutlich zu Marisa sagen und verächtlich mit der Zunge schnalzen. Der Einfluss tut dir nicht gut.

Daher hat Marisa ihren Sohn schon früh instruiert, nicht herumzumosern, wenn die Nonna bei ihren Besuchen in Italien seine Lieblingspasta nur mit Eiern, Speck und Parmesan serviert.

Marisa schnappt sich die angefangene Flasche *Pinot Grigio* aus der Kühlschranktür, füllt ein Glas zur Hälfte und setzt sich an den Küchentisch. Nachdem sie einen Schluck genommen hat, rückt sie die grün gerahmte Brille zurecht, die perfekt zu ihren kupferroten Locken passt. Inzwischen muss sie mit Haarfarbe nachhelfen, noch ist sie nicht bereit, darauf zu verzichten. Dass sie Ende vierzig ist, fällt ihr in manchen Momenten schwer zu glauben, denn innerlich fühlt sie sich – manchmal zumindest – zwanzig Jahre jünger. Einzig die kleinen Gebrechen, die sich in letzter Zeit häufen, führen ihr deutlich vor Augen, dass sie sich zwar etwas vormachen kann, nicht aber ihrem Körper.

Flüchtig geht Marisa die Post durch, sortiert die Werbung aus, registriert besorgt die vielen Rechnungen. Die Hälfte des Nachmittags hat sie bei einem Kunden der *Agentur für unliebsame Angelegenheiten* verbracht. Mittlerweile nehmen ihr Geschäftspartner Bashir Berisha und sie jede Art von Auftrag an, ihnen bleibt keine Wahl. In der Pandemie ist ihr neu gegründetes Unternehmen, das sich auf Anliegen spezialisiert hat, die ihre Klientel selbst ungern erledigt, in ernsthafte Schwierigkeiten geraten. Sogar jetzt da sich die Situation allmählich normalisiert, kämpfen sie um das Überleben der Agentur, lukrative Anfragen bleiben aus. Marisa muss jedes Mal lachen, wenn sie in der Zeitung liest, wie hoch der Schweizer Durchschnittslohn angeblich ist. Davon sind Bashir und sie meilenweit entfernt. Es reicht knapp zum Überleben, die Freiberuflichkeit ist ihnen wichtiger als ein geregeltes Einkommen, das momentan nur mit einer Festanstellung zu erreichen wäre. Was zwangsläufig bedeuten würde, dass sie sich einem Vorgesetzten unterordnen müssten, wogegen sie beide heftige Aversionen hegen.

Zwei Stunden hat sie an diesem Nachmittag, auf einem harten Stuhl neben dem Bett sitzend, Salvatore Peruzzi aus alten Briefen vorgelesen. Auf Italienisch. Er besitzt ganze Packen davon, gerettet aus dem Wohnhaus seiner Eltern in Oliveto, ehe es von den neuen Besitzern von Grund auf renoviert wurde und jetzt als Bed and Breakfast genutzt wird. Briefe seiner Mutter an den Vater und umgekehrt, berührende Zeitzeugnisse des Lebens während des Zweiten Weltkriegs, in dem der Vater gekämpft hat. Die Landung der britischen Armee in Reggio Calabria wird erwähnt, ebenso Mussolinis Absetzung und nachfolgende Verbannung, erst auf die Insel Ponza, dann ins Hotel *Campo Imperatore* im Gran-Sasso-Massiv, wo er gut zwei Wochen später von deutschen Fallschirmjägern befreit wurde und kurz darauf als Staatsoberhaupt nach Italien zurückkehrte, bevor er anderthalb Jahre später von den Partisanen hingerichtet wurde. Auch Nachrichten von entfernten Verwandten finden sich darunter, an die sich Peruzzi teilweise in allen Details, teilweise vage erinnert. Dreiundachtzig ist der Mann, ehemaliger Schuhmacher mit eigenem Geschäft, mehr als zwei Drittel seines Lebens hat er in Zürich verbracht. Mitte der Fünfzigerjahre wanderte er wie viele Italiener aus dem strukturschwachen Süden in die Schweiz ein, arbeitete als Gastarbeiter im Straßenbau, bevor er 1964 im Zuge des Italienerabkommens eine reguläre Aufenthaltsbewilligung erhielt und in der Folge seine junge Frau und den kürzlich geborenen Sohn nachkommen ließ. Das alles hat er Marisa während der nachmittäglichen Lesungen erzählt. Seit ein paar Wochen besucht sie ihn regelmäßig im *Quartieraltersheim Aussersihl* im einstigen Arbeiterviertel, in dem er lange gewohnt hat, ehe die rasant steigenden Mietpreise in dem plötzlich als trendig deklarierten Stadtteil ihn und viele andere Alteingesessene zum Wegzug zwangen. Nach dem Tod seiner Frau ist er zurückgekehrt.

Marisa nimmt einen Schluck Weißwein und schaut auf die Uhr. Luca ist bei seinen Großeltern zu Besuch, sie werden ihn erst gegen halb acht zurückbringen. Genügend Zeit, um abzuschätzen, wie viel Arbeit da unten tatsächlich auf sie wartet. Allein bei dem Gedanken, in den Keller hinabzusteigen, wird ihr bange. Andererseits hat sie lange genug gewartet. Die Wunden sind nicht verheilt, vielleicht verheilen sie nie. Aber sie hat gelernt, mit dem Verlust zu leben. Mit den Schuldgefühlen und all den offenen Fragen. Beinahe drei Jahre sind seit Antonios Unfalltod vergangen. Ein Autounfall auf der vereisten Straße von Arosa nach Chur. Drei Jahre. Zeit, einen Schlussstrich zu ziehen.

Freitag, 18:09 Uhr
Manesseplatz

Belén wartet auf der untersten Treppenstufe vor dem fünfstöckigen Geschäftshaus am Manesseplatz, das sie mit seinem leicht gekrümmten Grundriss und den dicht aneinandergereihten Fenstern an das Facettenauge eines Rieseninsekts erinnert. Ehe sie zusammen mit Joy die Mansarde verlassen hat, ist sie mit ihr noch einmal die wichtigsten Punkte des Putzauftrags durchgegangen, damit alles wie gewünscht erledigt wird. Nun ist die junge Nigerianerin unterwegs zur Minervastrasse. Englischviertel, ein exklusives Wohnquartier, Schauspielhaus und Kunsthaus sind fußläufig erreichbar. Eine hervorragende Adresse für eine Anwaltskanzlei.

Belén steckt sich die Kopfhörer in die Ohren und dreht die Lautstärke leiser, bevor sie das Video auf YouTube startet. Auch wenn sie Gewissensbisse verspürt, Joy die Reinigung des Büros zu überlassen, freut sie sich auf den Abend. Sie ist seit Jahren nicht mehr ausgegangen, die Essen mit ihren bolivianischen Freundinnen ausgenommen. Aus Sicherheitsgründen fanden die immer bei jemandem zu Hause statt. Unbekümmertes Feiern geht anders.

Deswegen ist der heutige Anlass eine unerwartete Abwechslung. Die Einladung von Marianne Eschmann hat sie gerührt. Belén fühlt sich willkommen, etwas, das sie nicht oft erlebt hat, seit sie in der Schweiz ist. Als gleichwertiger Gast unter einer illustren Schar von Freunden, Bekannten und Geschäftspartnern des Ehepaars Eschmann bei der jährlichen Party dabei sein zu dürfen, ist etwas Besonderes. Seit neun Jahren arbeitet sie für die Familie. Pierre Eschmann entlohnt sie fair, bezahlt die vorgeschriebenen Sozialabgaben, behandelt sie anständig. Und das, obwohl er und seine Frau von Beléns Status wissen.

Illegal. Sans-Papiers.

Ihr Brandzeichen.

Belén konzentriert sich auf das Video, das auf ihrem Handy startet. Wie immer läuft italienischer Schlager im Hintergrund, der Mann ohne Kopf lacht, während er in einer geräumigen modernen Küche einen Fenchel in hauchdünne Scheiben schneidet. Mit bloßen Händen vermischt er anschließend das Gemüse in einer Schüssel mit zerdrückten Sardellen, Zitronensaft, schwarzem Pfeffer und Olivenöl. *Il Cuoco Caputo*, eine der momentan beliebtesten Kochsendungen im Internet, benannt nach dem berühmtesten Pizzamehl Neapels. Dass das Gesicht des Kochs auf den Aufnahmen nie zu sehen ist, verleiht der Sendung etwas Mysteriöses und befeuert Mutmaßungen unter den Fans, um wen es sich handeln könnte. Manche glauben, hier ginge ein italienischer Schlagerstar seinem Hobby nach, andere sind überzeugt, dass sich ein Politiker dahinter versteckt. Dafür spricht, dass der Koch tadellos gekleidet ist, meist trägt er Hemd und Anzughose, selten eine Küchenschürze. Allerdings achtet er peinlich genau darauf, dass in den Videos kein Hinweis auf seine Person zu finden ist. Keine Spiegelungen in der Backofentür oder im Küchenfenster, Schmuckstücke wie Ehering oder Halskette trägt er nicht und selbst in hektischen Momenten rutscht die Kamera nie höher als bis zum Hals. Ein einziges Mal ist dem Cuoco Caputo ein Fehler unterlaufen, eine winzige Unachtsamkeit, die er bei der Nachbearbeitung des Filmmaterials übersehen haben muss. Als er sich nämlich in Folge achtundzwanzig über eine Parmigiana beugt, einen Auberginenauflauf mit Tomaten und Mozzarella, ist dank des offen stehenden Hemdkragens kurz die Brusttätowierung zu erkennen: ein von einem grasgrünen Pfeil durchbohrtes rotes Herz, aus dem anstelle von Blut eine Träne tropft.

Was in der Folge zu noch wilderen Spekulationen geführt hat. Plötzlich fielen Namen von Rockstars, andere vermuteten, dass der Cuoco Caputo ein Zuhälter sei, der unerkannt bleiben möchte. In letzter Zeit verdichten sich die Hinweise, dass es sich bei dem Koch um einen untergetauchten und international gesuchten Mafioso handelt.

Belén gibt wenig auf die Mutmaßungen, obschon sie den Kitzel, sich seine Show anzuschauen, wesentlich erhöhen. Die Vorstellung, dass diese wohlgeformten Hände mit den perfekt gefeilten Fingernägeln, die im Video mit einem scharfen Messer elegant Zwiebeln in Scheiben schneiden und Fleischstücke tranchieren, womöglich mit einem ebenso scharfen Messer Kehlen durchgeschnitten haben, verleiht der Sendung einen besonderen, wenn auch makabren Kick.

Unbestritten ist und bleibt seine Kochkunst. Der Cuoco Caputo bereitet beliebte Gerichte, aber auch weniger bekannte Spezialitäten aus den verschiedenen Regionen Italiens zu und kommentiert jeden Arbeitsgang nachvollziehbar und launig.

»… ein ganz einfacher Salat, meinen viele Leute. Doch für das, was geschieht, nachdem Sie Ihren Partner, Ihre Partnerin an einem lauen Sommerabend mit dieser Köstlichkeit verwöhnt haben, übernehme ich keine Garantie …«

Normalerweise verfolgt Belén gebannt jede neue Sendung. Heute schafft sie es nicht, sich auf das Rezept zu Insalata di finocchi, arance e noci zu konzentrieren, ihre Gedanken schweifen immer wieder ab.

Seit ein paar Monaten fühlt sie sich erschöpft und ausgelaugt, die kleinste Aufgabe erscheint ihr unüberwindbar. Das jahrelange Versteckspiel fordert seinen Tribut, die Angst begleitet sie fast ihr gesamtes Leben.

Hier in der Schweiz ist es die permanente Angst vor Entdeckung und der nachfolgenden Ausweisung. Davor ist es die Angst vor ihrem Mann gewesen, der wegen der schwierigen Wirtschaftslage mit seiner einst angesehenen Baufirma in Konkurs gegangen ist. Als schlecht bezahlte Kinderärztin musste sie in Bolivien allein für den Unterhalt der Kleinfamilie aufkommen. Dass Marcelo das kaum ertragen hat, erwischte sie kalt. Mit der Arbeitslosigkeit kamen der Alkohol, grundlose Streitereien, die Hand, die ihm immer häufiger ausrutschte. Dann die Diagnose, die ihr den Boden unter den Füßen wegzog. Bei ihrem gemeinsamen Sohn Leyton wurde Leukämie festgestellt.

Die horrenden Rechnungen für die Behandlung konnten sie bald nur noch bezahlen, indem sie Verwandte und Freunde um Geld anbettelten. Die permanente Belastung setzte ihrer Ehe zu, Belén reichte die Scheidung ein und übernahm nach der Trennung Sonderschichten im Spital, bis sie zusammenbrach und krankgeschrieben wurde. Als eine Freundin sie auf eine Bekannte hinwies, die in Zürich als Kindermädchen arbeitete, sah Belén das als Wink des Schicksals. Mit ihren letzten Ersparnissen kaufte sie sich ein Flugticket und reiste in die Schweiz, wohl wissend, dass sie Leyton, den sie in der Obhut ihrer Mutter zurückließ, vermutlich für Jahre nicht mehr sehen würde.

Nach ihrer Ankunft stellte sie erstaunt fest, wie gut die bolivianische Diaspora vernetzt und organisiert war. Eine der Frauen bot ihr sofort eine Unterkunft an. Zwar nur eine Kammer in einer Wohnung, in der bereits fünf Leute lebten, aber das war besser als nichts. Eine andere stellte sie ihrer Arbeitgeberin vor, einer Schauspielerin, und eine Woche nach ihrer Ankunft hatte Belén sowohl ein bezahlbares Dach über dem Kopf als auch einen Job bei der pflegebedürftigen Mutter der Aktrice.

Was sie zu dem Zeitpunkt nicht ahnte: Mehr war nicht drin. Ihr Leben würde für die nächsten dreiundzwanzig Jahre genauso aussehen. Zwar hatte sie, die letzten achtzehn Monate ausgenommen, immer Arbeit und landete nie auf der Straße wie manche ihrer Freundinnen. Ihre Qualifikationen brachten sie jedoch keinen Schritt vorwärts. Dreiundzwanzig Jahre lang lebte sie in überfüllten Wohngemeinschaften, in

Kellern, in winzigen Mansarden. Dreiundzwanzig Jahre lang kam sie mit winzigsten Summen über die Runden, da sie nach Leytons Genesung weiterhin Geld nach Hause schickte. Einmal leckte das Dach, dann brauchte ihr Sohn Schulmaterial, vor zwei Jahren erlitt die Mutter einen Schlaganfall und benötigt seither Unterstützung im Haushalt. Dreiundzwanzig Jahre lang war sie abhängig von Auftraggebern, von Leuten, die Frauen wie ihr genug vertrauen, um ihnen den Haushalt oder die Kinder zu überlassen. Dreiundzwanzig Jahre ohne Ausweis. Wie die meisten Papierlosen wurde auch Belén ausgenutzt. Arbeitszeiten von sechzehn oder mehr Stunden waren an der Tagesordnung, oft wurde sie mit Almosen abgespeist, mit geradezu lächerlichen Summen, die weit unter den gesetzlich geregelten Löhnen für Babysitterinnen, Pflegerinnen, Reinigungskräfte oder Sprachlehrerinnen lagen. Von Sozialabgaben und Altersvorsorge ganz zu schweigen. In einigen Fälle ist sie überhaupt nicht bezahlt worden, was man ihr erst nach getaner Arbeit mitgeteilt hatte.

Mit einem sanften Rauschen nähert sich der Bus und Belén steigt ein. Als sie sich auf einem erhöhten Sitz am Fenster niederlässt, klopft ihr Herz schneller. Die erste offizielle Einladung seit Jahren. Sie hat beinahe vergessen, wie es ist, als richtiger Mensch wahrgenommen zu werden. Und nicht als Arbeitskraft.

Eine Party mit Leuten, die aus einer ganz anderen Gesellschaftsschicht stammen, aus wohlhabenden Kreisen. In Bolivien hat sie in diesen Kreisen verkehrt. Viel wichtiger ist, dass es Leute sind, die völlig legal in diesem Land leben. Schweizer.

Belén holt tief Atem. Es ist höchste Zeit, etwas an ihrem Status zu ändern. Sie hat Sehnsucht nach ihrer Heimat, möchte ihre Mutter besuchen, solange sie noch am Leben ist, ihren Sohn wieder in die Arme schließen. Nun zeichnet sich eine Möglichkeit ab, diesen Wünschen einen Schritt näher zu kommen. Sie muss überlegt vorgehen und gleichzeitig bestimmt auftreten. Um an ihr Ziel zu gelangen, wird sie heute Abend alles auf eine Karte setzen.

Denn es gibt exakt zwei Wege, um den illegalen Status zu beenden. Beide sind lang und steinig und führen nicht zwingend zum Erfolg.

Der erste ist eine Aufenthaltsbewilligung.

Der zweite die Heirat mit einem Schweizer.

Freitag, 18:13 Uhr
Wiedikon

Im Durchgang zum Keller bleibt Marisa stehen und drückt den Lichtschalter. Mit einem elektrischen Knistern springen drei uralte Lampen an, buttergelbe Halbmonde, die an die Decke geschraubt sind und die aus unbehandelten Holzleisten zusammengezimmerten Verschläge spärlich beleuchten.

Marisa folgt dem schmalen Korridor, der zwischen den Abteilen zur Waschküche führt. Durch die Lücken zwischen den Latten sind Ski und verrostete Fahrräder zu erkennen, zu Türmen gestapelte *Chiquita*-Kisten und Kunststoffkleiderschränke mit Reißverschlüssen. Es riecht muffig, was vermutlich von den Wintersportsachen herrührt, und modrig wie in allen Kellern. Der zu ihrer Wohnung gehörende Abstellraum befindet sich fast zuhinterst.

Verzagt späht Marisa in das Halbdunkel des Verschlags. Sie hat keine Ahnung, was sie da drinnen erwartet, sie will bloß mit der Vergangenheit abschließen. Will das alles hinter sich lassen, vorwärtsschauen, ein neues Leben beginnen. Hat endgültig genug von den Gedanken, die unermüdlich um die offenen Fragen kreisen.

Frieden finden. Mit sich, mit Antonio. Mit ihrer kaputten Ehe. Er hätte für Klarheit sorgen können. Hätte. Auch damit muss sie fertigwerden – dass er seine Geheimnisse mit ins Grab genommen hat. Dabei hätte er nur mit ihr reden müssen. Sie war immer da, an seiner Seite, sie hätte zugehört. Das war für ihn offenbar keine Option gewesen.

Mit einem entschlossenen Atemzug langt Marisa nach dem Fahrradschloss, das seit dem Einbruch kurz nach ihrem Einzug den Zugang zum Kellerabteil sichert, und sperrt es auf. Gestohlen wurde damals nichts, Marisa hielt es für einen Kinderstreich.

Knarrend schwingt die Tür auf. Sie schaltet das Licht ein,

eine nackte Glühbirne flammt auf. Die wenigen Sachen, die Marisa hier lagert, sind von einer feinen Staubschicht überzogen. Ein nie gebrauchter Kugelgrill, eine kaum benutzte Nähmaschine, ein alter Staubsauger, Kisten mit Büchern und DVDs.

Die acht Kartons hat sie beim Umzug in die neue und wesentlich billigere Dreizimmergenossenschaftswohnung mitgenommen. Um ihren Inhalt zu überprüfen, hat Marisa im ganzen Tumult nach Antonios Unfall schlicht die Zeit gefehlt. In ihrer Trauer hätte sie es vermutlich auch gar nicht geschafft, die Sachen ihres Ehemanns so kurz nach seinem Tod durchzugehen. Sie schaute hinein und stellte fest, dass es sich um Ordner und andere Unterlagen handelte. Bürokram. Worauf sie einen gelben Kleber mit der Aufschrift *Keller* auf die Schachteln pappte, damit die Umzugshelfer wussten, wo sie die Sachen am neuen Ort platzieren mussten. Marisa schob den ganzen Stapel an die hintere Wand des Abteils und dachte nicht mehr daran. Wie es vielen Dingen ergeht, die man im Keller verstaut und einfach vergisst.

Insgeheim ahnte sie immer, dass mit den Kisten etwas nicht stimmt. Diesen Verdacht verdrängte sie bis vor ein paar Tagen erfolgreich.

Da Luca ein neues Bett braucht, musste sie im Keller den freien Platz ausmessen. Denn für den Sperrmüll ist es in einem zu guten Zustand. Marisa kann sich schwer von den Sachen trennen, aus denen Luca herauswächst. Bei dieser Gelegenheit sind ihr die Kisten wieder aufgefallen.

Bevor ich den ganzen Kram wegschmeiße, muss ich wissen, was genau darin ist, denkt sie und stellt sich auf die Zehenspitzen. Ächzend balanciert sie die oberste Kiste herunter.

Was sie seltsam findet: Die Schachteln müssen bereits Wochen vor Antonios Tod im Keller des alten Wohnorts gestanden haben. Denn nach dem Unfall hat sie von der Kanzlei einzig ein Kondolenzschreiben erhalten sowie einen kurzen und ziemlich nüchternen Anruf von Pierre Eschmann, Antonios Chef.

Keine Bürosachen. Keine persönlichen Gegenstände.

Von den Kollegen und Kolleginnen trafen lediglich vereinzelte Beileidskarten ein. Auf der Beerdigung hat sich eine Handvoll Leute aus der Kanzlei sehen lassen, gesprochen hat sie mit dreien von ihnen: Pierre Eschmann, seiner Sekretärin Yvonne Steiger und Gerome Barbey, mit dem Antonio auch privat locker befreundet gewesen ist. Alle verhielten sich distanziert, was Marisa dem Anlass zuschrieb. Und ihrer Person.

Auf allen Betriebsfeiern und Ausflügen, zu denen sie Antonio im Verlauf der Jahre begleitete, behandelte die Belegschaft der Eschmann'schen Kanzlei sie stets von oben herab. Selbst wenn sie sich nach ihrem damaligen Beruf erkundigten, konnte Marisa immer einen herablassenden Tonfall ausmachen. In der Zeit als Flugbegleiterin lernte sie anhand von Abertausenden Passagierkontakten, auf Zwischentöne zu achten und sie richtig einzuordnen. Das half ihr, Konfliktpotenzial rechtzeitig zu erkennen. Oder deeskalierend einzugreifen, wenn die Kacke kurz vorm Dampfen war.

Für Marisa gab es keinen Zweifel. Antonios Mitarbeiterinnen fanden sie womöglich hübsch, womöglich sympathisch, aber sie waren überzeugt davon, dass ihr Aussehen Hand in Hand mit einer gewissen geistigen Unzulänglichkeit gehen müsste. Die Typen hingegen erkundigten sich lüstern nach dem Mile High Club, was eine hochtrabend klingende Bezeichnung für Menschen ist, die Sex an Bord eines Flugzeugs haben. Diese Besessenheit befremdete sie. Ebenso, wie weitverbreitet die Meinung ist, dass die Besatzungen hemmungslos übereinander herfallen, kaum haben sie die Hotels an ihren jeweiligen Destinationen erreicht, was die vielen anzüglichen Bemerkungen belegten. Dass dem Feierabend bis zu achtzehn fordernde Arbeitsstunden vorausgehen, wurde dabei geflissentlich ignoriert.

Zu erklären, wie es wirklich war, ermüdete sie, bringen tat es ohnehin nichts. Die Leute glauben, was sie glauben wollen.

Die unterkühlten Kondolenzbekundungen auf der Beerdigung irritierten Marisa daher wenig, die Fragen tauchten erst viel später auf.

Dass ihr Antonio nichts von den Kisten erzählt hat, verwundert Marisa nicht weiter, in den Wochen vor seinem Tod haben sie kaum miteinander kommuniziert, in Lucas Gegenwart haben sie sich bemüht und Belanglosigkeiten ausgetauscht.

Die Schachtel rutscht Marisa unvermittelt aus den Händen, mit einem trockenen Knirschen landet sie auf dem Boden, Staub wirbelt auf. Hustend kauert sich Marisa hin und klappt die Laschen auf. Ordner. Alle grau. Sie zieht den ersten heraus und blättert durch die Unterlagen. Eine Scheidungsakte. Auch bei allen anderen Dokumenten handelt es sich um Scheidungen. Marisa nutzt die Kiste als Podest, hievt die nächste herunter und überzeugt sich davon, dass sich darin ebenfalls nur sorgfältig abgelegte Dossiers befinden.

Die Tatsache, dass Antonio die Ordner bereits vor seinem Tod zu Hause gelagert hat, mutet immer noch merkwürdig an. Jetzt da sie sich ernsthaft mit den Fakten auseinandersetzt, kann sich Marisa eines mulmigen Gefühls nicht erwehren. Was haben diese Kisten im Keller ihrer gemeinsamen Wohnung zu suchen gehabt? Die Kanzlei verfügt über einen großen Keller, in dem Luftfeuchtigkeit und Temperatur automatisch reguliert werden.

Womöglich gibt es dafür eine plausible Erklärung, denkt sie und greift nach kurzem Abwägen zu ihrem Handy.

Freitag, 18:36 Uhr
Wiedikon

Marisa lässt das Handy sinken und starrt die Lichtstreifen auf dem rauen Betonboden vor ihrem Kellerabteil an. Die buttergelben Halbmonde sind längst erloschen, jetzt brennt einzig die einsame Glühbirne über ihrem Kopf.

Das war vermutlich eines der aufschlussreichsten Gespräche, das ich je geführt habe, denkt sie.

Weder Gerome noch Pierre haben ihre Anrufe entgegengenommen, erst Yvonne Steiger hat ihr – widerwillig zwar und nach einem genervten Seufzen – Auskunft gegeben. Wenn das bislang keiner gemacht habe, bleibe es leider Gottes an ihr hängen, sie mit ein paar unschönen Wahrheiten zu konfrontieren, meinte sie.

Und tat in der Folge genau das.

Kühl und präzise, so wie Marisa sie eingeschätzt hat. Mit ein paar knappen Sätzen hat Pierre Eschmanns Sekretärin ihr den Boden unter den Füßen weggezogen. Als Marisa das Telefon zurück in die Hosentasche schiebt, muss sie sich eingestehen, dass die Neuigkeiten nur einen Teil von ihr überrascht haben. Der Schock war ein oberflächlicher, denn in ihrem tiefsten Inneren hat sie die wahre Bedeutung der acht Kartons immer geahnt.

»Wie leicht es ist, Tatsachen zu verdrängen«, murmelt Marisa und sinkt auf die Kiste.

Dabei hätten ihr die merkwürdigen Umstände ins Auge springen müssen.

Hätte ich sie nicht beide zugedrückt, denkt sie.

Antonio hat die Kisten zu Hause gelagert, weil ihm bereits Wochen vor seinem Tod gekündigt worden war. Er habe den Chef verleumdet, informierte Yvonne sie und lieferte ihr damit die Erklärung für Pierres kühlen Anruf nach Antonios Tod und für das spärliche Erscheinen der Kolleginnen und

Kollegen auf der Abschiedsfeier, das halbe Dutzend Beileidskarten.

»Wie verleumdet?«, hakte Marisa sofort nach.

»Dein Mann hat Pierre vorgeworfen, er habe für gewisse Kunden wiederholt größere Summen verschwinden lassen.«

»Wie hat er das gemeint?«

»Geldwäsche. Illegale Geschäfte«, erklärte Yvonne betont geduldig.

»Und? War da was dran?«

»Natürlich nicht!« Yvonne schnalzte gereizt. »Es war nicht das erste Mal, dass Antonio solche Hirngespinste entwickelte. Derart persönlich wie an jenem Tag hatte er Pierre aber noch nie angegriffen. Damit hat er den Bogen überspannt, da waren wir uns in der Kanzlei alle einig. Das war absolut illoyal, sogar Gerome nannte ihn einen Nestbeschmutzer. Pierre hat Tony fristlos entlassen, worauf er uns beinahe die FINMA auf den Hals …«

»FINMA?«, unterbrach Marisa sie.

Die Antwort war ein wissendes Stöhnen. »Die eidgenössische Finanzmarktaufsicht, Marisa. Sagt dir vermutlich nichts. Die hätten alles auseinandergenommen, unser ganzes Rechnungswesen …«

»Was hätten sie gefunden?«

»Selbstverständlich nichts«, versetzte Yvonne pikiert. »Im letzten Moment hat Tony davon abgesehen, die Aufsicht einzuschalten.«

»Weshalb?«

»Das weiß nur er.«

»Wie ging es weiter?«

»Danach herrschte ein paar Wochen lang Ruhe. Bevor Tony erneut in der Kanzlei auftauchte. Er war geradezu besessen von dem Gedanken, dass bei uns Geld im großen Stil gewaschen wird.«

»Ich habe nichts davon geahnt«, flüsterte Marisa.

»Schon klar. Wie hättest du auch etwas merken sollen?«, sagte Yvonne in mitleidigem Ton, der Marisa auf der Stelle zur Weißglut brachte.

Sie zwang sich, sachlich zu bleiben, als sie die nächste Frage stellte. »Was ist in Arosa geschehen?«

»Retraite. Diese jährliche Klausur für die gesamte Belegschaft solltest du eigentlich kennen. Hat Pierre in irgendeinem Managementseminar aufgeschnappt, soll angeblich den Teamgeist befeuern.« Yvonne stieß ein verächtliches Wiehern aus. »Wie auch immer. Tony war in Arosa schon nicht mehr dabei. Trotzdem stand er eines Morgens im Hotel *Arosa Kulm* und behauptete, er habe Beweise für diverse illegale Deals gefunden.«

»Hat er?«, wollte Marisa wissen.

Die Sekretärin schnalzte wieder. »Rein gar nichts hatte er. Er wollte unbedingt unter vier Augen mit Pierre reden, der nicht die geringste Lust hatte, sich mit Tony abzugeben. Worauf der sich im Hotel ein Zimmer gemietet hat. Ich habe versucht, ihn zur Vernunft zu bringen, leider vergebens.«

»Im thailändischen Restaurant«, stellte Marisa fest.

»Im *Ahaan Thai*, richtig.« Nach einer konsternierten Pause konnte Yvonne ihre Neugier nicht mehr im Zaum halten. »Wieso weißt du das?«

»Die Kellnerin, die an jenem Abend Dienst hatte, hat sich bei mir gemeldet. Sie hat sich an eine Frau erinnert, die mit Antonio im Restaurant erschienen ist. Die beiden haben geredet, aber nichts gegessen.«

»Sie hat mich erkannt?«

»Nicht direkt. Ich habe Instagram nach den Hashtags Arosa, Kulm und Ahaan durchsucht. Das war enorm zeitaufwendig, am Ende stieß ich auf die Aufnahme eines indischen Paars. Ein Selfie, aufgenommen exakt an jenem Abend im Dezember. Im Hintergrund sind du und Antonio an einem Zweiertisch zu erkennen.«

Sekundenlang sagte Yvonne kein Wort, offenbar hatte es ihr die Sprache verschlagen.

»Ja, das war ich«, stieß sie endlich hervor. »Ich wollte ihm diesen ganzen Irrsinn ausreden. Erst an der Bar. Als er laut wurde, sind wir ins ruhigere Thairestaurant gewechselt. Hat nichts genutzt.«

»Warst du die Frau, die bei ihm im Wagen saß, als es passierte? Als er von der Straße abgekommen und gegen den Baum geknallt ist?«

»Nein.«

»Winterstiefel, Größe sechsunddreißig?«

»Ich trage achtunddreißig.«

»Die Spuren führten vom Wagen weg, ausfindig gemacht wurde die Frau nie.«

Yvonne hatte ein bedauerndes Geräusch hören lassen. »Da kann ich leider nicht weiterhelfen.«

Marisa schüttelt den Kopf, wie um die düsteren Gedanken zu vertreiben. Dass Antonio sie nicht über seine Entlassung informiert hat, erschüttert sie mehr, als sie sich eingestehen mag. Ihre Ehe war zerrüttet, das ist ihnen beiden bewusst gewesen, daran gibt es nichts zu beschönigen. Aber dass sie dermaßen kaputt gewesen ist, dass er ihr etwas derart Wichtiges vorenthalten hat, ist für sie unverständlich. Die Gleichgültigkeit, das mangelnde Interesse am anderen, an all das hatten sie sich gewöhnt, das war ihr Alltag. Dieser eklatante Mangel an Vertrauen ist dagegen eine Ungeheuerlichkeit, im Nachhinein noch mehr. Hat er sie systematisch belogen? Was hat sie alles nicht gewusst? Und was wird sie noch herausfinden?

Mit einem Seufzen steht Marisa auf und steigt auf die Kiste. Noch hat sie nicht alle Kartons inspiziert. Bevor sie sich um das Abendessen kümmert, will sie das erledigt haben, um wenigstens mit dieser Angelegenheit abschließen zu können. Denn seit dem Telefonanruf schwirren unzählige Fragen durch ihren Kopf.

Weshalb ist Antonio zur Kanzlei zurückgekehrt? Was hat es mit den Anschuldigungen gegenüber Pierre Eschmann auf sich? Geldwäsche? Illegale Geschäfte? Was, wenn doch etwas daran ist? Von welchen Beweisen hat er in Arosa gesprochen? Und wer war die Frau im Unfallwagen?

Marisa zerrt die oberste Box vom zweiten Stapel herunter und lässt sie zu Boden fallen. Weitere graue Ordner. Rasch klappt sie die Laschen hoch, holt den ersten Hefter hervor und blättert ihn durch. Nichts von Belang, mit den Unterlagen scheint alles in Ordnung zu sein. Mit einem Ächzen schiebt sie ihn zurück und greift nach dem nächsten, als ihr Blick am Kugelgrill hängen bleibt.

Ein Spontankauf von Antonio, eine total überflüssige Anschaffung dazu. Denn zu Hause hat er feststellen müssen, dass das Gerät für den schmalen Balkon ihrer ehemaligen Wohnung einen zu großen Durchmesser hat. Und hier im Genossenschaftshaus gibt es eine Dachterrasse, auf der ein riesiger Gemeinschaftsgrill steht.

Den Kugelgrill haben Antonio und Marisa gleich wieder in die Plastikhülle eingeschlagen und die Verpackung so verschlossen, dass sie wie fabrikneu aussieht. Der Plan war, das Teil auf eBay oder Ricardo zu verkaufen.

Nicht der einzige Plan, den sie nicht ausgeführt haben. Kugelgrill verkaufen, Paartherapie beginnen. Die Zeit hat für vieles nicht gereicht.

Marisa zieht den Karton mit dem Grill heran und drückt die transparenten Klebestreifen an, die sich vermutlich während des Umzugs gelöst haben. Erst mit Verzögerung nimmt sie das metallische Schaben wahr. Sie ruckelt noch einmal an der Kiste. Etwas rutscht in der Grillschale herum, das Geräusch lässt auf einen winzig kleinen Gegenstand schließen.

Ein Zubehörteil, mutmaßt Marisa und schiebt die Verpackung an ihren Platz zurück. Sie wischt sich die Handflächen an der Jeans ab und will sich wieder mit den Ordnern beschäftigen, doch eine Ahnung lässt sie innehalten. Im nächsten Moment kniet sie vor dem Grill, knibbelt am Klebeband und reißt den Karton auf. Und atmet scharf ein.

Freitag, 18:38 Uhr
Schöneggstrasse

Kaum hat Bashir Berisha die *Toro* Bar durch die Glastür betreten, zielt sein Blick zum Tresen. Wie immer, wenn er herkommt. Und in den letzten drei Monaten ist er häufig hergekommen. So häufig, dass sich seine Schwester, die hier als Kellnerin arbeitet, die neckenden Bemerkungen längst nicht mehr verkneifen kann. Heute ist er sicher vor ihrer spitzen Zunge. Ein verlängertes Wochenende in den Walliser Bergen mit ihrer Tochter Valentina, von dem Eliza seit Wochen redet.

»Wüsste ich es nicht besser, würde ich meinen, du hast Sehnsucht nach mir«, hat sie neulich gesagt und dazu wissend gegrinst.

Bashir sparte sich eine Antwort, doch seine pulsierenden Ohren haben ihm verraten, dass er errötete.

»Sie ist nicht da«, fügte Eliza lapidar an, was Bashir bereits beim Eintreten festgestellt hatte.

»Aber du willst ja eh nicht darüber reden.« Kokett hatte Eliza ihm zugeblinzelt und sich an den Barkeeper gewandt, um das Gespräch mit ihm fortzuführen. »Mein Bruder mag nämlich Geheimnisse.«

Zu Bashirs Bedauern ist es ihm nicht gelungen, seine Faszination für diese Frau zu verheimlichen, so sehr er auch darauf achtet. Allerdings hält seine Schwester das Ganze für eine postpubertäre Schwärmerei seinerseits, da er die Frau noch nie angesprochen hat, wenn sie sich gemeinsam in der Bar aufhalten. Stattdessen sitzt er schweigend vor seinem Limettenwasser und guckt hin und wieder verstohlen zu ihr hinüber.

Was Eliza nicht weiß und wovor Bashir sich hüten wird, es ihr zu erzählen, steht die Frau auf, folgt er ihr. Unauffällig, mit etwas Abstand, wie ein Stalker. Mit dem Bus bis zur Haltestelle Burgwies, von da ist es nicht mehr weit zum Russenweg. In ihrer Wohnung fallen sie übereinander her, nach drei Monaten noch leidenschaftlicher als zu Beginn der Liaison. Gesprochen wird dabei nie, als könnte ein einziges Wort den Zauber zerstören.

Doch sosehr Bashir mit seiner prinzipiellen Skepsis gegenüber Beziehungen die unverbindlichen Treffen anfänglich auch entgegengekommen sind, verspürt er seit zwei, drei Wochen ein seltsames Ziehen in der Brustgegend, wenn er an die Frau denkt. Mehrmals ist er tagsüber zu ihrer Adresse gefahren, um die Wohnung im dritten Stock des heruntergekommenen Mehrfamilienhauses aus dem Wagen heraus zu beobachten, ohne die Frau jemals zu sehen. Was womöglich besser ist, er wüsste nicht, worüber er mit ihr reden sollte. Ob sie überhaupt will, dass er sie tagsüber aufsucht? Vielmehr kommt er sich wie ein Verräter vor, wie einer, der die Regeln bricht. Denn ihre stille Vereinbarung beinhaltet keine weiteren Kontakte außer den rein körperlichen, so jedenfalls interpretiert er die Bedingungen.

Trotzdem wurmt es ihn, dass er nichts von ihr weiß. Nicht, wo sie arbeitet. Ob sie mit jemandem zusammen ist. Nicht einmal ihren Namen hat sie ihm verraten.

Zu seinem Ärger, der eng verbunden ist mit der Bestürzung über seine eigenen Empfindungen, sehnt er sich immer heftiger danach, diese Frau besser kennenzulernen, sie überhaupt erst kennenzulernen. Nicht nur ihren Körper, ihren Geruch und die Laute, die sie beim Vögeln von sich gibt.

»Das Übliche?«, will der Barkeeper wissen.

Bashir nickt, während er sich auf den Barhocker schwingt und vergeblich versucht, seine Gedanken in eine andere Richtung zu lenken. Weg von den Dingen, die sie tun, wenn sie in der dunklen Wohnung sind.

»Eliza ist in den Bergen.« Der Kellner presst eine Limette aus.

»Hat sie erzählt«, sagt Bashir kurz angebunden, ihm ist nicht nach Plauderei.

Das Stottern eines Motors dringt durch die offene Fensterfront herein und lässt ihn herumfahren. Ein grauer Audi Q7 ruckelt am Lokal vorbei.

»Gestern die Fahrprüfung bestanden«, sagt der Mann hinter dem Tresen und grinst. »Oder nicht bestanden.«

»Sieht ganz so aus«, brummt Bashir angesichts der beiden lachenden Frauen im Wagen.

Im selben Moment sprintet ein korpulenter Mann in einer leichten Sommerjacke an der Bar vorbei, er wedelt mit den Armen und schreit dem Wagen etwas hinterher, das wegen seiner sich überschlagenden Stimme nicht zu verstehen ist. Er hat den holpernden Audi beinahe erreicht, als das Auto plötzlich beschleunigt und mit aufheulendem Motor davonschießt. Sofort rennt der Mann mitten auf die Fahrbahn und spurtet dem Audi hinterher. Dass das absolut sinnlos ist, begreift der Typ erst nach etwa zwanzig Metern. Keuchend gibt er auf und stützt sich auf seinen Knien ab. Dass hupende Fahrzeuge um ihn herumfahren müssen und man ihm beim Überholen den Vogel zeigt, scheint ihn nicht zu kümmern. Verstört glotzt er dem Audi nach, ehe er sich aus seiner Erstarrung löst und zum Trottoir zurückwankt. Sein weißes Hemd unter der Jacke ist komplett verschwitzt.

Jetzt erkennt Bashir den Kerl. Vor gut einer Stunde hat er sich mit ihm in der *Lambada* Bar getroffen und ihn nach wenigen Minuten sitzen lassen. Zwar ist die *Agentur für unliebsame Angelegenheiten* momentan auf jede Art von Aufträgen angewiesen. Auftragsmord zählt definitiv nicht dazu. Für Bashir hörte sich die Anfrage wie ein Witz an, er hat den lächerlichen Dicken mit dem teigigen Gesicht schlicht nicht ernst nehmen können. Die Pandemie hat Idioten salonfähig gemacht.

Mit einem Taschentuch wischt sich der Typ den Schweiß

von der Stirn und in dem Moment, als er in die Bar hereinstolpert, klingelt Bashirs Telefon.

»Bashir«, dringt Marisas Stimme an sein Ohr.

Die Verbindung ist grottenschlecht und voller Störgeräusche, er versteht kaum etwas von dem, was seine Agenturpartnerin sagt.

»Ich habe da etwas entdeckt«, reimt er sich aus den Wortfetzen zusammen. »Etwas enorm Beunruhigendes.«

Freitag, 18:43 Uhr
Schöneggstrasse

»*Porca miseria!*«, flucht Herbert Russo, als er die Bar betritt.

Der Blick flackert, sein Blutdruck schraubt sich in bedrohliche Höhen. Der ganze Alkohol kombiniert mit der Aufregung und der Rennerei haben sein Herz über Gebühr strapaziert. Die Sicht verschwimmt, halb blind hält er auf den Tresen zu und klammert sich dort fest, für den Fall, dass ihm schwarz vor Augen wird. Es dauert einen Moment, bis er wieder klarsieht.

Sekundenlang stiert Russo dem Typen hinterher, der sich gerade an ihm vorbeigedrängt hat und nun durch die Glastür verschwindet. Er wird das Gefühl nicht los, dass er den schon einmal gesehen hat. Seine Sicht klart zögernd auf, vermutlich irrt er sich ohnehin.

Kaum denkt er an seinen Audi, schnellt sein Puls wieder in die Höhe. Die beiden verfickten Schlampen haben ihm seinen Wagen geklaut, mit einer Dreistigkeit, die er ihnen aufgrund ihres Alters nicht zugetraut hätte. Denn dass er seinen Autoschlüssel nicht mehr hat, bemerkte er in seinem angetrunkenen Zustand erst, als er fassungslos vor der Parklücke stand. Während ihm die eine Tussi in der *Lambada* Bar ihr nicht vorhandenes Höschen gezeigt hat, hat sich die andere den Schlüssel vom Tresen geschnappt, danach müssen sie so lange durchs Quartier gelaufen sein, bis der Audi auf ihre Entriegelungsversuche mit der Fernbedienung reagierte. Dilettantisch, eindeutig, aber für eine Spritzfahrt mit einer spontan geklauten Karre am Freitagabend reicht das Vorgehen völlig aus.

Ihr Vorsprung war gering, denn als Russo vor der Parklücke noch um Atem rang, konnte er in der Nähe ein vertrautes Motorengeräusch ausmachen. Die Schlampe war keine geübte Fahrerin, dennoch hatte er keine Chance. Als er den Audi auf der Schöneggstrasse vorbeizuckeln sah, hätte er sie womöglich noch einholen können. Doch gleich darauf hat sie das Gaspedal durchgedrückt.

Russo studiert die Barkarte und stopft das feuchte Taschentuch in die Hosentasche zurück. Bestellt einen spanischen Brandy beim Kellner. Die Zeit läuft. Er muss den Auftrag noch an diesem Abend ausführen. Ein Aufschub ist nicht drin, das hat ihm die Stimme am Telefon auf seine Nachfrage hin mit äußerster Schärfe klargemacht. Die Polizei habe Wind von der Sache bekommen, der Mann müsse schleunigst aus dem Verkehr gezogen werden.

»*Quell'iditiota!*« Verärgert schiebt Herbert Russo eine Hand in die Jackentasche, der kühle Kunststoff des Pistolengriffs beruhigt ihn etwas.

Wegen eines Arschlochs, das sich nicht zu benehmen weiß, hat er nun dieses verdammte Schlamassel am Hals. Wieso hat sich der Kerl nicht ruhig verhalten können? Ein paar Jahre, bis Gras über die Sache gewachsen ist, bis sich die italienischen Ermittler wichtigeren Ereignissen zuwenden oder ihn im besten Fall für tot halten. Umgebracht und in einer Kiesgrube verscharrt, in ein Fundament eingegossen, ins Meer geworfen. Wie so viele vor ihm.

Untertauchen ist ein Privileg. Es bedeutet, dass die Familie dir eine zweite Chance gibt. Allerdings kapieren das nicht alle. Dabei ist es so simpel, es sind ein paar wenige Grundsätze, die man befolgen muss. Den Ball flach halten, ist wohl der wichtigste. Bedeutet, sich der Umgebung anpassen. Sich in die Gemeinschaft einfügen. Womöglich eine Familie gründen. Einen regulären Job ausüben. Das fällt vielen schwer. Keine teuren Schlitten mehr, keine maßgeschneiderten Anzüge und handgenähten Schuhe. Keine Blondinen, die in luxuriösen Lofts auf dich warten, kein Koks auf rauchgläsernen Salontischen. Anstelle des schillernden Lifestyles frühmorgendliches Aufstehen, redliche Arbeit und ein Feierabendbier in der Dorfkaschemme. An den Wochenenden Fußballspiele der Seniorenliga und Zooausflüge mit den Kindern.

Da streichelt dir niemand das Ego, keiner rennt los, wenn du mit den Fingern schnippst. Sich daran zu gewöhnen, ist für manch einen hart.

Russo leert den Brandy in einem Zug und wischt sich mit dem Handrücken über den Mund.

Die meisten schaffen es, sich eine Zeit lang unsichtbar zu machen. Hin und wieder tickt einer aus oder schlägt über die Stränge. Weil er es nicht mehr aushält, weil er unbedingt die Sau rauslassen muss. Bei diesem Arschloch kommt pure Dummheit dazu. Ergänzt durch Arroganz und Eitelkeit. Eine fatale Mischung.

Was diese Leute nicht begreifen, mit solchen Aktionen bringen sie nicht nur sich selbst in Gefahr – das wäre ja noch zu verkraften –, sondern die gesamte Familie. All die unsichtbaren Fäden, die Süditalien mit der Schweiz verbinden, all die illegalen Aktionen, die unbemerkt von den Gesetzeshütern ablaufen, Waffenschieberei, Drogenhandel, Geldwäsche, drohen plötzlich aufzufliegen. In solchen Fällen wird einer losgeschickt, um den Schaden zu begrenzen und dem bunten Treiben Einhalt zu gebieten, um aufzuräumen, falls das nötig sein sollte. Jemand, der vor Ort ist und sich auskennt. Jemand, der Befehle anstandslos befolgt und so farblos ist, dass sich später keiner an ihn erinnert.

Jemand wie Herbert Russo.

Freitag, 18:44 Uhr
Minervastrasse

Klickend gleitet die Falle aus dem Schloss, mit einem gedämpften Schmatzen schwingt die schwere Holztür auf.

»Hallo?« Joy bleibt auf der Schwelle stehen und horcht in die Stille.

Vorsichtshalber klopft sie gegen den Türrahmen, ruft noch einmal in die Kanzlei hinein. Als alles ruhig bleibt, betritt sie den Eingangsbereich. Erleichtert. Ihr Deutsch ist zwar nach den vielen Jahren in der Schweiz beinahe fließend, aber als sie vorhin die Treppe in den dritten Stock hochgestiegen ist, überkamen sie mit einem Mal Zweifel. Was, wenn sie auf einen Anwalt trifft, der gerade Spätschicht schiebt, und ihm erklären muss, weshalb heute sie und nicht Belén die Kanzlei putzt? Würde er ihr glauben? Würde er sie überhaupt ausreden lassen? Oder würde er gleich die Polizei rufen?

Ihre Hautfarbe wird von vielen Einheimischen mit kriminellen Absichten gleichgesetzt. Mittlerweile hat sie sich daran gewöhnt und lässt sich nichts anmerken, doch tief im Inneren verletzt sie diese Haltung. Die Erfahrungen auf dem Strich haben ihr deutlich gemacht, was die Leute hier von Frauen wie ihr halten. Das ist nicht der einzige Grund gewesen, weshalb sie aus der Prostitution geflohen ist, aber es hat ihr die Entscheidung nicht erschwert. Auch wenn sich seither in der Hinsicht nichts geändert hat. Als afrikanische Frau wird man in diesem Land misstrauisch angesehen, egal welchen Beruf man ausübt.

In letzter Zeit hat sie sich gefragt, ob es so klug gewesen ist wegzulaufen. Vor zwei Jahren wollte sie ihre Schwester unbedingt vor dem Leid bewahren, das sie selbst nach ihrer Ankunft in der Schweiz hat durchmachen müssen. Vor den Handlagern ihrer Zuhälterin, die sie übel zurichteten, als sie sich geweigert hatte, ihren Körper feilzubieten. Vor der Einzelhaft in der kleinen Kammer, vom Hunger und vom Durst, bis sie klein beigab und weinend in die hohen Schuhe stieg, das kurze Glitzerkleid überstreifte und sich zu den anderen Mädchen auf die Langstrasse stellte.

Was danach kam, war teilweise noch schlimmer als die Folter der Zuhälterin. Auch davor wollte sie Faith schützen. Auf der positiven Seite hatte man ihr ein Dach über dem Kopf geboten, man hatte sie beschützt, Geld war – sobald sie sich gefügt hatte – nie mehr ein Problem gewesen.

Und jetzt wohnen sie mit drei Menschen, die sie kaum kennen, in einer Kellerwohnung im Niemandsland am Stadtrand zusammen und kämpfen täglich um ihr Überleben. Halten sich mit Gelegenheitsjobs über Wasser. Ernähren sich von Keksen und Crackers. Manchmal verabredet sich Joy mit dem einen oder anderen ihrer früheren Freier in einem billigen Hotel. Ohne den Schutz der Zuhälterin und ihrer Handlanger ist sie den Männern ohnmächtig ausgeliefert. Es kommt vor, dass sie nicht für ihre Leistungen bezahlt wird oder ein Kunde seine Wut an ihr auslässt. Sie hat nicht mitgezählt, wie oft sie mit leerem Portemonnaie, dafür mit einem geschwollenen Auge oder einer geplatzten Lippe von diesen Treffen nach Hause getorkelt ist.

Das Schlimmste ist die Angst, entdeckt zu werden. Denn die Nigerianer sind immer noch hinter ihr und ihrer Schwester her. Joy mag sich gar nicht ausdenken, was sie ihnen antun werden, sollten die Typen sie erwischen. Denn Joy hat mit ihrer Flucht den Zorn der Zuhälterin auf sich gezogen, Faith hingegen ist wertvolle Ware, für deren Transport von Nigeria in die Schweiz viel Geld investiert wurde. Geld, das Madame Lisha unbedingt zurückhaben will.

Natürlich wäre es schlauer gewesen, in eine andere Stadt zu ziehen, in ein anderes Land womöglich. Doch die wenigen Verbindungen, die Joy außerhalb der nigerianischen Community hat aufbauen können, sind alle in Zürich zu finden.

Verbindungen zu ehemaligen Kunden und zu Menschen, die es gut mit ihr meinen und die ihr weitergeholfen haben.

Joy zieht die Tür hinter sich ins Schloss. Das ist nicht das Leben, das sie sich erhofft hat, als sie sich auf die gefährliche Reise nach Europa begeben hat. Es ist auch nicht das Leben, das ihr die Zuhälterin versprochen hat. Es ist ein Leben, in dem es kein Vorwärts und kein Zurück zu geben scheint, Faith und sie stecken in einer ausweglosen Situation fest. Und solange kein Wunder geschieht, wird das so bleiben.

Das teure Nussbaumparkett knarrt leise unter ihren Schritten, als Joy auf die Toilette zusteuert und die schmale Kammer daneben öffnet. Darin befinden sich die Reinigungsutensilien, das weiß sie von Beléns umfangreichen Instruktionen. Auf den Regalen reihen sich Plastikflaschen, Putzmittel, Fensterreiniger, Parkettpflege und Kalkentferner, einige Packungen WC-Papier liegen kreuz und quer darin, als hätte sie jemand in großer Eile hineingeworfen, zuhinterst steht der Staubsauger.

Ehe sie mit der Arbeit beginnt, will sich Joy einen Eindruck von den Räumlichkeiten machen. Rasch geht sie von einem Zimmer zum nächsten, sie sind alle ähnlich eingerichtet. Schwere Möbel aus dunklem Holz, Ledersessel, Kunst an den Wänden. Ein paar Topfpflanzen, zwei Büros verfügen über Flügeltüren, die auf einen Balkon hinausführen. Es gibt ein Konferenzzimmer mit einem ovalen Tisch, in der Küche steht eine Kaffeemaschine, auf dem Kühlschrank ein Mikrowellengerät.

Joy kehrt zur Kammer mit den Putzsachen zurück, schnappt sich den Staubsauger, zieht das Kabel heraus und stößt den Stecker in die Strombuchse neben der Eingangstür.

Freitag, 19:02 Uhr
Wiedikon

»Die Zeit hat nicht gereicht, um mich gründlich einzuarbeiten«, erklärt Marisa und schiebt Bashir den aufgeklappten Laptop über den Küchentisch zu.

»Normal«, brummt er.

Marisa zieht eine Braue hoch. »Hast du einen Sprachkurs für Teenager besucht?«

»Bei Valentina ist gefühlt jedes zweite Wort ›normal‹. Und jedes dritte ›mega‹.«

»Kenn ich. Und mit jedem Mal fühlst du dich ein wenig älter.«

»Dazu braucht Valentina keine Worte. Einmal die Treppe hochrennen, reicht.«

Marisa grinst und weist auf den Computer. »Ganz blick ich bei der Sache nicht durch, aber da ist eindeutig was faul. Zum Vergnügen hat Antonio kaum die ganzen Dossiers abfotografiert.«

Aufmerksam studiert Bashir die geöffneten Dokumente auf dem Bildschirm. Nach einer Weile zuckt er ratlos mit den Schultern. »Für mich sind das einfach Kontoauszüge. Davon verstehe ich vermutlich noch weniger als du.«

»Es hat geeilt, als er die Unterlagen abfotografiert hat, deswegen ist Etliches unvollständig. Den Eindruck habe ich jedenfalls.«

Bashirs Augen weiten sich. »Die Saldi sind allerdings bemerkenswert.«

»Die Kanzlei berät eine ziemlich prominente und gut betuchte Klientel im In- und Ausland. Alles topdiskret.«

»Scheint sich zu lohnen.« Bashir ruft die nächste Seite auf und überfliegt sie. »Und den USB-Stick mit all diesen Dateien hast du im Keller gefunden?«

»Im Kugelgrill.« Marisa macht eine ratlose Geste. »Da

hing noch ein Stück Klebstreifen dran, Antonio muss den Stick am Grill befestigt haben. Beim Umzug hat er sich wohl gelöst.«

»Und weshalb hat er ihn dort versteckt? An einem Ort, an dem ihn niemand vermutet? Nicht einmal du?«

»Darüber zerbreche ich mir die ganze Zeit den Kopf! Die plausibelste Erklärung ist, dass ich nie Teil von Tonys Plan gewesen bin. Es war nicht vorgesehen, dass ich den Stick finde. Sonst hätte er mir einen Hinweis hinterlassen. Einen, den ich auf Anhieb gefunden hätte.«

»Also bist du durch Zufall darauf gestoßen?«

»Ja. Wer sucht schon einen USB-Stick in einem unbenutzten Grill?«

»Das kann durchaus seine Absicht gewesen sein. Vielleicht eine Art Versicherung.« Bashir begutachtet die Zahlen auf dem Bildschirm. »Aber wofür?«

»Ich habe keine Ahnung, was Tony mit den Dokumenten vorhatte. Er hat Hunderte von Seiten abfotografiert. Laut Yvonne Steiger, der Sekretärin des Kanzleiinhabers, hat er seinem Chef mehrmals Geldwäsche vorgeworfen, was Tony letztendlich den Job gekostet hat.«

Zögernd schaut Bashir auf.

»Was?«

»Eine spontane Überlegung, nimm's bitte nicht persönlich, Marisa.«

»Raus damit!«

»Und wenn dein Mann vorhatte, die Kanzlei zu erpressen?«

Sie blickt zur Küchenuhr und reibt sich das Kinn. »Ehrlich gesagt, ist mir der Gedanke auch gekommen. Yvonne hat erzählt, dass er nach seiner Entlassung immer wiederaufgetaucht sei. Angeblich wollte er Pierre, seinen ehemaligen Chef, zur Rede stellen. Selbst nach Arosa ist er der Belegschaft gefolgt. Für mich klingt das ganz schön ungesund.

Und mir zu verschweigen, dass er seine Arbeit verloren hat, ist mehr als merkwürdig.«

»Das wusste ich nicht.«

»War so.« Marisa beißt sich auf die Unterlippe.

Einen Moment lang herrscht Stille.

Bashirs Stuhl knarrt, als er sich zurücklehnt. »War das alles? Oder ist da noch mehr?«

Seit der Gründung der Agentur haben sie Gespräche über Persönliches konsequent vermieden, was ihm eigentlich recht ist. Daher weiß er sehr wenig über Marisas verstorbenen Mann. Sie hat ihm zu Beginn ihrer Bekanntschaft das Allernötigste über Antonio und dessen Unfalltod mitgeteilt, seither gibt sie sich diesbezüglich wenig gesprächig. Nicht, dass er jemals nachgefragt hätte. Doch jetzt, mit dieser Unmenge an mysteriösen Rechnungsbelegen einer renommierten Anwaltskanzlei in der Hand, beginnt ihn die Beziehung zwischen seiner Kollegin und ihrem Ehemann zu interessieren. Sehr zu interessieren.

»Ich weiß es nicht. Klar, wir hatten Geheimnisse voreinander. Die gibt's in allen Beziehungen.« Ein resigniertes Lächeln gleitet über Marisas Gesicht, ihre Augen schimmern mit einem Mal feucht. »Da sind so viele unbeantwortete Fragen. Und seit Tonys Tod werden es laufend mehr.« Hastig greift sie nach dem Weinglas und nimmt einen großen Schluck.

Bashir räuspert sich. »Angenommen, in diesen Unterlagen findet sich tatsächlich etwas Brisantes …«

»Da ist was.« Ruckartig steht Marisa auf, schiebt ihren Stuhl neben Bashirs und zieht den Laptop heran. »Ich bin ja auch kein Finanzcrack. Aber ich habe etwas entdeckt, das ich mir erst nicht erklären konnte.« Sie klickt ein neues Dokument an, ein Kaufvertrag erscheint auf dem Bildschirm. »Dieser rote Kreis. Er muss von Tony stammen, er hat ihn nach der Aufnahme direkt auf dem Foto gezogen. Vermutlich mit dem Zeigefinger, so wacklig wie das aussieht.«

»Drei Immobilien im Kanton Aargau.«

»Neu gebaute Wohn- und Geschäftsliegenschaften in der Nähe von …«

»Wow, für insgesamt vierzehn Millionen Franken!«, ruft Bashir und lehnt sich vor, um sich zu überzeugen, richtig gelesen zu haben. »Hast du das gesehen? Daneben steht eine hingekritzelte Zahl. Kaum lesbar.«

»Die Kontonummer des Kunden.«

»Hast du …?«

»Alles überprüft. Der Kontoauszug findet sich ebenfalls in den Unterlagen.«

»Und?«

»Das Geld, diese vierzehn Millionen, wurde nie einbezahlt und vor allem nie abgebucht. Die Summe taucht in der Kontoführung schlicht nicht auf.«

»Vielleicht hat er das Geld von einem anderen Account aus überwiesen.«

»Das bezweifle ich. Gefunden habe ich nämlich nichts, zumindest nicht in den vorhandenen Dateien.«

Bashir runzelt die Stirn. »Heißt?«

»Entweder sind die Unterlagen des Klienten unvollständig, wovon ich ausgehe.«

»Oder?«

»Oder der Kaufpreis wurde bar beglichen.«

»Vierzehn Millionen Franken? Bist du dir sicher? Wer trägt heutzutage noch solche Summen …?« Abrupt bricht er ab. »Ach so, verstehe. Geldwäsche. Eben doch.«

Marisa öffnet den Browser und ruft die Website des landesweit größten Immobilienanbieters auf. »Siehst du? Die Liegenschaften stehen bereits wieder zum Verkauf. Nach drei Jahren und angeblichen Renovationsarbeiten noch teurer als zuvor. Findet sich ein Käufer, werden dem Kanzleikunden«, sie klickt auf den Kaufvertrag, damit er wieder im Vordergrund zu sehen ist, »in diesem Fall einem gewissen

Reto Habegger, weit über fünfzehn Millionen blitzblanke Schweizer Franken aufs Konto überwiesen. Ganz regulär. Bis dahin zahlen alle Bewohner und Geschäftsinhaber ihre monatliche Miete. Auch dieses Geld ist sauber. Und vermutlich hat Herr Habegger, der mit ziemlicher Gewissheit ein Strohmann ist, eine Hypothek auf die Häuser aufgenommen und begleicht die Zinsforderungen jeweils per Bareinzahlung. Mit Schwarzgeld.«

»Also hatte dein Mann recht. Die Kanzlei unterstützt ihre Kundschaft beim Reinwaschen von Schwarzgeld.«

»Davon bin ich nach einem flüchtigen Überfliegen der Unterlagen überzeugt. Der Immobilienhandel in der Schweiz ist übrigens nicht dem Geldwäschereigesetz unterstellt, was bedeutet, dass Immobilienmakler und Notare die Herkunft der Gelder nicht überprüfen müssen.«

»Google?«

»Natürlich.« Marisa lacht. »Beim Durchklicken der Unterlagen sind mir weitere rote Markierungen aufgefallen. Sie finden sich überall, fast auf jeder Aufnahme.«

»Dann geht es hier um Geldwäsche im großen Stil.«

»Das sind eindeutig Profis.«

Bashir steht auf, geht in der Küche auf und ab und schnappt sich dann die Packung Spaghetti, die Marisa fürs Abendessen bereitgelegt hat. Die Carbonara ist allerdings bis auf Weiteres verschoben, die brisante Entdeckung hat die Pläne für den Abend durcheinandergewirbelt. Aus diesem Grund hat Marisa vorhin ihre Eltern angerufen und sie gebeten, ein paar Stunden länger auf Luca aufzupassen, sie werde ihn später abholen.

»Okay«, meint Bashir und benutzt die Teigwaren wie einen Taktstock, als er auf Marisa zeigt. »Lass uns rekapitulieren. Tony lag also richtig. Er hat seinem Chef …«

»Pierre.«

»… Pierre vorgeworfen, Geldwäsche und illegale Transaktionen für seine Klienten abzuwickeln.«

»Mit Beweisen, die er heimlich in der Kanzlei fotografiert hat«, ergänzt Marisa.

»Eventuell hat er ihn erpresst oder hatte es vor. Dafür spricht, dass er trotz der vorliegenden Beweise nie die Polizei eingeschaltet hat. Oder irgendwelche Wirtschaftsexperten.« Bashir fuchtelt mit den Spaghetti herum. »Keine Ahnung, wen man in einem solchen Fall informiert.«

»FINMA. Die eidgenössische Finanzmarktaufsicht. Hat er übrigens beinahe gemacht, sagt Yvonne Steiger, erst im letzten Moment hat er davon abgesehen.«

»Möglicherweise eine Drohgebärde.«

»Yvonne meinte, Tony sei erst ein paar Wochen später wieder in der Kanzlei aufgetaucht. Da habe er ziemlich verbissen gewirkt. Geradezu besessen von der Idee, einem Skandal auf der Spur zu sein.« Marisa schenkt sich Wein nach. »Er folgte der Belegschaft bis nach Arosa, um seinen Chef erneut mit den Tatsachen zu konfrontieren.«

»Aber wieso? Er hatte Pierre schon mehrmals zur Rede gestellt, offenbar ohne jeden Erfolg. Wegen dieser Uneinsichtigkeit hat er seinen Job verloren.«

Seufzend fährt sich Marisa durchs Haar. »Was weiß ich? Ein letzter Versuch vielleicht.«

»So viel Aufwand für etwas, das er auch in Zürich hätte erledigen können?« Bashir bleibt stehen und lehnt sich gegen die Küchenzeile, das Kinn auf die Pastapackung gestützt. »Kaum.«

»Dann muss er etwas Neues entdeckt haben. Etwas, das er unter keinen Umständen ignorieren konnte. Etwas, das die Kanzlei ernsthaft in Bedrängnis gebracht hätte.«

»Jetzt bewegen wir uns eindeutig im spekulativen Bereich.«

»Gibt es einen triftigeren Grund, eine aussichtslose Sache erneut aufzugreifen?«

»Keine Ahnung. Auf jeden Fall fuhr er nach Arosa …«

»… wo er von Yvonne abgewimmelt wurde. Danach kehrte er zurück und verunglückte auf der Straße nach Chur tödlich.«

Bashir verschränkt die Arme vor der Brust. »Und wenn es kein Unfall war?«

»Wie meinst du das?«

»Wenn Tony tatsächlich etwas entdeckt hat, das der Kanzlei oder Pierre Eschmann hätte gefährlich werden können.«

Marisa starrt ihn an. »Du meinst …?«

»Was, wenn dein Mann ermordet wurde?«

Sie dreht das halb leere Weinglas in den Händen.

»Was?«

»Ich habe dir noch nicht alles erzählt. Da war eine Frau mit im Wagen, als Tony diese Straße hinabgefahren ist. Nach dem Unfall fand man ihre Stiefelabdrücke im Schnee, sie führten vom Wagen weg. Größe sechsunddreißig. Die Frau wurde nie gefunden.«

Bashir stößt die Luft aus. »Marisa, verdammt! Wie viele Enthüllungen kommen da noch?«

»Das war's.« Marisa senkt die Lider. »Glaube ich.«

Freitag, 19:21 Uhr
Limmatplatz

»Herr Russo! Sie hier? So eine Überraschung!« Mit einem strahlenden Lächeln schiebt sich die Frau in sein Gesichtsfeld und bleibt viel zu nah vor ihm stehen. Als wären sie eng miteinander vertraut, wie ein seit Jahren verheiratetes Ehepaar. »Ein bisschen Stadtluft schnuppern?«

Gereizt glotzt Herbert Russo sie an. Dass sie ihn rücksichtslos aus seinen Gedanken reißt, die seit dem Barbesuch erbittert um den gestohlenen Wagen und die deswegen enorm kompliziert gewordene Ausführung seines Auftrags kreisen, weckt in ihm eine jähe Wut. Er versucht, sich nichts anmerken zu lassen, und quält sich ein Lächeln ab. Die Frau kommt ihm bekannt vor, aber er weiß nicht, woher er sie kennen müsste. Dunkle Kurzhaarfrisur mit violetten Farbklecksen, vermutlich hat sie sich von der Friseurin einen »frechen« Look gewünscht. Die Haut glänzt talgig, dünner Flaum wuchert an ihrem Kinn.

Erst jetzt fällt Russo das sechs oder sieben Jahre alte Mädchen auf, das neben ihr steht. Um sein Handgelenk ist die Schnur eines rosafarbenen Luftballons gebunden. Seine angeödete Miene verrät, dass es momentan lieber ganz woanders wäre. Zu Hause. Oder in einem Kinderheim. Oder auf dem Mars.

Dank dem Kind erinnert sich Russo schlagartig, wo er die Frau schon gesehen hat – in seinem eigenen Geschäft. Sie kommt sporadisch vorbei, bevorzugt die billigeren Großverteiler. Selbst Stammkundinnen erkennt er nicht auf Anhieb, wenn er sie unterwegs antrifft. Seltsamerweise kann er sich im Laden problemlos an ihre Namen erinnern, außerhalb der vertrauten Umgebung tut er sich manchmal schwer damit. Als würde seine Gesichtserkennung einzig mit dem Geruch von Parmaschinken in der Nase und italienischem Schlager im Ohr funktionieren.

»Frau … Nüsperli.« Ihr Familienname fällt ihm gerade noch ein, bevor es peinlich wird. »Schön, Sie zu sehen.«

»Auch unterwegs?«

Eine dieser Fragen, die ihn selbst in entspannten Situationen rasend macht. Am liebsten hätte er mit »Nein« geantwortet. Und es hätte sogar gestimmt. Nein, er ist nicht unterwegs, so kann man das wirklich nicht nennen. Nicht im Sinn von »durch die Stadt flanieren«. Er hat eine geladene SIG P220 in der Jackentasche und einen tödlichen Auftrag. Da man ihm eben erst sein Auto gestohlen hat und ein Taxi wegen seines heiklen Vorhabens unter keinen Umständen infrage kommt, ist er nun auf den öffentlichen Verkehr angewiesen. Er, ein Italiener aus dem Aargau. Sobald er herausgefunden hat, in welches Tram er steigen muss – und exakt das wäre er jetzt im Begriff zu tun, stünde sie nicht so unglaublich dicht vor ihm –, wird er zu der angegebenen Adresse fahren, kurz und schmerzlos die Zielperson ausschalten und hoffen, dass er unbehelligt fliehen kann. Was ihm nur gelingen wird, wenn er den Zeitpunkt des Mordes mit dem Fahrplan der Zürcher Verkehrsbetriebe abstimmt. Das ist nicht ganz unproblematisch, vor allem in dem noblen Wohnquartier oberhalb des Stadtzentrums. Das alles würde er der Nüsperli liebend gern entgegenschleudern, stattdessen lächelt er einfach weiter.

»Beim Shoppen, was? Ein kleines Geschenk für die Gemahlin? Die wird sich freuen!«

Unbeirrt plappert die Frau auf ihn ein, während er auf sein Handy schielt. Zweimal umsteigen, zeigt die App des Zürcher Verkehrsvereins an. Auch das noch. Ihm bleibt heute nichts erspart. Der Schweiß läuft ihm über den Rücken, die Auswirkungen des Alkohols zwingen ihn, die Augen zusammenzukneifen, damit er überhaupt etwas vom Display ablesen kann.

»Diese Hitze, das ist der Wahnsinn! Finden Sie nicht? Aber wir wollen nicht jammern, es ist dann noch lang genug Winter«, schnattert die Nüsperli unbeirrt weiter. »Und diese andauernde Feuchtigkeit, unerträglich. Wie in den Tropen ist das. Nächste Woche soll's schon wieder regnen, haben sie im Fernsehen gesagt. Wir waren ja vor drei Jahren in Thailand, die gesamte Familie mit Eltern. Da ist es genauso. Als säße man in einem Dampfbad. Keine Ahnung, wie die das aushalten. Mein Schwiegervater ist beinahe gestorben, seine schwache Pumpe hat da nicht mehr mitgespielt.«

Tram Nummer 6, besagt die App. Richtung Escher-Wyss-Platz. Verstohlen sieht sich Russo um, er kennt sich in Zürich nicht aus. Weiter als bis zu den schummrigen Etablissements an der Langstrasse ist er nie gekommen. Er hat keine Ahnung, wo sich dieser Platz befindet. Ehe er sich auf dem Handy schlaumachen kann, rauscht eine Straßenbahn heran, über der Fahrerkabine prangt eine Sechs auf braunem Grund.

»Da ist mein Tram«, erklärt er und schiebt sich an der sichtlich enttäuschten Frau Nüsperli vorbei, die sich wie beim Tango schrittweise mit ihm dreht.

Kaum entdeckt sie die nahende Bahn, erhellen sich ihre Gesichtszüge. »Sie müssen auch zum Bahnhof?«

»Ja«, knurrt Russo und gibt innerlich wenig jugendfreie Begriffe von sich.

»Das trifft sich gut. Wir nämlich auch. Gell, Emilia?«

Das Mädchen reagiert nicht auf die Frage der Mutter, stattdessen glotzt es stoisch auf einen Punkt jenseits des Limmatplatzes. Das Tram bremst ab, zischend klappen die Türen auf. Freitagabend, jeder Sitzplatz ist besetzt, selbst im Gang stehen Fahrgäste.

»Komm schnell, vielleicht fährt ja der nette Herr Russo mit uns bis …«

»Ich habe noch etwas zu erledigen«, unterbricht Russo den Redeschwall seiner Kundin, steigt ein und steuert den Stehbereich ganz hinten im Waggon an.

»Ach schade, das wäre schön gewesen.« Keuchend folgt ihm die Nüsperli durch die Menschenmenge. »Oder, Emilia?«

Emilia scheint die Meinung ihrer Mutter nicht zu teilen, sie bleibt vor Russo stehen und starrt ihn ausdruckslos an. Er versucht, das Mädchen zu ignorieren, und schiebt immer wieder den Ballon zur Seite, der vor seinem Gesicht hin und her pendelt.

»Lustig.« Die Nüsperli kichert, kaum hat sich das Verkehrsmittel in Bewegung gesetzt, und deutet mit einer Kinnbewegung zum Fenster hinter Russo. »Stünden Sie jetzt nicht vor mir, hätte ich gesagt, Ihr Auto fährt gerade da draußen vorbei. Sie besitzen doch einen grauen Audi, nicht?«

»Was?« Als hätte sie ihm einen Stromschlag versetzt, wirbelt Russo um die eigene Achse.

Dabei reißt er den Ballon mit, worauf Emilia einen schrillen Empörungsschrei ausstößt, hart an der menschlichen Hörgrenze. Die Nüsperli stimmt ins Gezeter mit ein und versucht vergebens, sich den Luftballon zu schnappen.

»Fotutte puttane!«, brüllt Russo der Fensterscheibe entgegen, seine Stimme überschlägt sich.

Der daytonagraue Audi Q7 fährt tatsächlich wenige Meter von der Straßenbahn entfernt die Limmatstrasse entlang.

Dass der Nüsperli eine vorwurfsvolle Bemerkung entfährt, bekommt er nur am Rand mit. Wie von Sinnen hämmert er mit den Fäusten gegen das Glas und schreit dem Wagen, der gemächlich das Tram überholt, eine Fülle von Schimpfwörtern hinterher.

Die dumpfen Schläge müssen im Wagen zu hören sein, denn plötzlich streckt die Fahrerin des Audi den Kopf aus dem hinuntergelassenen Fenster und blickt zurück. Als sie Russo erkennt, lächelt sie ihm frech zu und formt mit den Lippen einen Kussmund. Dann beschleunigt sie und mit aufheulendem Motor braust der Audi Richtung Bahnhof.

Freitag, 19:26 Uhr
Rigiblick

Belén braucht gar nicht erst auf ihre Armbanduhr zu schauen, als sie die Standseilbahn an der Endstation verlässt. Sie weiß auch so, dass sie zu früh ist. Doch zu Hause hätte sie es keine Sekunde länger ausgehalten. Sosehr sie sich über die Einladung der Eschmanns freut, in den letzten Tagen hat allein der Gedanke an die Party sie nervös gemacht. Diese Unruhe ist der Grund, weshalb sie bereits kurz nach dem Escher-Wyss-Platz aus dem Bus gestiegen und zu Fuß bis zur Talstation der Seilbahn Rigiblick spaziert ist. Einzig für das steilste Wegstück, die letzten vierundneunzig Höhenmeter, hat sie die Bahn genommen, eine etwa zweiminütige Fahrt.

Kaum hat sie die Station verlassen, einen unscheinbaren Betonklotz, der mit einem verglasten Wartebereich mit roten Stützpfeilern verbunden ist, sieht sie trotzdem nach, wie spät es ist. Eine halbe Stunde noch. Auf keinen Fall will sie pünktlich bei den Eschmanns eintreffen.

»Ab acht«, hat Marianne Eschmann gesagt.

Ihre Arbeitgeber sollen nicht denken, sie hätte nichts anderes zu tun oder wäre so einsam, dass sie es kaum erwarten könnte, unter Leute zu kommen. Obwohl beides zutrifft.

Nach kurzem Zögern marschiert Belén die Straße hoch, die zum Theater Rigiblick führt. Sie hat irgendwo gelesen, dass man von der Restaurantterrasse eine umwerfende Aussicht auf die Stadt hat. Zu ihrer Schande muss sie sich eingestehen, dass sie es noch nie bis hierher geschafft hat. Obschon die Eschmanns wenige Minuten entfernt wohnen und nach Feierabend ohne Weiteres ein Abstecher für sie drin gewesen wäre. Aber die Jahre im Untergrund haben sie gezeichnet, die meisten Vergnügungen untersagt sie sich kategorisch. Sich möglichst nicht exponieren, erst recht nicht unnötig, lautet ihre Devise. Damit ist sie bislang sehr gut gefahren.

Belén überquert den Vorplatz des Theaters und bewundert den pompösen lang gezogenen Bau mit den drei Giebeln und den beiden Türmchen, weiter vorne, in einem gesonderten Trakt, befindet sich das Restaurant. Besonders auffallend sind die geschwungenen Aufgänge, die zum Theatersaal hochführen, wie sie vermutet, und sie an die Showtreppen aus Hollywoods Glanzzeiten erinnern.

Vor dem Theater bunte Stahlblechtische, sie sind alle besetzt. Im Licht der untergehenden Sonne leuchten die Gesichter der Gäste golden, der Weißwein in den Gläsern funkelt. Die Vorstellung muss bald beginnen.

Belén versucht sich zu erinnern, wie sich das früher angefühlt hat. Ins Theater gehen. Davor auf der Terrasse ein Glas Wein trinken, eine Kleinigkeit essen vielleicht. Einen ganz normalen Freitagabend mit Freundinnen und Freunden verbringen, reden, lachen. So wie es in diesem Moment Tausende in dieser Stadt gerade tun. Unbeschwert und ohne die stete Angst vor Entdeckung. Es fällt ihr schwer, es ist lange her, dass sie Leichtigkeit verspürt hat.

Schnell schiebt Belén das aufkommende Bedauern von sich, sie erlaubt sich weder Selbstmitleid noch Gefühlsduselei. Sie spaziert am Theater vorbei und schlendert auf den Rand der Plattform zu. Was in dem Bericht zu lesen war, trifft tatsächlich zu. Eine Weile steht sie einfach da, ergriffen vom Panorama der Stadt, von der Schönheit des anbrechenden Sommerabends. Nach dem langen heißen Tag wirkt die Atmosphäre staubig, schillernde Partikel schwirren in der Luft, ein Mückenschwarm tanzt im Gegenlicht zwischen den Bäumen unterhalb des Restaurants. Da wo die Sonne noch hingelangt, glühen die Häuser im rostroten Schein, die schattigen Gegenden versinken bereits in der lilafarbenen Dämmerung.

Mein Zuhause, fährt es Belén durch den Kopf. Der Gedanke überrascht sie, er ist ihr noch nie gekommen. Gleichzeitig spürt sie, dass er sich falsch anfühlt. Das ist nicht ihr Zuhause, obschon sie seit einer Ewigkeit in Zürich lebt. Zuhause ist da, wo man sich wohlfühlt, wo man sich frei bewegen kann, akzeptiert ist. Familie bedeutet für sie Zuhause. Hier ist sie ein unwillkommener Gast, einer, den man bei Entdeckung sofort loswerden will. Und dabei vergisst, dass ohne die Arbeit der Sans-Papiers vielerorts – in der Kinderbetreuung, im Haushalt, in Wäschereien und Restaurants, auf Baustellen und in der Landwirtschaft – empfindliche Lücken entstehen würden. Lücken, die mit legalen Angestellten nicht geschlossen werden könnten.

Nein, Zürich ist nicht ihr Zuhause. Auch wenn es sich in diesem Moment genauso anfühlt. Für sie und achtundzwanzigtausend weitere Menschen in dieser Stadt ist das nicht der Fall.

Belén weiß, dass insgesamt zwischen achtzig- und dreihunderttausend Sans-Papiers in der Schweiz leben, eine Schätzung, denn genaue Zahlen existieren nicht, das liegt in der Natur der Sache. In der Anlaufstelle gibt es etliche Broschüren und Bücher zum Thema, Belén hat sie alle gelesen.

Als sie sich abwendet und zum Theater zurückkehrt, fühlt sich ihr Herz mit einem Mal tonnenschwer an. Sie überlegt ernsthaft, wieder nach Hause an den Manesseplatz zu fahren. Die Einladung zu dieser Party ist eine einmalige Sache, das ist ihr bewusst. Keineswegs bedeutet es, dass die Eschmanns sie damit in ihren Freundeskreis aufnehmen, so warmherzig sich die beiden ihr gegenüber auch geben. Nach so langer Zeit wieder einmal als Mensch und nicht als Arbeitskraft wahrgenommen zu werden, erfüllt Belén zwar mit Stolz und gespannter Erwartung, andererseits fürchtet sie sich vor dem Augenblick danach. Wenn sie wieder in ihrer kleinen

Mansarde angekommen und abgeschminkt ist, das schöne Kleid abgestreift hat. Wenn die Musik, das Gelächter und das Gläserklirren noch in ihren Ohren nachhallen, während sie allein in ihrem schmalen Bett liegt. Und dieser Abend nur noch eine schöne Erinnerung ist, ein kurzer Ausbruch aus ihrem tristen Dasein.

Werde ich damit umgehen können?, fragt sich Belén. Dass sie die Tür spaltbreit für mich geöffnet haben, um mir einen Moment in ihrer glitzernden Welt zu gestatten. Eine Tür, die sich vermutlich für sehr lange Zeit hinter mir schließen wird, sobald ich die Party verlasse.

Wird irgendetwas anders sein, wenn ich am Dienstag mit dem Staubsauger im Wohnzimmer unterwegs bin? Die Möbel abstaube, Toilette und Badewanne reinige? Werden die Eschmanns mich als einen anderen Menschen sehen? Oder werden sie so tun, als wäre nichts gewesen?

Du machst dir zu viele Gedanken!, schimpft sich Belén, als sie der in Serpentinen bergabwärts führenden Straße folgt. Genieß einfach den Abend und entspann dich!

Morgen ist noch früh genug, um sich mit der Situation auseinanderzusetzen. Belén verlangsamt die Schritte, das Gefälle belastet ihre Knie. Der Abend muss nicht zwangsläufig mit einer Rückkehr in ihr abgeschottetes Leben enden. Mit etwas Glück wird ihre Welt bald eine ganz andere sein. Vor ein paar Tagen hat sie auf Marianne Eschmanns Schreibtisch eine Gästeliste gefunden. Daher weiß Belén, wer alles eingeladen ist. Wenn sie ihre Karten geschickt ausspielt, gewinnt sie womöglich mehr als einen kurzen Augenschein auf die mondäne Welt der Eschmanns.

Die Villa steht oberhalb der Germaniastrasse, ein düsterer Bau mit einer Fassade aus groben Steinquadern, der einem schottischen Schloss nachempfunden ist. Breite Erker, vom Balkon aus hat man eine unverstellte Sicht auf die Stadt. Hinter dem schlichten Gartentor auf Straßenniveau gelangt man zu einer Treppe, die durch einen dicht mit Büschen bewachsenen Hang zum Wohnhaus hinaufführt. Motorisierte Besucher nehmen die Einfahrt etwas weiter rechts. Das kupferne Vordach über dem seitlichen Eingang ist von hellem Türkis, das halbrunde Fenster darüber erinnert an eine gotische Kirche.

Belén schaut erneut auf die Uhr. Drei Minuten nach acht. Sie ist immer noch zu früh. Das Haus wirkt von hier unten verlassen und abweisend, fast hätte man meinen können, die Eschmanns wären in Urlaub gefahren. Stünden da nicht die weiß gedeckten Stehtische mit den silbernen Kerzenständern auf dem Balkon, die blinkenden Lichterketten, die sich kunstvoll um das Geländer winden. Belén lehnt sich an die hüfthohe weiß getünchte Mauer auf der gegenüberliegenden Straßenseite und holt ihr Handy hervor. Für ein paar Minuten *Il Cuoco Caputo* reicht die Zeit. Sie lässt das Video an der Stelle weiterlaufen, wo sie es beim Aussteigen aus dem Bus angehalten hat. Der Koch ohne Gesicht füllt gerade Zucchiniblüten mit einer cremigen Mischung aus Ricotta, Parmesan, Knoblauch, Kräutern und abgeriebener Zitronenschale, bevor er sie vorsichtig im Mehl wendet und frittiert, bis die Päckchen eine goldbraune Kruste haben. Mit einer Schaumkelle schöpft er sie aus dem siedenden Öl und lässt sie auf Küchenpapier abtropfen.

»Serviert mit einem Salat aus gegrillten Paprika ein genauso einfaches wie edles Abendessen«, erklärt der Cuoco und ordnet die Blüten kunstvoll auf einem Teller an.

Als sie hört, wie in der Villa oben die Balkontür geöffnet wird, hebt Belén den Kopf. Marianne Eschmann ist gerade aus dem Wohnzimmer getreten, sie gibt einer jungen Frau mit dunklen, streng zurückgebundenen Haaren Anweisungen. Belén kennt den Tonfall gut. Die junge Frau verschwindet im Inneren des Hauses und Marianne Eschmann stellt sich ans Balkongeländer. Als sie Belén entdeckt, erhellt sich ihre

Miene. Blitzschnell lässt Belén ihr Telefon in die Handtasche gleiten und winkt ihr zu.

»Belén!«, ruft ihre Arbeitgeberin erleichtert. »Kommen Sie rauf!«

Beléns Herz klopft aufgeregt. Rasch überquert sie die Straße, öffnet voller Elan das Gartentor und steigt die Treppe zur Villa hoch.

»Gut, dass Sie so früh da sind«, meint Marianne Eschmann außer Atem, als sie Belén in der Eingangshalle begrüßt. Dabei hält sie ihre Hände fest, als wollte sie Ringelreihen tanzen. Kurz bleiben sie in dieser Position stehen.

Wie die Fassade ist das Interieur auf schottisches Schloss getrimmt. Der rote Orientteppich, die Polstersessel, das dunkelbraune Ledersofa. An der Wand zwei hölzerne Truhen, neben dem Treppenaufgang steht eine Ritterrüstung. Ein pompöser Kronleuchter spendet warmes Licht, gegenüber dem Eingang hängt ein Porträt der Hausherrin in Öl. Dasjenige ihres Gatten hängt im Speisesaal. Belén weiß, dass das Haus erst vor drei Jahren gebaut worden ist und bei näherer Betrachtung wie eine Pappmachékulisse aus einem billig produzierten Film aussieht. Selbstverständlich hat sie das immer für sich behalten.

»Kommen Sie mit. Ich habe so gehofft, dass Sie rechtzeitig erscheinen.« Marianne Eschmann packt Beléns Arm und zerrt sie die Stufen hoch.

»Ich habe Ihnen etwas mitgebracht.« Überrumpelt von der begeisterten Begrüßung, nestelt Belén einen in Geschenkpapier eingewickelten Gegenstand aus der Tasche.

»Herzlichen Dank, meine Liebe«, sagt Marianne Eschmann abwesend, nachdem sie den obersten Treppenabsatz erreicht haben, und stellt das Präsent achtlos auf die Kommode, an der sie gerade vorbeilaufen.

»Ein Monolito«, erklärt Belén. »Aus Holz. Geschnitzt nach dem Vorbild der größten Statue, die man in der Ruinenstätte Tiwanaku gefunden hat. Das Original befindet sich heute in La Paz, in der Nähe des …«

»Hören Sie, Belén. Wir haben ein Problem. Eines der Mädchen ist krank geworden«, setzt die Eschmann an, doch Belén hört nicht richtig zu, ihre ganze Aufmerksamkeit richtet sich auf die letzten Vorbereitungen für die Party, die gerade im ersten Stock stattfinden.

Noch scheinen keine weiteren Gäste eingetroffen zu sein, Belén ist trotz aller Verzögerungsmaßnahmen früher als alle anderen aufgetaucht.

Im Wohnzimmer sind ebenfalls Stehtische platziert, wie diejenigen auf dem Balkon sind sie mit weißen Tüchern bedeckt. Am nördlichen Ende des Raums hat man Tische zu einem Büfett zusammengeschoben. Zwei junge Männer, vermutlich vom italienischen Cateringservice, verteilen gerade Rechauds mit Teelichtern auf der bordeauxroten Tafeldecke. Eine Frau in schwarzer Servicekleidung, über die sie eine strahlend weiße Schürze gebunden hat, betritt das Zimmer mit einer ovalen Porzellanplatte, auf der sich nach Farben geordnete Gemüsestreifen häufen, mittig sind drei Schüsseln mit verschiedenen Dips platziert.

»… es tut mir unglaublich leid«, hört Belén Marianne Eschmann sagen. »Aber Sie kennen sich in unserem Haus bestens aus, auf Sie können wir uns immer verlassen. Sie sind eine echte Stütze, Belén.«

Sie trägt eine petrolgrüne Bluse aus fließendem Stoff, dazu eine cremefarbene Hose und dunkle Samtschuhe mit Schnallen. Um den Hals hat sie sich eine Perlenkette gelegt, die bei jedem Schritt leise klackt. Die Ohrringe passen dazu. Das aschblonde Haar hat sie hochgesteckt, was sie bei günstigem Licht mädchenhaft aussehen lässt.

»Zwei Stunden, maximal«, meint sie. »Bis das Gröbste erledigt ist. Danach dürfen Sie sich gern zu uns gesellen.«

Wie vom Blitz getroffen bleibt Belén stehen.

»Natürlich habe ich mir das auch anders vorgestellt«, fährt die Eschmann in bedauerndem Ton fort. »Leider kann ich es nicht ändern. Und auf die Schnelle einen Ersatz ... Sie wissen, wie das ist.« Mit energischen Schritten geht sie voraus in die großräumige Küche, die sich am Ende des Flurs befindet, öffnet den Schrank neben dem Eingang und reicht Belén eine Schürze. »Es ist wohl besser, Sie ziehen die über. Sonst ruinieren Sie Ihr wunderbares Kleid.«

Belén ist unfähig, einen klaren Gedanken zu fassen. Alles dreht sich, sie hört Marianne Eschmanns Stimme wie von weither, bekommt kaum mit, wie ihr die Vorgesetzte den Halsbändel der Schürze über den Kopf streift, den Stoff zurechtzupft und die Seitenbänder vor ihrem Bauch verknotet.

»So kann nichts passieren.« Prüfend begutachtet Marianne Eschmann Belén von oben bis unten. »Wie gesagt, es ist nur für ein paar Stunden.«

Benommen starrt Belén sie an.

»Vielen Dank, Belén, Sie sind ein Engel«, haucht die Eschmann und eilt davon.

Wie in Trance bleibt Belén stehen, bis ihr einer der Cateringköche einen Arbeitsplatz zuweist. Stumm setzt sie sich an den Küchentisch mit der geölten Buchenholzplatte, auf der sich Kartoffeln häufen. Jemand hat Sparschäler, Küchenmesser und zwei gelbe Plastikschüsseln bereitgestellt. Als hätte man sie erwartet. Als wäre das der Ort, wo man sie fest eingeplant hat. Die junge Frau, die auf der anderen Tischseite Bohnen entfädelt, lächelt ihr kurz zu, bevor sie sich wieder um ihre Aufgabe kümmert. Sekundenlang glotzt Belén auf die Kartoffeln und sackt in sich zusammen. Ihre Glieder fühlen sich mit einem Mal bleischwer an. Jemand scheint am Lichtschalter gedreht zu haben, es kommt ihr vor, als wäre es dunkler in der Küche als eben. Sie zieht den Stuhl ein Stück zurück und stellt sich vor, wie sie ihn plötzlich hochhebt und durch die Küche schleudert, wie sie mit dem Messer auf die Tischplatte einsticht und wie von Sinnen schreit. Dann nimmt sie mit einem tiefen Seufzer das Schälmesser in die eine Hand, während sie mit der anderen nach der ersten Knolle langt. Die Klinge verursacht ein schabendes Geräusch, als sie den ersten Streifen erdverkrusteter Schale von der Kartoffel pellt.

Freitag, 19:36 Uhr
Minervastrasse

Noch einmal fährt Joy mit der Toilettenbürste unter dem inneren Rand der Kloschüssel entlang, um die letzten hellblauen Schlieren des Putzmittels zu beseitigen, und betätigt die Spülung. Sie stellt die Bürste in die Halterung zurück, wischt ein paar Wassertropfen vom Toilettensitz und richtet sich auf. Sekundenlang betrachtet sie sich im Spiegel.

So habe ich mir das nicht vorgestellt, denkt sie, reißt ein Blatt von der Klopapierrolle ab und tupft sich damit den Schweiß von der Nase. Ganz und gar nicht.

Joy knüllt den Fetzen zusammen, wirft ihn die Schüssel und drückt abermals den Spülknopf. Sie sieht dem Knäuel zu, wie es sich im Strudel dreht, bis es in die Tiefe gezogen wird und in der Kanalisation verschwindet. Genau wie ihre Pläne, die sie auf der Reise geschmiedet hat. Immerhin hat sie Arbeit. Dafür müsste sie dankbar sein und ist es auch. Doch die jahrelange Demut setzt ihr zu, mit jedem Mal, da sie sich für einen Gefallen bedanken muss, spürt sie, wie ihr Widerwille wächst. Permanente Dankbarkeit ermüdet, dauernd von anderen abhängig zu sein, noch viel mehr. Sie ist von ihrer Zuhälterin geflohen, um ein eigenständiges Leben zu führen, in den vergangenen zwei Jahren ist sie allerdings keinen einzigen Schritt weitergekommen, sondern hangelt sich nach wie vor von einem Gelegenheitsjob zum nächsten. Es reicht knapp zum Überleben, den Abgrund weiß sie stets unter sich. Da ist kein Sicherheitsnetz. Wenn sie fällt, fängt sie niemand auf. Sie ist auf sich selbst gestellt.

Faith ist ihr keine Hilfe. Anfänglich hat sich ihre Schwester richtig reingehängt, hat sie bei Putzaufträgen unterstützt und im Haushalt mitgeholfen. Ihr Enthusiasmus hat rasch nachgelassen, sobald sie begriffen hatte, dass ihre Bemühungen ins Leere liefen. Dass kein Weg aus dem Elend führt. Hinzu kommt, dass Faith die auf der Reise erlebten Grausamkeiten weit weniger gut wegsteckt, als das bei Joy der Fall gewesen ist. Ihre Schwester schläft unruhig, oft schreckt sie nachts schreiend auf, tagsüber zieht sie sich immer mehr in sich zurück. Manchmal sitzt sie stundenlang reglos in der Küche und stiert Löcher in die Luft. In solchen Momenten reagiert sie nicht einmal, wenn Joy sie anspricht. Streicht sie ihrer Schwester dann sanft über die Schulter, zuckt die heftig zusammen, ihr Blick irrlichternd, panisch. Es bricht Joy das Herz, doch sie weiß nicht, wie sie zu Faith durchdringen kann. Eine Zeit lang hatte sie den Eindruck, ihre Schwester käme allmählich darüber hinweg, es gab Anzeichen der Heilung. In den letzten Wochen jedoch hat sie eine beunruhigende Veränderung bei Faith wahrgenommen. Nun ist es nicht mehr Angst, die sie in ihren Augen erkennt, sondern Wut. Eine unbeherrschte, jäh hervorbrechende Wut.

Joy löscht das Licht in der Toilette und zieht die Tür hinter sich zu. Aus einem der Büros dringt das samtweiche Klingeln eines Telefons.

In dieser Kanzlei ist alles gedämpft, als könnte ein lautes Geräusch die vornehme Stille ankratzen.

Das Klingeln verstummt, im selben Moment hört Joy aus dem Treppenhaus ein verhaltenes Knarren. Hastig stellt sie die WC-Ente auf das Regal in der Abstellkammer und zieht sich in das nächstgelegene Büro zurück. Einen Moment lang kommt sie sich lächerlich vor, schließlich ist sie als Putzfrau legitimiert, sich nach Arbeitsende in der Kanzlei aufzuhalten. Wäre da nicht ihr Instinkt, der ihr sagt, dass etwas nicht stimmt.

Die Schritte sind von diesem Raum aus kaum zu hören. Joy hält den Atem an und lauscht in die Stille hinein. Plötzlich ein Scharren, der Fußabtreter stößt leicht gegen die Tür. Schleunigst hält Joy Ausschau nach einem Versteck.

Ihr fällt der graue Aktenschrank neben der Durchgangstür

zum nächsten Büro auf. Mit zwei Schritten ist sie bei ihm und öffnet ihn. Ordner, wohin sie sieht, lückenlos aneinandergereiht auf den Regalen, auf dem Schrankboden stapeln sie sich sogar. Keine Chance, sich da hineinzuzwängen.

Vom Eingang her vernimmt Joy einen schabenden Laut, gleich darauf wird ein Schlüssel ins Schloss gesteckt. Fieberhaft sieht sie sich um und steuert dann auf die Balkontür zu. Leise öffnet sie die Tür und huscht hinaus.

Der Balkon ist schmal, Joy bewegt sich von der Glasscheibe weg zum äußersten Ende und drückt sich dort gegen die Sandsteinfassade. Vom Gang her dringt eine Frauenstimme, die späte Besucherin telefoniert offensichtlich. Mit gedämpfter Stimme, weshalb Joy kaum etwas versteht.

Die Frau schließt die Eingangstür hinter sich, das hingegen kann Joy deutlich hören, und marschiert durch den Flur. Jemand, der sich in der Kanzlei auskennt.

Falls sie mich entdeckt, sage ich einfach, ich sei zum Rauchen auf den Balkon. Joy muss an Belén denken. Wenn die mich so sehen könnte! Sie würde den Kopf schütteln und die Augen verdrehen. Sie ist immer so furchtbar ernsthaft, dabei ist sie Bolivianerin!

Joy beugt sich vor, um durch die Zweige der Laubbäume einen Blick auf das tomatenrote Haus auf der gegenüberliegenden Straßenseite zu erhaschen. Der Wagen, der neben dem Eingang zur Kanzlei parkt, fällt ihr erst beim zweiten Hinschauen auf. Ein weißer Hyundai Kombi. Unauffällig. Ihr gefriert das Blut in den Adern. Die beiden Kerle, die darin sitzen, heben jetzt synchron die Köpfe und sehen zu ihr herauf. Sonnenbrillen, goldene Halsketten, dunkle Haut. Dayo und Akono, eindeutig. Die Nigerianer haben sie gefunden.

Freitag, 19:53 Uhr
Minervastrasse

Hart hämmert Joys Herz gegen ihre Rippen, als sie die Balkontür schließt. Sie spürt Panik aufkommen, schafft es kaum, einen klaren Gedanken zu fassen. Ein paar Sekunden lang befürchtet sie, die Kräfte könnten sie verlassen, doch sie fängt sich wieder. Sie zieht sich von den Fensterscheiben zurück und lässt sich gegen die Wand fallen. Zwingt sich, tief ein- und auszuatmen, damit das ohrenbetäubende Pochen des Pulses nachlässt und sie nicht mehr am Nachdenken hindert. Sie muss so schnell wie möglich raus hier, die beiden Typen könnten jeden Moment hochkommen und die Kanzlei stürmen. Jetzt wissen sie, auf welchem Stock und in welchem Apartment sie sich aufhält.

Während Joy verzweifelt ihre Fluchtmöglichkeiten durchgeht – viele sind es nicht –, hört sie die späte Besucherin in einem der Büros herumhantieren.

An der Frau vorbeizukommen, ist der einfachste Teil. Sollte sie Joy dennoch bemerken, wird sie ihr erklären, dass sie für die Reinigung der Kanzlei zuständig sei, was letztendlich den Tatsachen entspricht. Und dann? Die Treppe hoch, ist keine gute Idee, das weiß sie von Horrorfilmen. In den oberen Stockwerken finden sich zwar zum Teil Privatwohnungen, wie Joy beim Betreten des Hauses aus den Klingelschildern geschlossen hat, doch ob ihr dort jemand öffnen würde, damit sie sich verstecken kann, wagt sie zu bezweifeln. Wäre sie weiß, würde sie diese Möglichkeit ins Auge fassen. Aber als schwarze Frau, die Deutsch mit Akzent spricht? Keine Chance. Gut möglich, dass es einen Aufgang zur Dachterrasse gibt – dort oben wäre sie ihren Verfolgern jedoch schutzlos ausgeliefert. Definitiv eine Sackgasse. Bleibt der Weg nach unten. Joy setzt ihre ganze Hoffnung auf einen Hinterausgang, durch den sie die Villa ungesehen verlassen kann. Dazu muss allerdings erst ein solcher existieren. Es gibt nur eine Möglichkeit, das herauszufinden. Vorsichtig bewegt sich Joy auf den hell erleuchteten Flur zu.

Die beiden Männer im BMW kennt Joy vom Sehen, sie weiß, dass mit ihnen nicht zu spaßen ist. Damals haben sie auf die Frauen aufgepasst, die für Madame Esther angeschafft haben. Bodyguards, gnadenlose Kerle, die kein Mitleid mit Freiern kennen, die betrunken sind oder sich gegenüber den Prostituierten Freiheiten herausnehmen, für die sie nicht bezahlt haben. Unsäglich brutal sprangen sie mit den Mädchen um, die abzuhauen versuchten oder sich weigerten, auf der Straße zu arbeiten. Gebrochene Rippen, geplatzte Lippen und Veilchen machten deutlich, was die Zuhälterin von renitenten Mitarbeiterinnen hielt.

So paradox es Joy auch vorkommt, sie hat sich zu jener Zeit sicher gefühlt. Wesentlich sicherer als jetzt. Obschon sie von Menschenhändlern ausgenutzt wurde. Obschon sie wie eine Gefangene gehalten wurde, eine Sexsklavin, die ihrer Kundschaft jederzeit zu Diensten zu stehen hatte. Andererseits hat sie immer gewusst, dass ihr diese Typen auf der Stelle zu Hilfe eilen würden, sollte sie in Bedrängnis oder gar Gefahr geraten.

Joy lauscht auf die Schritte, die aus dem Büro am Ende des Flurs dringen, die Tür ist angelehnt. Geschäftig läuft die Frau durch den Raum und verharrt dann abrupt. Ein Klicken ist zu hören und eine ziemlich geräuschvolle Lüftung springt an. Offenbar hat sie einen Apparat in Betrieb gesetzt, einen Drucker vielleicht. Auf jeden Fall wird das Gebläse in Abständen von Papierrascheln übertönt.

Diese günstige Gelegenheit gilt es zu nutzen. Kurz entschlossen stürzt Joy in den Gang und sprintet auf die Eingangstür der Kanzlei zu. Sie hat ihr Ziel beinahe erreicht, als ein gedämpfter Dreiklang sie an Ort und Stelle erstarren lässt.

Vermutlich hat die Frau im Büro den Ton nicht gehört, der Apparat druckt unverdrossen weiter.

Die Klingel wird erneut betätigt, gleich darauf rüttelt jemand an der Türklinke.

Sie hat abgeschlossen, realisiert Joy, als sich die Tür nicht rührt. Gott sei Dank!

Jetzt läutet es zum dritten Mal, zum vierten Mal, wer immer im Treppenhaus ist, drückt unablässig auf den Knopf. Hinter sich hört Joy, wie der Druckvorgang abgebrochen wird.

»Um diese Zeit? Was, zum Teufel …?«, schimpft die Frau, gleich darauf klacken Absätze über den Parkettboden.

Noch ehe sie den Flur erreicht, gleitet Joy in die Kammer mit den Putzmitteln, die Tür lässt sie spaltbreit offen.

Mit kurzen, harten Schritten stapft die Frau durch den Korridor.

»Wer ist da?«, ruft sie.

Da eine Antwort ausbleibt, verlangsamt sie das Tempo und bleibt schließlich stehen. »Die Kanzlei ist geschlossen. Rufen Sie am Montag an.«

Als Reaktion darauf wird wieder die Klingel betätigt. Jetzt da der Apparat nicht mehr läuft, hallt der Dreiklang überlaut durch den Gang.

»Herrgott!«, hört Joy die Frau zischen und stellt fest, dass sie ins Büro zurückkehrt.

Noch ist sie keineswegs in Sicherheit, doch die größte Gefahr ist fürs Erste gebannt. Ihre beiden Widersacher haben es nicht geschafft, in die Kanzlei zu gelangen. Ein winziger Vorteil zu ihren Gunsten. Vorsichtig drückt sie die Tür der Kammer ein paar Zentimeter auf, da nähern sich erneut Schritte. Joy stoppt mitten in der Bewegung.

»Was fällt diesen Leuten ein?«, meckert die Frau halblaut vor sich hin, als sie an der Putzkammer vorbeigeht. »Am Freitagabend unangemeldet vorbeizukommen, wirklich. Man könnte erst mal anrufen, aber nein, man stellt sich lieber gleich auf die Matte. Die glauben wohl, unsereiner hätte überhaupt kein Privatleben.«

Das metallische Klirren, das folgt, lässt Joy zusammenfahren.

Sie hat den Schlüssel geholt!, schießt es ihr durch den Kopf.

Ungestüm stößt sie die Tür der Kammer ganz auf. Die Frau hat bereits die eine Hand auf die Klinke gelegt, mit der anderen vollführt sie eine Drehbewegung.

»Nicht!«, flüstert Joy, die Augen vor Furcht geweitet.

Die Frau fährt herum. Mit Wucht schwingt die Eingangstür auf, dumpf knallt der Rahmen gegen ihre Stirn. Die Frau strauchelt und verliert das Gleichgewicht. Sofort ist Dayo über ihr, ein punktgenau platzierter Faustschlag setzt die Frau außer Gefecht.

Blitzschnell ist Joy in ihr Versteck zurückgewichen und hofft, dass der Typ sie nicht gesehen hat. Durch den Türspalt beobachtet sie, wie der Kerl über die reglos daliegende Frau hinwegsteigt und auf die Kammer zusteuert. Mit einem Ruck öffnet er die Toilettentür nebenan und steckt den Kopf in den Raum.

»Joy!«, ruft Dayo drohend. »*Oyin*, ich weiß, dass du hier bist«, fügt er auf Yoruba hinzu.

Echt jetzt?, denkt Joy, in ihr regt sich Widerstand. Schätzchen?

Er steht nun vor dem Raum mit den Putzutensilien. »Wir kriegen dich sowieso. Du kannst es uns einfach machen und brav mitkommen. Oder du darfst spätestens in fünf Minuten deine Zähne zusammensuchen. Was dir lieber ist, *oyin*.«

Joy rollt die Augen ob des Machogetues, beinahe gleichzeitig reißt der Typ die Tür auf. Sie geht rückwärts, stolpert über eine Packung Toilettenpapier und fegt im Fallen eine ganze Reihe Reinigungsmittel vom Regal. Hart landet sie auf ihrem Hintern. Dayo steht im Türrahmen, ein breiter Schatten, der ihr den einzigen Fluchtweg versperrt.

»Da bist du ja, Baby«, knurrt er und zwängt sich in den schmalen Raum.

Hektisch tastet Joy den Boden ab und im selben Augenblick da sich Dayo zu ihr herunterbeugt, kriegt sie eine Flasche zu fassen. Sie reißt sie hoch und drückt unablässig den Plastikabzug, bis das Reinigungsmittel aus der Düse spritzt.

Mit einem schrillen Aufschrei taumelt Dayo zurück und presst sich die Fäuste in die Augenhöhlen.

Joy zieht die Beine an und lässt sie mit aller Kraft vorschnellen. Ihre Schuhsohlen treffen auf Dayos Knie, worauf der Kerl mit einem unterdrückten Laut zusammenklappt und sich auf dem Flurboden windet. Für Sekundenbruchteile ist Joy wie gelähmt, dann rappelt sie sich auf und springt über ihren winselnden Widersacher hinweg. Die Flasche hält sie die ganze Zeit wie eine Schusswaffe auf sein Gesicht gerichtet.

Sie prescht auf die Tür zu und schleudert die Plastikflasche von sich, nachdem sie die Aufschrift auf dem Etikett entziffert hat. Kalkentferner, stark säurehaltig. Die Kanzleiangestellte ist immer noch bewusstlos. Ihr hennarot gefärbtes Haar trägt sie auf der Seite gescheitelt, das Make-up ist einen Tick zu theatralisch ausgefallen. Die Kombination mit dem Nadelstreifenanzug und der roten Rose im Knopfloch lässt sie exzentrisch aussehen. Sicher nicht wie eine Mitarbeiterin einer Anwaltskanzlei, sondern eher wie eine alternde Diseuse auf dem Weg ins Kabarett. Joy hält sich nicht mit weitergehenden Überlegungen auf, stürmt die Treppe hinab, am Eingang vorbei und stellt zu ihrer grenzenlosen Erleichterung fest, dass es auf der nächstunteren Zwischenetage eine Hintertür gibt. Sie hastet darauf zu und drückt die Klinke hinunter. Die Tür ist abgeschlossen.

Gbaga!, denkt sie. Verdammt!

Von oben ist ein Knarren zu hören, schleppende Schritte

auf dem Parkett. Das Holz ächzt leise, Wasser läuft. Dayo flucht vor Schmerz, während er sich vermutlich das Putzmittel aus den Augen wäscht.

Gehetzt schaut sich Joy um. Durch den Haupteingang kann sie nicht fliehen, sie würde Akono direkt in die Arme laufen. Und dass sich im Untergeschoss ein weiterer Notausgang findet, ist unwahrscheinlich. Viel eher könnte sich der Keller als Falle entpuppen.

Verzweifelt rüttelt Joy an der Klinke.

»Malu omugo!«, entfährt es ihr plötzlich. Blöde Kuh. Beinahe hätte sie aufgelacht.

Sie klopft ihre Hosentaschen ab und fördert den Kanzleischlüssel zutage, den ihr Belén gegeben hat. Ihre Rettung. Sie schiebt den Bart in den Zylinder. Passt. Mit einem Ruck entsperrt Joy die Tür, die in einen Treppenschacht führt, und hastet die Stufen hoch.

Hinter dem Haus ein gepflegter Garten. Die Dämmerung hat eingesetzt, der Himmel veilchenfarben, die Sonne hängt wie ein lodernder Feuerball hinter den Bäumen.

Geschafft, denkt Joy und atmet auf. Das leise Rascheln in ihrem Rücken hört sie einen Tick zu spät.

Freitag, 20:12 Uhr
Minervastrasse

»Tony stand eindeutig unter Zeitdruck, als er die Unterlagen abfotografiert hat«, erklärt Marisa. »Daher gibt es Lücken in den Dossiers.«

»Das hast du bereits erwähnt.«

»Da fehlen wichtige Dokumente, Bashir. An etlichen Stellen hat Tony irgendwelche Aktenzeichen oder Konten vermerkt, zu denen keine entsprechenden Kopien auf dem Stick sind.«

»Das habe ich begriffen. Meine Frage war: Was genau willst du da?« Bashir lenkt seinen resedagrünen BMW E30 am Kunsthaus vorbei, das erst kürzlich mit einem Neubau des britischen Architekten David Chipperfield ergänzt worden ist.

Marisa kramt in ihrer Handtasche und zieht mit einem triumphierenden Lächeln einen Schlüssel hervor, an dem ein handbeschriebenes Etikett baumelt. »Entweder hat Tony den Kanzleischlüssel nie abgegeben oder er hat einen nachmachen lassen.«

»Angesichts seines ungewöhnlichen Verhaltens ergibt die zweite Variante mehr Sinn.«

»›Ungewöhnlich‹. Schöne Umschreibung.«

»Ich bin ein taktvoller Mensch.«

Marisa schürzt die Lippen. »Den Schlüssel habe ich in einer Schublade seines Schreibtischs gefunden. Schon vor dem Umzug, übrigens. Allerdings habe ich nie damit gerechnet, dass er mir einmal nützlich sein könnte. Bis heute.«

»Und nun brechen wir da einfach ein?« Zweifelnd hebt Bashir eine Braue.

»Einbrechen kann man das nicht nennen. Wir haben ja einen Schlüssel.« Marisas Stimme ist gegen Ende des Satzes unsicherer geworden, ihre eigene Argumentation überzeugt sie selbst nicht. »Versteh mich doch. Ich muss wissen, was da gelaufen ist. Tonys Kündigung, all seine erratischen Aktionen und schließlich der mysteriöse Unfall. Da gibt es zu viele Fragezeichen. Ich habe keinen Bock mehr, mich andauernd mit Tonys Problemen herumzuschlagen. Das geht mir mittlerweile dermaßen auf den Sack.«

»Glaubst du wirklich, du findest in der Kanzlei Antworten?«

Zweifelnd wiegt Marisa den Kopf und schaut auf den Hottingerplatz hinaus. »Wenn nicht da, wo dann?«

Darauf erwidert Bashir nichts, stattdessen setzt er den Blinker und biegt in die Englischviertelstrasse ein. Ein ruhiges Wohnquartier, das im ersten Abschnitt mit heruntergekommenen Mehrfamilienhäusern und Wohnblocks aufwartet, sich aber schon nach kurzer Zeit zu einer zunehmend schickeren Gegend mit imposanten Stadthäusern und luxuriösen Villen wandelt.

»Kennst du dich aus?« Bashir bricht sein Schweigen erst, als er an der übernächsten Kreuzung das Tempo drosselt.

»In Pierres Kanzlei? Nicht einmal ansatzweise. Ich war ein paarmal da. Zu Weihnachtsapéros, Jubiläumsfeiern, solchen Anlässen.«

»Das bedeutet, du hast keinen blassen Schimmer, wo du suchen musst. Was du herauszukriegen hoffst.«

»Das trifft die Ausgangslage ziemlich exakt.«

Bashir grummelt vor sich hin, während er in die Klosbachstrasse einschwenkt.

»Da müssen weitere Unterlagen sein«, sagt Marisa. »Dokumente, mit denen wir nahtlos und überzeugend beweisen können, dass gewisse Anwälte dieser Kanzlei ihre Klienten beim Reinwaschen illegaler Gelder unterstützt haben.«

»Willst du meine Meinung dazu hören?«

»Nein, eigentlich nicht.«

»Das bringt nichts«, fährt Bashir unbeirrt fort und spurt links ein, sobald das dunkelblau grundierte Schild mit der

Aufschrift *Minervastrasse* auftaucht. »Es ist mehr als fraglich, ob wir die richtigen Ordner überhaupt finden. Derart belastende Akten lässt man ja nicht herumliegen. Außerdem sind das unter Umständen Tausende von Dokumenten, die vermutlich inzwischen alle digitalisiert sind. Ohne Passwörter haben wir nicht die geringste Chance, ins Computersystem zu kommen.«

Marisa starrt resigniert auf die Handtasche in ihrem Schoß. »Was schlägst du vor?«

Mit einem wüsten Fluch tritt Bashir aufs Bremspedal. Marisa wird im Gurt nach vorne geschleudert, die Pneus schlittern quietschend über den Asphalt.

»Dreqin!«, brüllt er, zum ersten Mal hört Marisa ein albanisches Schimpfwort aus seinem Mund. »So ein Arschloch!«

Bashir zeigt dem davonbrausenden Wagen, der gerade aus einer Einfahrt herausgeschossen war, den Mittelfinger.

»Was war das?« Marisas Stimme bricht beinahe, mit zittrigen Handbewegungen bringt sie ihre Frisur in Ordnung.

Der Gestank von verbranntem Gummi macht sich im Wageninneren breit.

»Verdammter Penner!« Bashir kriegt sich nicht wieder ein. »Fährt wie ein Vollidiot!«

Tatsächlich bremst der weiße Hyundai Kombi mitten auf der Fahrbahn ab, der Wagen schwankt bedenklich, gleich darauf wird die linke Hintertür aufgestoßen und eine junge Frau kippt heraus. Vor Schreck entfährt Marisa ein gellender Schrei.

Der Oberkörper der Frau hängt vom Rücksitz, die Beine befinden sich noch im Auto. Verzweifelt rudert sie mit den Armen, es sieht aus, als wollte sie sich am Asphalt festklammern. Wie von Zauberhand wird sie hineingezerrt, Stück um Stück. In ihrer Not windet sie sich, dreht sich um die eigene Achse, um sich zu befreien, da entdeckt sie den BMW, der hinter dem Hyundai steht. Sie reißt die Augen auf.

»Um Himmels willen! Ich weiß, wer das ist!« Marisa springt fast gleichzeitig mit Bashir aus dem Auto, sie rennen auf den Kombi zu.

Bevor sie ihn erreichen, drückt der Fahrer aufs Gas. Die Frau wird einfach mitgeschleppt, der Kopf und der eine Arm ragen noch ins Freie, mit einem Ruck wird sie ganz hineingezogen, gleich danach schnappt die Tür zu und der Wagen rast davon.

»Das ist eine Entführung!«, schreit Marisa. »Bashir, wir müssen etwas tun!«

»Die holen wir niemals ein!«

»Wir können nicht einfach zusehen ... verdammt!« Marisas Blick fliegt zwischen dem Wagen, der bereits in der Ferne verschwindet, und Bashirs BMW hin und her.

»Es bleibt uns nichts anderes übrig.« Bashir, der zu seinem Auto zurückgehetzt ist, stützt sich auf der Fahrertür ab und greift nach dem Handy. »Das Kennzeichen hab ich, Fahrzeugtyp ebenfalls. Ich melde das der Polizei.«

»Das war eindeutig Joy«, sagt Marisa, nachdem er den Anruf beendet hat.

»Sie kam mir gleich bekannt vor. Die wollte doch, dass wir einen rosafarbenen Koffer aus einer Wohnung entwenden.«

»Eine unserer ersten Kundinnen. Und du hast gleich zwei Koffer mitgebracht. Der eine gehörte ihr, der andere war bis oben mit Koks gefüllt.«

»Damals wollte sie raus aus der Prostitution und abhauen.«

»Das eben müssen Zuhälter gewesen sein, so grob wie sie mit ihr umgesprungen sind.«

Angespannt kaut Bashir an einem Fingernagel. »Das Gesicht des einen Typen konnte ich erkennen, als er aus der Einfahrt gerast ist. Er trug zwar eine Sonnenbrille, war aber eindeutig dunkelhäutig. Könnte ein Nigerianer gewesen sein.«

»Was hat die Polizei gemeint?«

»Die Einsatzzentrale wird per Funk alle Streifenwagen in der Nähe alarmieren. Anhand des Kennzeichens werden sie den Halter des Kombis ausfindig machen und in Kürze bei ihm anklopfen. Sie wollen, dass wir morgen auf der Wache erscheinen, damit sie uns befragen und Verbrecherfotos vorlegen können.«

»Was wollte Joy in dieser Gegend?«, wundert sich Marisa. »Wir sind ziemlich weit entfernt vom Rotlichtmilieu.«

»Ein Hausbesuch?«

Marisa schaut zum Gebäude hoch. »In Pierre Eschmanns Anwaltskanzlei?«

Ruckartig hebt Bashir den Kopf und betrachtet das massive Stadthaus mit der hellen Sandsteinfassade. Jugendstil, wie so viele Gebäude in dieser Gegend. »Das ist seine Kanzlei?«

»Wir stehen davor.«

»Lass mich erst den Wagen von der Straße fahren.«

»Und dann?«

»Gehen wir rein.«

Entschlossen stapft Marisa die Einfahrt hoch. »Sag ich ja schon die ganze Zeit.«

Freitag, 20:38 Uhr
Minervastrasse

»Keine Polizei!« Yvonne Steigers Hand schießt hoch und krallt sich um Marisas Unterarm. »Das hat absolut nichts mit der Kanzlei zu tun.«

Marisa kauert neben ihr und lässt das hervorgeholte Handy zögernd sinken.

»Da ging's um eine Abrechnung unter Afrikanern. Die waren eindeutig hinter der Reinigungskraft her. Ich habe sie gesehen, bevor ich niedergeschlagen wurde. Eine junge Frau.«

»Du solltest dich wenigstens im Spital untersuchen lassen. Um auszuschließen, dass ...«

»Ich bin ein Kollateralschaden, weil ich dummerweise im Weg stand.«

»Trotzdem. Man weiß ...«

»Das ist nicht nötig«, fällt Yvonne ihr scharf ins Wort. »Mir geht es gut.«

Als sie die Treppe zur Kanzlei hochgestiegen sind, ist Bashir und Marisa erst die offene Tür aufgefallen, gleich darauf haben sie die im Flur liegende Sekretärin entdeckt. Yvonne war gerade im Begriff, das Bewusstsein wiederzuerlangen. Während Marisa sofort Yvonnes Zustand überprüfte – reine Routine für sie, da auf beinahe jedem längeren Flug Passagiere ohnmächtig werden –, holte Bashir Kissen vom Sofa im Sitzungszimmer. Eine Decke hatte sich erst nach längerer Suche gefunden.

Mit einem Seufzen schließt Yvonne die Lider. »Dabei müsste ich längst auf diesem Fest sein.«

»Trägst du deshalb diesen Nadelstreifenanzug?«

»Hab ich im Kostümverleih ausgeliehen. Marianne und Pierre veranstalten eine ihrer rauschenden Partys bei sich zu Hause. Aber was erzähle ich da? Das weißt du ja von früher.«

»Du wirst dich schnell von dem Schlag erholen.«

»Wenigstens sind die Kopfschmerzen erträglich.« Unvermittelt macht Yvonne die Augen auf und fixiert Marisa. »Was wolltet ihr eigentlich hier?«

»Wir sind zufälligerweise vorbeigefahren …«

»Zufälligerweise?«

»… als der Wagen aus der Einfahrt schoss.«

»Die Afrikaner?«

»Sie haben Joy … die Putzhilfe vor unseren Augen in ein Auto gezerrt.«

Ächzend richtet sich Yvonne auf und stützt sich auf den Ellenbogen ab. »Was? Du kennst unsere Reinigungskraft?«

»Ich bin mir nicht sicher, ob sie es tatsächlich gewesen ist.«

»Du hast sie Joy genannt.«

Marisa windet sich. »Ich habe sie ganz kurz gesehen.«

»Woher …?«

»Sie hat uns vor einiger Zeit beauftragt.«

»Ach, eure kleine Agentur mit dem seltsamen Namen«, sagt Yvonne spitz.

»Man kann sie so nennen, muss es aber nicht zwingend tun.«

»Putzfrauen sind also eure Klientel.« Sie dehnt das letzte Wort.

»Wir haben keine Vorurteile.« Marisa zuckt mit den Schultern, am liebsten würde sie Yvonne ein Kissen aufs Gesicht drücken.

»Läuft der Laden?«

»Wir kommen über die Runden.«

»Das ist die Hauptsache.« Mit unverhohlener Verachtung mustert Yvonne Bashir, der sich in einiger Entfernung an die Wand gelehnt hat.

»Wie seid ihr ins Haus gelangt?« Yvonne fokussiert sich wieder auf Marisa. »Die Tür hat einen automatischen Schließmechanismus.«

»Die Tür …?« Marisa bricht ab.

»Da lag ein Schuh auf der Schwelle«, sagt Bashir schnell. »Vermutlich hat ihn Joy bei der Entführung verloren.«

»Wie praktisch«, bemerkt Yvonne trocken und sinkt auf das Kissen zurück.

»Nachdem Joy vor unseren Augen gekidnappt worden ist, sind wir sofort zum Haus hochgelaufen«, erklärt Marisa. »Dort haben wir festgestellt, dass die Tür offen ist.«

»Verstehe«, sagt Yvonne. »Was für ein Glück, dass ihr rein zufällig vorbeigefahren seid.«

»Wir wollten Luca bei seinen Großeltern abholen«, sagt Bashir stoisch.

»Wohnen die nicht in Wiedikon, in der Nähe deiner neuen Adresse? Oder bist du schon wieder umgezogen, Marisa? War die Genossenschaftswohnung zu teuer?«

»Wir waren unterwegs, ein Auftrag«, lügt Marisa. »Und auf dem Weg zu meinen …«

»Am Freitagabend?«

»In solchen Zeiten darf man nicht wählerisch sein.«

»Bei einem Unternehmen wie eurem ist das wohl wahr.« Yvonne richtet sich mühsam auf.

»Warte, ich helfe dir.« Marisa stützt die schwankende Sekretärin.

Yvonne krächzt heiser. »Wer hätte gedacht, dass ich mich einmal ausgerechnet von dir zum Klo führen lassen muss. Aber du bist das ja von deinem früheren Job her gewohnt.«

Marisa schluckt die sarkastische Entgegnung herunter, dir ihr auf der Zunge liegt, und geleitet Yvonne die wenigen Schritte zur Toilette. Kaum hat die Sekretärin die Tür hinter sich geschlossen, winkt Bashir Marisa zu sich.

»Im Büro am Ende des Gangs werden Akten vernichtet«, flüstert er ihr ins Ohr. »Da liegen stapelweise Unterlagen bereit. Sieht aus, als hätten die Nigerianer Yvonne mitten in der Arbeit unterbrochen.«

»Wichtige Dokumente?«

»Ich habe nicht die geringste Ahnung. Mir sind vorhin bei der Suche nach der Decke nur der Schredder und ein Abfalleimer voller Schnipsel aufgefallen.«

»Und jetzt?«, wispert Marisa.

»Im Moment können wir nichts tun«, meint Bashir, als das Rauschen der Spülung durch die Toilettentür zu vernehmen ist. Gleich darauf dreht Yvonne den Wasserhahn auf. »Wir müssen später zurückkehren, sobald sie weg ist.«

»Wenn diese Dokumente tatsächlich brisant sind, wird Yvonne sie zerstören oder zumindest wegschließen.«

»Was schlägst du vor?«

»Wir warten im Wagen ab, was passiert, und entscheiden dann.«

Freitag, 20:48 Uhr
Minervastrasse

Mit einem unwilligen Stöhnen nimmt Yvonne den Anruf entgegen und dreht mit der freien Hand den Wasserhahn auf.

»Ich habe dir doch in der WhatsApp-Nachricht geschrieben, dass du mich unter keinen Umständen anrufen sollst!«, zischt sie.

»Was ist los?«, will die Männerstimme am anderen Ende der Verbindung wissen.

»Marisa ist hier.«

»Was? Tonys Frau?«

»Ja.«

»In der Kanzlei?«

»Steht in diesem Moment vor der Toilettentür.«

»Was will sie?«

»Sie sagt, sie sei zufällig vorbeigefahren.«

»Und?«

Yvonne entfährt ein verächtliches Zischen. »Sie lügt.«

»Ahnt sie etwas?«

»Kaum. Ich vermute eher, sie hat etwas gefunden.«

»Wie kommst du darauf?«

»Sie hat am frühen Abend kurz nacheinander Gerome und mich angerufen …«

»Mich auch. Ich konnte aber gerade nicht telefonieren.«

»Ich bin irgendwann dran, da sie es immer wieder versucht hat, und hab mit ihr ein paar Takte über ihren Ehemann geredet. Sie ist aus allen Wolken gefallen.«

»Sie hat nichts gewusst?«

»Nein.«

»Scheiße.«

»Eine Stunde später steht sie in der Kanzlei. Auf gar keinen Fall ist die rein zufällig hier.«

Ungehalten stößt der Mann die Luft aus. »Ich habe euch

doch alles durchsuchen lassen. Gleich nach seinem Unfall. Die Kisten im Keller, seine Unterlagen, alles, was er hinterlassen hat. Ihr habt gesagt, da sei nichts.«

»Ich weiß.«

»Also?«

»Womöglich haben wir etwas übersehen.«

»Verdammt! Was nützt es, wenn …?«

»Beruhige dich. Ich habe alles unter Kontrolle.«

»Klingt nicht danach. Wie ist sie überhaupt reingekommen?«

»Ich gehe davon aus, dass Tony einen Schlüssel hat nachmachen lassen.«

»Am Montag werden alle Schlösser ausgewechselt, ist das klar?«

»Ist notiert.«

»Was ist mit den Unterlagen?«

»Ich habe bereits am Nachmittag fast alles geschreddert …«

»Was?« Die Stimme am Telefon überschlägt sich. »*Fast* alles? Wieso nicht den ganzen Stapel?«

»Der Kostümverleih schließt um halb sieben und ich …«

»Yvonne! Es eilt! Ich dachte, das wäre dir klar.«

»Herrgott, ich kann nicht weiterarbeiten, solange Marisa und dieser Jugo da sind.«

»Du musst sie loswerden.«

»Was du nicht sagst.«

»Was ist mit dem Rest der Akten? Liegt der offen herum, während Marisa in der Kanzlei herumschnüffelt?«

»Wenn die Afrikaner nicht aufgetaucht wären …«

»Afrikaner? Welche Afrikaner? Wovon redest du?«

»Spielt keine Rolle.«

»Yvonne!«

»Ich erkläre es dir später. Auf der Party.«

Freitag, 20:49 Uhr
Germaniastrasse

»Ein großartiger Anlass!«, ruft ihm ein älterer Mann in einem schwarzen Anzug zu.

Eine rote Rose steckt an seinem Revers. Die junge und sehr schlanke Frau um die dreißig, die sich bei ihm eingehängt hat, wendet sich auf den Ausruf hin sofort um. Ihr Haar ist von einem dunklen Mahagonibraun, sie trägt ein perlmuttfarbenes Chiffonkleid und auffälligen Schmuck. Mit einem angedeuteten Lächeln hebt sie ihr Champagnerglas.

»Schön, dass du es einrichten konntest, Padrone.« Pierre Eschmann bedankt sich bei dem Mann, indem er ihm die Hand kurz auf die Schulter legt, und nickt der Frau zu.

Im Wohnzimmer wird es allmählich eng, die meisten Gäste sind mittlerweile eingetroffen. Kellner in gestreiften Westen bahnen sich ihren Weg durch den Raum, die mit Gläsern gefüllten Tabletts balancieren sie hoch über den Köpfen. Aus den Boxen klingt *Brucia La Terra* aus dem dritten Teil des *Paten*, der DJ hat den Auftrag, Musik zu spielen, die zum Partythema passt. Junge Frauen in schwarzen Uniformen, allesamt atemberaubend hübsch, stehen hinter dem Büfett und beraten die Hungrigen bei der Zusammenstellung der Apéritivhäppchen. Bruschetta, geröstete Brotscheiben mit Tomaten, Basilikum und Knoblauch, stehen genauso zur Auswahl wie mit Oliven- oder Artischockenpaste bestrichene Crostini, Rindscarpaccio oder als vegetarische Alternative eines aus frischen Steinpilzen. Ein Vitello Tonnato darf nicht fehlen, ebenso wenig wie die Insalata Caprese, der Salatklassiker mit Tomaten, Basilikum und Mozzarella. Daneben gibt es Verdure Grillate, gegrilltes und in würzigem Öl mariniertes Gemüse, Frittata mit Mangold, getrüffelte Linguini. Alles nach Originalrezepten seiner Nonna zubereitet, wie Francesco Ferraro bei der Planung betont hat.

Suchend sieht sich Pierre Eschmann im Saal um. Da er nicht fündig wird, kehrt er in den Flur zurück und steuert die Küche an. Im Türrahmen weicht er einer Kellnerin aus, die eine Platte voller Schälchen mit duftenden Pettole an ihm vorbeiträgt, frittierten Teigbällchen, eine Spezialität aus Süditalien. Überrascht entdeckt Eschmann Belén, ihre Haushaltshilfe, die an einem Tisch Kartoffeln schält. Beinahe hätte er sie gefragt, was sie hier tue. Er war der Überzeugung, dass Marianne sie als regulären Gast zur Party eingeladen hat. Nun sitzt sie hier, trägt eine Kochschürze und arbeitet. Die Erfahrung der letzten Jahrzehnte hat ihn allerdings gelehrt, sich nicht in die Entscheidungen seiner Frau einzumischen, deshalb zwinkert er Belén bloß zu, als sie aufschaut. Sie steht da wie ein begossener Pudel, stellt er verblüfft fest, mit Mühe bringt sie ein Lächeln zustande und senkt gleich wieder den Kopf. Im selben Moment vernimmt er ein leises Pfeifen vom anderen Ende des Raums. Er wechselt einen raschen Blick mit dem Mann, kurz darauf befindet er sich auf dem Weg nach unten.

Francesco, Inhaber des nach seiner Familie benannten Partyservice *Ferraro Catering*, tritt fast gleichzeitig auf den Parkplatz hinaus, ein hagerer Mann mit dunklem Bartschatten und einer beginnenden Glatze am Hinterkopf. Er hat die Hintertreppe genommen, die von der Küche nach unten führt und in erster Linie von Lieferanten und Personal benutzt wird.

Der Ort ist perfekt. Vom ersten Stock, wo die Party stattfindet, kann man die geparkten Wagen hinter dem Haus nicht sehen. Es ist nicht das erste Mal, dass Eschmann mit dem Italiener Geschäfte macht, entsprechend geschmeidig läuft der Handel ab. Er und Francesco Ferraro gehen auf ihre jeweiligen Fahrzeuge zu, öffnen synchron die Kofferräume, zwei voluminöse Sporttaschen wechseln blitzschnell den Besitzer, die Heckklappen werden zugedrückt. Jeder

Handgriff sitzt, niemand bekommt etwas mit. Vierzig Sekunden später sind sie wieder oben, Pierre Eschmann im Wohnzimmer bei seinen Gästen und Francesco in der Küche.

Freitag, 20:55 Uhr
Germaniastrasse

Ächzend richtet sich Herbert Russo auf und stützt die Fäuste in sein schmerzendes Kreuz. Er war durch das Gartentor oberhalb der Villa auf das Grundstück gelangt, als er die beiden Männer aus dem schlossähnlichen Gebäude hat treten sehen. Hastig versteckte er sich hinter dem kniehohen Gestrüpp, das am Hang hinter dem Haus wuchert. Einer der Typen, Francesco Ferraro, ist ihm bekannt. Stammt aus dem Nachbardorf, jetzt offiziell Inhaber eines Cateringbetriebs. Das große Geld macht er aber mit zwielichtigen Geschäften. Russo beobachtete, wie zwei schwarze Sporttaschen von einem Kofferraum in den anderen gehievt wurden. Nichts, das ihn überrascht hätte, er hat in Italien jahrelang Deals dieser Art abgewickelt. Und dass Mitglieder der Familie auf der Party anwesend sein würden, war klar. Sonst wäre er nicht hier, sondern würde den warmen Sommerabend nutzen und bei sich auf der Terrasse eine Grigliata veranstalten. Bei dem Gedanken daran entfährt ihm ein Winseln.

Nach dem Deal sind die Kerle unverzüglich durch separate Eingänge im Haus verschwunden. Ein eingespieltes Team, keinesfalls war das ihre erste Übergabe. In den Taschen ist Geld, vermutet Russo. Für Waffen oder Leichenteile wirkten sie zu leicht. Pierre Eschmann ist Anwalt, das steht in den Unterlagen, die man ihm zusammen mit der Adresse und einigen Fotos hat zukommen lassen. Im Auftrag seines Kunden wird Eschmann die Kohle so lange durch diverse Investitionsruinen schleusen, bis keine einzige Schliere von der Scheiße mehr daran klebt, mit der der Klient das Geld verdient hat. So läuft das in den meisten Fällen.

Ungelenk steigt Russo die schmalen Stufen hinab, die zum Parkplatz führen. Natürlich ist die bescheuerte Straßenbahn vorhin in die falsche Richtung gefahren, er hat es erst ein paar Stationen nach dem Hauptbahnhof bemerkt, da war er schon halb beim Zoo oben. Immerhin war er zu dem Zeitpunkt endlich die nervige Kuh mit ihrem grenzdebilen Kind losgeworden. Frau Nüsperli, ruft er sich ihren Namen in Erinnerung. Der Umweg hat ihn zwar Zeit gekostet, andererseits hat er sich so ein – wenn auch schwaches – Alibi verschafft, denn die Nüsperli wird sich hundertprozentig an ihr Treffen erinnern, sollte sie in den nächsten Tagen von der Polizei befragt werden.

So weit wird es nicht kommen, beruhigt sich Russo. Ab jetzt kann nichts mehr schiefgehen. Er wird ins Haus marschieren, den Kerl umlegen und dann Richtung Seilbahn flüchten. Die Haltestelle Germaniastrasse ist fünfzig Meter entfernt. Wenn er gleich eine Bahn erwischt, wird eine Verfolgung beinahe unmöglich, da sie geradewegs zur Talstation hinabfährt. Was wesentlich schneller ist, als mit einem Auto die kurvenreiche Straße entlangzurasen.

Nein, alles wird gutgehen, macht sich Russo Mut und pult das Taschentuch aus der Hose, um sich einmal mehr den Schweiß von der Stirn zu wischen.

Das Brummen eines Motors in der Ferne lässt ihn aufhorchen, er verharrt mitten in der Bewegung. Irritiert runzelt er die Stirn. Gelächter und Stimmengewirr sind vom Haus her zu hören, ein Song von Rosario Miraggio wird gespielt. Russo bemüht sich, den schnulzigen Gesang auszublenden und sich allein auf das Motorengeräusch zu konzentrieren. Er ist überzeugt, dass es sich nähert. Und es kommt ihm bekannt vor, sehr bekannt. Bevor er einen weiteren Gedanken fassen kann, taucht ein Audi Q7 in seinem Blickfeld auf. Daytonagrau. Sein Audi.

Fast wäre er losgerannt, die verbleibenden Stufen hinunter. In letzter Sekunde begreift er, dass die junge Frau nicht mitten auf der Straße fährt, weil sie Mühe hat, die Spur zu halten, sondern ausholt, um die Einfahrt zur Eschmann'schen Villa zu treffen. Schwungvoll schießt sie durch das offene Tor und bringt den Wagen mit einem Ruck hinter dem schwarzen Mercedes zum Stehen, in dessen Kofferraum sich die zwei Sporttaschen befinden.

So schnell es ihm das schmerzende Kreuz erlaubt, lässt sich Russo auf seine Knie nieder und kriecht ins Gebüsch. Er kann von Glück reden, wenn ihn die beiden Frauen nicht entdeckt haben. Womöglich hat ihn die Abenddämmerung gerettet. Denn kaum öffnen sich die Wagentüren, hört er die Autodiebinnen angeregt diskutieren. Sie klingen angesäuselt. Die eine lallt, die andere kichert zu laut. Vorsichtig reckt Russo den Hals. Sie schwanken tatsächlich und stützen sich gegenseitig, während sie auf den Haupteingang zustöckeln, ihr schrilles Gelächter hallt von den Hauswänden wider.

Russo kann sein Glück kaum fassen. Ohne es zu wissen, geschweige denn es beabsichtigt zu haben, haben ihm die beiden Diebinnen den Wagen zurückgebracht. Und nicht nur das; sie haben ihn Russo direkt vor die Nase gestellt. Bleibt zu hoffen, dass sie den Schlüssel haben stecken lassen.

Ungeduldig wartet er ab, bis die Frauen die Villa betreten haben. Dann rappelt er sich auf und humpelt die Stufen hinab.

Als er den Audi erreicht, entfährt ihm vor Erleichterung ein Jauchzer. Der Schlüsselanhänger baumelt unter dem Steuer! Russo reißt die Tür auf, wirft sich auf den Fahrersitz und startet den Motor. Nachdem er zurückgesetzt hat, lenkt er den Wagen die Einfahrt hinunter und auf die Straße. Er rollt ein Stück Richtung Seilbahn und parkt in einer Einbuchtung am Straßenrand, die von der Villa aus nicht zu sehen ist. Anschließend eilt er die kurze Strecke zurück.

Zeit zu sterben, denkt er und seine verschwitzte Handfläche krampft sich um den Pistolengriff in der Jacke.

Freitag, 21:12 Uhr
Minervastrasse

»Wie lange will sie denn noch da drinbleiben?« Gereizt checkt Marisa die Uhr im Armaturenbrett.

Ihre Mutter hat sich glücklicherweise noch nicht gemeldet, um zu fragen, wann sie Luca abholt. Dass sie kaum genug von ihrem Enkel kriegen kann, erweist sich nicht zum ersten Mal als unbezahlbarer Vorteil. Gerade für eine Alleinerziehende.

»Ich befürchte, Yvonne bricht erst zu dieser Party auf, wenn alle Akten zerstört sind.« Bashir deutet zum einzigen hell erleuchteten Fenster der Kanzlei hinauf. »Das muss der Raum mit den Unterlagen und dem Schredder sein.«

»Wieso vernichtet sie die Unterlagen ausgerechnet heute? An einem Freitagabend?«

»Ich habe nicht die geringste Ahnung.«

»Müssen wir wirklich tatenlos herumsitzen?« Ungeduldig rutscht Marisa auf dem Beifahrersitz herum.

»Bleibt uns wohl nichts anderes übrig«, brummt Bashir. »Rauf können wir unmöglich, trotz des Schlüssels, sie hat sicher alle Türen mehrfach abgeriegelt. Und ein zweites Mal nimmt sie uns die stümperhaften Lügen nicht ab.«

»Meinst du, ich habe Yvonne mit meinem Anruf aufgeschreckt?«

»Kaum. Dass dein Mann kistenweise Akten im Keller gebunkert hat, hat sie vermutlich gewusst.«

»Das denke ich auch. Als ich es erwähnt habe, hat sie überhaupt nicht überrascht reagiert.«

»Eben. Und vom USB-Stick mit den verdächtigen Kontoauszügen ahnt sie nichts.« Bashir macht einen skeptischen Eindruck. »Oder?«

»Natürlich nicht«, antwortet Marisa unwirsch. »Ich rede nicht mit jedem über meinen Kugelgrill.«

Bashir grinst. »Dann hat die ganze Hektik eine andere Ursache.«

»Wenn die jetzt alle heiklen Akten schreddert, können wir die fehlenden Kontoverbindungen vergessen. Und ergo nicht zweifelsfrei beweisen, dass Pierre Eschmann Geld für seine Klientel gewaschen hat. Alles, was wir haben, ist ein nutzloses Flickwerk.«

»Manchmal gelangt man zu Resultaten, indem man auf den Busch klopft.«

Marisa lehnt sich vor, um durch die Windschutzscheibe nach oben zu schauen. Bashir hat ein Stück von der Einfahrt entfernt geparkt.

»Ich frage mich schon die ganze Zeit, womit Tony Druck aufgebaut hat. Die kopierten Unterlagen geben zu wenig her. Damit jemanden wie Pierre, einen mit allen Wassern gewaschenen Anwalt, erpressen zu wollen, wäre absolut lächerlich.«

»Was, wenn Tony geblufft hat? Oder er lag tatsächlich falsch mit seinen Anschuldigungen. Eschmann wollte ihn in Arosa nicht mehr sehen und hat stattdessen seine Sekretärin vorgeschoben. Ein derart offensichtliches Desinteresse spricht gegen belastende Unterlagen.«

»Hm.« Nachdenklich knetet Marisa ihre Unterlippe. »Tatsache ist, dass Tony die Rückfahrt nach Zürich nicht überlebt hat.«

»Es könnte ein regulärer Unfall gewesen sein. Diese Möglichkeit sollten wir nicht außer Acht lassen.«

»Wenn da nicht diese Fußspuren gewesen wären.«

»Stimmt.«

Einen Moment lang versinken sie in Grübeln.

»Endlich.« Marisa nickt nach oben.

Das Licht im Eckzimmer ist ausgegangen, im Flur brennt es noch. Yvonnes Schatten gleitet über die Wände, als sie zügig zur Eingangstür marschiert, gleich darauf verlöschen auch die Lampen im Korridor.

Ohne sich umzublicken, verlässt die Sekretärin das Gebäude und steigt in einen dunkelblauen Peugeot 207, der auf dem Kiesplatz neben dem Eingang geparkt ist. Schwungvoll dreht sie einen Halbkreis, schießt die Einfahrt hinunter und braust Richtung Hegibachplatz davon.

»Was tun wir?«, will Marisa wissen, als ihr aufgeht, dass sie das weitere Vorgehen vor lauter Mutmaßungen überhaupt nicht besprochen haben. »Gehen wir rauf?«

»Da Yvonne vermutlich gerade alle verdächtigen Unterlagen zerstört hat«, antwortet Bashir und startet den Motor, »würde ich vorschlagen, erst mal ein wenig auf den Busch zu klopfen.«

Freitag, 21:13 Uhr
Germaniastrasse

»Eine fantastische Party«, raunt ihm die Frauenstimme zu, als er am Büfett nach einem der daumengroßen Gläser langt, die zur Hälfte mit rosafarbenem Krevettencocktail gefüllt sind. Garniert ist das Ganze jeweils mit einem Viertel Cherrytomate, einer hauchdünnen halbierten Zitronenscheibe und etwas Dill.

Ruckartig hebt Pierre Eschmann den Kopf, da er die Stimme sofort erkennt, und bedankt sich mit einem eisigen Lächeln. Gleichzeitig versucht er, Odiles Hand auf seinem Arm zu ignorieren. Im ersten Schreck ist ihm die Frage durch den Kopf geschossen, wer, zum Teufel, auf die bescheuerte Idee gekommen ist, Odile einzuladen. Marianne ist es sicher nicht gewesen. Dann ist ihm eingefallen, dass Menschen wie Odile keine Einladung benötigen. Und an welchem Datum seine Frau und er ihre jährliche Party geben, ist leicht herauszufinden. Wie das so ist mit Stadtgesprächen.

Eschmann nickt der Frau mit den platinblonden Haaren zu und will sich an ihr vorbeidrängen, zurück zu seinen Gesprächspartnern, einem älteren Bankierspaar, das in der Balkontür steht. Sofort verstärkt sich der Druck ihrer Finger.

»Hör zu!«, zischt sie kaum hörbar.

Ihr Gesicht ist plötzlich wenige Zentimeter von seinem entfernt. Er kann Champagner und Rauch in ihrem Atem riechen und aus der Nähe wird deutlich, was sie alles hat machen lassen.

Weshalb sagt diesen Leuten niemand, dass sie nach einem operativen Eingriff weder jünger noch besser aussehen, fragt sich Eschmann, sondern nur geliftet? Sichtbar für jeden, die spöttischen Bemerkungen sind ihnen gewiss, kaum haben sie sich abgewandt. Für den Bruchteil einer Sekunde empfindet er aufrichtiges Mitleid mit Odile. Früher war sie auf natürliche Weise hübsch gewesen. Hübsch, notabene. Nie schön.

Mit zweiundzwanzig spielt das keine Rolle, denkt Eschmann. Deine Jugend und dein Aussehen überstrahlen alle charakterlichen Mängel, jeder begehrt dich und du fühlst dich unsterblich. Mit zweiunddreißig wirkst du zwar reifer, siehst aber immer noch gut aus, womöglich sogar besser als zehn Jahre zuvor. Die Spuren, die das Leben hinterlassen hat, verleihen dir Attraktivität, du bist jetzt eine Frau mit Erfahrung. Mit zweiundvierzig hast du die ersten Eingriffe hinter dir. Wenn du Glück hast, können dir ein paar Dosen Botox die vor Sorgen und Missbilligung gefurchte Stirn glätten und die Frustration darüber aus den Mundwinkeln bügeln, dass dein Leben unerfüllt ist und du keinen blassen Schimmer hast, was du damit anfangen sollst. Noch einmal zehn Jahre später reicht das nicht mehr aus. Dann kann keine noch so teure Operation kaschieren, wer du wirklich bist. Zu wem du geworden bist. Kein Straffen, kein Aufpolstern, kein Lähmen der Gesichtsmuskulatur kann dich retten. Die ganze Welt erkennt in dir das Wrack, das du bist. Ein geldgieriges, alkoholsüchtiges, trauriges Wrack.

»Was willst du?« Eschmann reagiert kühl und will ihr seinen Arm entwinden.

Sie hält ihn fest, ihre blutrot lackierten Fingernägel krallen sich in den Stoff seines Hemds.

»Du meinst, du kommst damit durch, nicht?«, flüstert sie.

»Ich habe keine Ahnung, wovon du sprichst.«

»Das weißt du sehr wohl.« Sie schenkt ihm ein säuerliches Lächeln.

»Willst du schon wieder Geld?«

Odile verzieht die aufgespritzten Lippen zu einem Schmollmund. »Du redest mit mir, als wäre ich eine deiner Nutten.«

»Der Unterschied ist nichtig«, erwidert Eschmann.

»Doch ich kann dir wehtun. Das können die nicht.«

»Nicht mehr.«

»Wir werden sehen.« Einen Moment lang lässt Odile den Blick auf ihm ruhen, mit derselben herablassenden Art wie früher, als sie Kinder waren. »Du hörst von mir«, haucht sie, setzt ein laszives Lächeln auf und lässt seinen Arm endlich los.

Sie dreht sich auf dem Absatz um und mischt sich mit wiegenden Hüften unter die Gäste.

Immer noch elegant, immer noch genauso verdammt anzüglich und cool wie damals, stellt Eschmann fest. Immer noch meine Heldin.

Die Ärzte mögen dich äußerlich zu einer Wachspuppe verunstaltet haben. Tief im Inneren bist du immer noch die Zweiundzwanzigjährige, die haargenau weiß, wie man den Typen die Köpfe verdreht.

Eschmann winkt einen der Kellner herbei und weist ihn an, die Gläser des Bankierspaars aufzufüllen. Noch ehe er die beiden erreicht, bemerkt er die Unruhe im Flur vor dem Wohnzimmer.

Odile!, denkt er und schiebt sich besorgt durch die Menschenmenge. Kaum hat er den Durchgang zum Korridor erreicht, knurrt er gereizt.

Sarah lehnt an der Wand, linkisch wie ein Schulmädchen, und kichert hysterisch.

Seine Tochter hat etwas genommen, schlussfolgert Eschmann auf der Stelle. Außerdem ist sie hackedicht. Um zwanzig nach neun. Ihr zu kurzer Rock ist nach oben gerutscht und gibt so viel vom oberen Teil ihres braun gebrannten Schenkels frei, dass offensichtlich ist, welches – seiner bourgeoisen väterlichen Meinung nach – essenzielle Teil ihrer Kleidung fehlt. Er wird diese Tatsache einfach ignorieren und sich jeden Kommentar verkneifen. Denn aus Erfahrung weiß er, dass jede Bemerkung seinerseits automatisch zu erbitterten Vorwürfen und Hasstiraden führt.

Weshalb muss ausgerechnet meine Familie derart verkorkst sein?, überlegt Pierre Eschmann und geht auf Raffaella zu, Sarahs beste und seines Wissens einzige Freundin. Mit groben Handgriffen stellt er sie auf die Beine, nachdem sie offenbar beim Betreten des Flurs gestolpert oder einfach umgekippt und wie erschossen liegen geblieben ist.

»Danke, Herr Eschmann«, lallt sie und hält sich an seiner Schulter fest, um nicht wieder hinzuknallen.

Die zwei haben eindeutig zu viel getankt.

»Vielleicht ist es besser, ihr legt euch erst mal hin«, sagt Eschmann.

Das hätte den unschlagbaren Vorteil, dass die Partyhühner aus dem Weg wären. Denn die ersten Gäste recken bereits die Hälse, das Tamtam ist nicht lange unbemerkt geblieben. Und ewig kann er hier nicht stehen bleiben, um mit seinem Rücken die Schnapsdrosseln vor neugierigen Blicken zu schützen.

»Du hast mir nichts zu sagen!« Sarahs Stimme schraubt sich wie auf Kommando in die Höhe.

»Ich meine ja nur …« Eschmann stöhnt innerlich auf und versucht, sich an die Ratschläge zu erinnern, die er im letzten Managementkurs zum Thema Deeskalation gelernt hat. Doch ihm fällt gerade keiner davon ein. Fünftausend Franken für die Katz.

»Du ›meinst‹ immer nur«, fährt ihn Sarah an. »Dabei geht es dir einzig darum, mir dein antiquiertes chauvinistisches Weltbild aufzudrängen.«

»Ich meine … Ich fände es gut, wenn ihr euch etwas hinlegt.«

»Das ist so was von übergriffig.«

»Ist ein fürsorglicher Vorschlag.«

»Deine Vorschläge interessieren mich nicht!«

»Wo wart ihr überhaupt?«

»Geht dich nichts an!«

»Und wem gehört der graue Audi, mit dem du hergefahren bist?«

Von der Balkontür aus hat Eschmann die zweifelhaften Fahrkünste seiner Tochter beobachten können, derweil er sich mit dem Bankierspaar unterhalten hat. Sarahs Zögern dauert zu lange.

»Einem Freund.«

»Lüg mich nicht an.«

»Du willst mich ständig kontrollieren!« Wütend starrt Sarah ihn an.

Eschmann fragt sich, woher dieser Zorn rührt. Diese Verachtung, die sie ihm seit einiger Zeit entgegenbringt. Früher waren sie ein Herz und eine Seele, unzertrennlich, er hat sie *mon petit caneton* genannt oder *mon papillon*. Irgendwann hat sich das Blatt gewendet, etwas ist zerbrochen, ohne dass er hätte benennen können, was es war. Wann genau es passiert ist, daran kann er sich auch nicht mehr erinnern. Vermutlich während er sein weit verzweigtes Imperium aufgebaut hat, deswegen die Kanzlei tage- und nächtelang nicht verlassen hat und selten zu Hause aufgetaucht ist.

Wenigstens hat Marianne einen besseren Draht zu Sarah, dank ihr erfährt Eschmann hin und wieder, was im Leben seiner Tochter läuft. Gesetzt den Fall, dass gerade Waffenstillstand herrscht und seine Frau mit ihm redet.

»Familie«, seufzt er leise.

Unterdessen trampeln die jungen Frauen die Treppe in den oberen Stock hoch. Er erntet ein mitfühlendes Lächeln eines Cateringmitarbeiters, der gerade einen Eiswagen aus der Küche schiebt.

Freitag, 21:19 Uhr
Germaniastrasse

Belén pult einen Streifen Schale von der Kartoffel und verharrt mitten in der Bewegung. Ihr ist, als würden sie plötzlich alle Kräfte verlassen, sie schafft es nicht einmal mehr, die Klinge bis zum unteren Ende der Knolle zu ziehen. Als trüge sie einen eisernen Ring um die Brust, der sich enger und enger um ihren Oberkörper spannt. Mittlerweile kriegt sie kaum noch Luft, sie keucht, nestelt panisch am Kragen ihres Kleids herum, obwohl er sie in keiner Weise einschränkt, immer gerader richtet sie sich auf ihrem Stuhl auf, damit ihr das Atmen leichter fällt. Es hilft nichts. Ihre Kehle ist wie zugeschnürt, das Gefühl, gleich zu ersticken. Als sich ein Schluchzer löst, hört es sich an wie ein Röcheln, nach dem hohlen Geräusch des Windes, der bei Durchzug unter dem Türrahmen faucht.

Das Schälmesser rutscht ihr aus der Hand, die Kartoffel knallt auf die Arbeitsfläche und kullert über den Tischrand. Belén springt auf, der Stuhl kippt um. Der besorgte Ausruf der jungen Frau gegenüber ist ihr egal, blindlings rennt sie aus der Küche in den Flur, kämpft sich durch die herumstehenden Menschen und stürmt zur Toilette. Stürzt hinein, schlägt die Tür hinter sich zu, dreht den Schlüssel und während sie sich gegen die Wand neben dem Waschbecken fallen lässt, laufen ihr bereits Tränen übers Gesicht. Sie krümmt sich, als würde ihr eine unsichtbare Faust in den Magen gerammt, die Hände vor den Mund gepresst, damit kein Laut zu hören ist. Tonlos brüllt sie den Schmerz und die Scham dem schwarz-weiß gekachelten Boden entgegen.

Irgendwann setzt sie sich erschöpft hin, tupft sich die Tränen mit Toilettenpapier ab. Sie fühlt sich leer und verloren. Ausgenutzt und verraten, ein endloser Kreislauf, aus dem es für sie kein Entkommen zu geben scheint, seit Jahren nicht.

Dabei war sie diesmal nah dran. Ein einfacher, aber

effizienter Plan. Kein besonders netter Schachzug ihrerseits. Dass man mit Nettigkeiten nicht weit kommt, hat sie auf die harte Tour gelernt. Wenn alles so gelaufen wäre, wie sie es sich ausgemalt hat, hätte sich ihre Situation endlich verbessert. Nun schält sie seit einer Stunde Kartoffeln wie eine billige Aushilfskraft. Marianne Eschmann hat sich nach der Begrüßung nicht mehr blicken lassen. Womöglich plagt sie das schlechte Gewissen, viel wahrscheinlicher ist, dass ihr die anderen Gäste wichtiger sind. Belén ist eben nur eine Angestellte. Zwar eine mit einer der begehrten Einladungen zur Party, aber wo das hingeführt hat, kann sie von ihren mit Erde vollgeschmierten Handflächen ablesen.

Mühsam rappelt sie sich auf. Sie hat es fast geschafft, ein paar Dutzend Kartoffeln warten noch auf sie. Schwedische Hasselbackspotatis will der Koch damit zubereiten, sie hat ihn gefragt, als er kurz vorbeigeschaut hat, um zu überprüfen, wie weit sie mit der Arbeit ist. Dazu wird das Gemüse fein eingeschnitten, im Ofen mit Olivenöl und Knoblauch überbacken und am Ende mit Paniermehl und Parmesan bestreut. Ein Mitternachtssnack.

»Der letzte Schrei. Wollen im Moment alle«, hat er schulterzuckend gemeint. »Italienische Küche hin oder her.«

Belén sieht sich im Badezimmerspiegel und fährt zusammen. Dummerweise hat sie ihre Handtasche auf der Arbeitsfläche liegen gelassen. Sobald sie mit ihrer Aufgabe fertig ist, muss sie versuchen, ihr Aussehen zu retten. Denn noch ist es nicht zu spät. Er ist da, wie erwartet. Sie hat den Mann, der sich Padrone nennt, vorhin mit einer jungen dunkelhaarigen Begleiterin eintreffen sehen. Er wird ihr zuhören, ein paar Minuten lang. Ihre Argumente werden ihn überzeugen, dessen ist sie sich sicher.

Belén holt tief Luft und zupft eine vergessene Träne von der Wimper. Dann dreht sie den Schlüssel und tritt hinaus.

Freitag, 21:21 Uhr
Germaniastrasse

Der gut aussehende Mann hebt den Eiswagen vor der Schwelle leicht an, damit er die Räder problemlos darüber hinwegbewegen kann. Ein bunt bemaltes Ungetüm, wie man sie auf dem Jahrmarkt oder an Kindergeburtstagen in betuchten Haushalten findet. Selbst gemachte Gelati, hat Francesco ihr versprochen, ein gutes Dutzend Sorten, zwei davon vegan, zwei zuckerfrei, einmal ohne Gluten, einmal ohne Nüsse.

Wann ist eigentlich alles so kompliziert geworden?, fragt sich Marianne Eschmann und schaut dem Mann mit dem Eiswagen hinterher.

Sein weißes Hemd ist zu eng, was garantiert Absicht ist. Denn dadurch zeichnet sich seine durchtrainierte Rückenmuskulatur deutlich unter dem Stoff ab. Auch die schwarze Hose ist vermutlich eine oder sogar zwei Nummern zu klein, was seinen Hintern prall hervorstehen lässt. Halblanges schwarzes Haar, mit viel Gel zurückgekämmt, die obligate goldene Halskette. Fehlt noch die dunkle Sonnenbrille. Unter normalen Umständen hätte sie das für klischiert gehalten, der Mann vom italienischen Catering passt jedoch perfekt zum Thema der Party. Offenbar hat Francesco Ferraro seine Mitarbeiterinnen und Mitarbeiter genauestens instruiert. Ein Profi.

Sarah, die eben – nach einer der üblichen Auseinandersetzungen mit ihrem Vater – wütend die Marmortreppe hinaufgestürmt ist, verharrt auf halber Höhe torkelnd. Ihre Freundin, diese unsäglich vulgäre Raffaella, hat sich gegen den aufrechten Gang entschieden und kriecht nun auf allen vieren die Stufen hinauf.

Sieben Millionen Jahre Evolution, denkt Marianne Eschmann angewidert, und ein bisschen Wodka genügt, damit wir uns wieder wie Echsen bewegen.

Sie wendet sich ab, weicht geschickt ihrem Gatten aus, der sich in ihre Richtung durch die Gäste drängt, und folgt dem italienischen Eismann, der im Wohnzimmer nach einer freien Ecke Ausschau hält.

»Da vorne«, sagt sie und bahnt ihm den Weg. »Gleich neben der Balkontür.«

Er bedankt sich mit einem Lächeln, das ihre Knie weich werden lässt. Diskret atmet sie den warmen Geruch seines Parfüms ein. Eine rauchige Note, die sie an würzigen Rum erinnert, vermischt mit dem Duft von Zedernholz, Lavendel und einem Hauch Limette. Irgendetwas von Armani, mutmaßt sie. Was sonst?

Zu gern wäre sich noch eine Weile in der Nähe des Eismanns geblieben und hätte sich an seinem Duft satt gerochen, doch sie will ihre Aufgaben als Gastgeberin nicht vernachlässigen. Aufmerksam schweifen ihre Augen durch den Raum. Alle scheinen sich wohlzufühlen, es wird gelacht und geschwatzt, selbst Gäste, die sich nicht gekannt haben, unterhalten sich. Das untrügliche Zeichen für eine gelungene Party. Und im Hintergrund die Musik des DJs, italienische Klassiker, die zum unauffälligen Mitwippen animieren.

Marianne Eschmann nimmt sich ein leuchtend rotes Getränk von dem Tablett, das ihr einer der Keller präsentiert. Ein Negroni. Sie mag den bittersüßen Geschmack des Drinks, der sie an Portofino erinnert. An einen Urlaub mit Pierre, vor vielen Jahren, als sie ihn noch geliebt hat und ihr das Leben leicht und vielversprechend vorgekommen ist.

Mit einem ärgerlichen Kopfschütteln verscheucht sie die romantische Anwandlung und dreht sich wieder dem Eismann zu, der gerade eine von Pierres Klientinnen anspricht. Eine kürzlich geschiedene Galeriebesitzerin, glaubt sich Marianne zu erinnern, mit der ihr Gatte vermutlich auch nach Büroschluss die eine oder andere Akte wälzt, nach all den Jahren kennt sie seinen Geschmack. Nicht ganz neidlos betrachtet sie die kräftigen Waden der Frau, ihr perfekt sitzendes Designerkleid, die schmale Taille.

»Un gelato, signora? Alle mandorle? Cioccolato? – No? E per la sua incantevole figlia?« Der Eismann grinst so charmant, dass die Angesprochene und ihre etwa sechzehnjährige Tochter gleichzeitig erröten. Letztere lässt sich zu einem veganen Pistazieneis überreden, worauf der Eismann die Waffel mit der einen Hand hoch in die Luft wirbelt, sie mit der anderen hinter seinem Rücken auffängt und gleich darauf schwungvoll mit einer Kugel Eis bestückt.

Dabei blinzelt er Marianne derart anzüglich zu, dass ihr das Blut in die Wangen schießt. Sie weicht seinem fordernden Blick aus und bemerkt den neuen Gast, der verloren im Flur vor dem Wohnzimmer steht. Ein dicklicher Mann in einer hellen Sommerjacke, sein krauses Haar lichtet sich, er ist verschwitzt. Marianne kann sich nicht an seinen Namen erinnern. Ob sie ihn eingeladen hat oder ob es sich um einen von Pierres Kunden handelt. Bei so vielen Gästen kann man schon mal die Übersicht verlieren. Sie durchquert das Zimmer und setzt ihr entwaffnendstes Willkommenslächeln auf.

Freitag, 21:23 Uhr
Dienerstrasse

Die Schläge treffen Joy mitten ins Gesicht, der Schmerz raubt ihr den Atem. Ihr Oberkörper federt zurück, sie keucht, spuckt Blut. Als sie endlich Luft kriegt, richtet sie sich sofort wieder auf. Streckt den Rücken durch, klammert die Finger um die Lehne des Stuhls, auf den sie Joy rittlings gebunden haben, auch ihre Handgelenke sind mit einem Strick gefesselt. Sie hebt den Kopf und schaut ihrem Peiniger in die Augen, stolz, unnachgiebig und voller Verachtung. Bereit für Dayos nächsten Fausthieb.

Akono steht wie immer unbeteiligt daneben, eine Zigarette im Mundwinkel, und tippt auf seinem Handy herum. Sie haben sie in den Keller des Bordells geschleppt und in die winzige Kammer neben der Waschküche gesperrt. Keiner wird ihre Schreie hören, selbst wenn, es würde keinen Unterschied machen. Mit der Hilfe der Frauen, die oben arbeiten, kann sie nicht rechnen. Die meisten haben schnell gelernt, wie unklug es ist, sich einzumischen. Wie fatal das enden kann. Außerdem haben sie die Reise nach Europa, die Lügen, die man ihnen aufgetischt hat, und der zermürbende Alltag hier abstumpfen lassen. Joy kennt sie gut, die zerplatzen Träume und unerfüllten Hoffnungen, die aussichtslose Zukunft, die einen dazu bringen kann aufzugeben, alles hinzunehmen und sich mit Pillen und billigstem Koks, das mit hochtoxischen Substanzen verschnitten ist, in einen Zustand zu katapultieren, in dem nichts mehr eine Rolle spielt. Nein, von den Frauen ist keine Rettung zu erwarten. Alle anderen sind sowieso eingeweiht.

»Wo ist Faith?« Dayos Stimme klingt bedrohlich. »Wir werden die kleine Schlampe finden, das ist dir klar, oder?«

»Oloriburuku!«

Eine Ohrfeige ist die Antwort auf ihre Beschimpfung, sie trifft Joy blitzschnell und hart.

»Wir werden sie finden«, zischt Dayo, während Joy stöhnend zur Seite kippt. »Mit deiner Unterstützung oder ohne.«

Einen Moment lang bleibt sie in der Waagrechten hängen, bis sie wieder klar sehen kann, ein Surren dröhnt in ihrem Schädel. Sie weiß, was Dayos Bemerkung bedeutet. Sie brauchen sie, um an Faith heranzukommen. Ihre Schwester ist jünger als sie und hat sich in den letzten Jahren zu einer ausnehmend attraktiven Frau entwickelt, die dank Joys Rettungsaktion nie hat anschaffen müssen. Wertvolles Gut, mit dem man viel Geld verdienen kann. Niemals wird Madame Lisha kampflos auf sie verzichten.

Was mit Joy geschieht, spielt keine große Rolle, sie hat die knapp vierzigtausend Euro, die sie ihrer Zuhälterin für den Transport von Nigeria in die Schweiz geschuldet hat, fast abbezahlt, die Jahre auf dem Strich haben sie unübersehbar gezeichnet. Beschädigte Ware, Ausschuss. Mit fünfundzwanzig reif für die menschliche Müllhalde. Im besten Fall wird sie nach Nigeria zurückgeschickt, um dort neue Mädchen mit den üblichen Lügen zu überzeugen, sich auf die lange und gefährliche Reise nach Europa zu begeben. Im schlimmsten Fall kommt sie hier nicht lebend raus.

Joy kann Madame Lishas Anweisungen beinahe hören. Beim Gedanken an ihre ehemalige Kollegin, mit der sie ein paar Jahre lang angeschafft hat, lacht sie verächtlich und richtet sich ächzend auf. Speichel rinnt ihr übers Kinn, das Blut in der malträtierten Nase blubbert seltsam aufgekratzt. Seit sie ihre Vorgängerin Madame Esther kaltblütig ermordet hat, lenkt Lisha mit strenger Hand die Geschicke des Bordells. Ein frisch renoviertes Haus an der Ecke Diener- und Kernstrasse, die *Macuto's* Bar im Erdgeschoss, darüber drei Stockwerke mit winzigen Zimmern. Jahrelang ist das ihr Zuhause gewesen, alles, was sie von der Schweiz gesehen hat.

Vor diesem Schicksal will sie Faith nach wie vor bewahren, selbst wenn es sie das Leben kostet.

»Oloriburuku!«, ruft sie Dayo mit dem Mut einer Hoffnungslosen entgegen. Wenn schon, soll es schnell gehen.

Der erwartete Fausthieb folgt präzise, mit einem Seufzen sackt Joy auf dem Stuhl zusammen. Dass Akono sein Handy plötzlich hochstreckt und gleich darauf grelle Blitze den Raum taghell erleuchten, bekommt Joy nur am Rand mit.

Freitag, 21:33 Uhr
Germaniastrasse

Nachdem Herbert Russo die Treppe in den ersten Stock hochgestiegen ist, bleibt er schwer atmend und vor allem irritiert im Flur stehen. Zwar hat er mit vielen Gästen gerechnet, ja insgeheim sogar darauf gehofft. Denn das hat er schon früh gelernt: Je größer die Menschenmenge, desto einfacher die Flucht, was im ersten Moment zwar wie ein Widerspruch klingt. Tatsächlich begünstigen die zahlreich anwesenden Leute sein schnelles Verschwinden nach Ausführung des Auftrags. Er fällt weniger auf, niemand wird auf die Schnelle sagen können, wer den Schuss abgegeben hat und aus welcher Richtung er erfolgt ist. Und in dem Chaos, das unweigerlich ausbrechen wird, wird es ihm kaum schwerfallen, unerkannt aus dem Haus zu gelangen und die kurze Distanz zu seinem Wagen zurückzulegen. Nach einem solchen Ereignis verfällt auch keiner der Anwesenden auf die Idee, vom Balkon aus die Aussicht auf die Einfahrt zu genießen. Vielmehr werden alle zu dem Ort drängen, wo die Leiche liegt. Die Hälse recken und aufgeregt tuscheln und dabei alles andere vergessen. Wie Menschen nun mal sind.

Allerdings trennen ihn noch etliche Hürden von diesem Ziel. Die wichtigste: Wo befindet sich Lorenzo Sposato?

Natürlich hat man Russo Bilder von ihm zugeschickt. Er weiß, wie der Mann aussieht, der mit seinen unbedachten und in erster Linie eitlen Aktionen die gesamte Familie und deren illegale Geschäfte in Gefahr bringt. Er fragt sich, wie er nah genug an ihn herankommt, um ihn auszuschalten, ohne Kollateralschäden zu verursachen.

Russo macht ein paar Schritte in den Flur hinein. Wenn das alles doch schon erledigt wäre! Im Durchgang zum Wohnzimmer hält er inne. Was ihn beim Eintreten noch verwirrt hat, entlockt ihm jetzt ein ungläubiges Staunen. Überall sind

Nadelstreifenanzüge zu sehen, rote Rosen in Knopflöchern, die Männer haben ausnahmslos Fedoras aufgesetzt, weiche Filzhüte in Schwarz oder Elfenbein, angeklebte Schnurrbärte, wohin er schaut, und Waffenholster an den Hüften. Von den Frauen tragen etliche eng anliegende Hosen mit Trägern über blütenweißen Blusen oder mondän wallende Abendroben, unter Strumpfbändern klemmen Pistolenattrappen an den Oberschenkeln, sichtbar nur für Sekundenbruchteile, wenn die hohen Schlitze in den Kleidern es erlauben. Im Hintergrund laufen italienische Schlager.

Kaum merklich schüttelt Russo den Kopf und unterdrückt ein Grinsen. Das Schicksal hat manchmal einen skurrilen Sinn für Ironie. Er ist offensichtlich auf einer Mottoparty mit dem Thema Mafia gelandet! Ausgerechnet er, ausgerechnet heute.

Er überprüft seine Kleidung. Die geht niemals als Kostümierung durch, er sieht nicht ansatzweise nach Mafioso aus. Russo hofft, dass ihn sein italienisches Aussehen rettet, die spärlichen Locken. Falls ihn jemand ansprechen sollte, gibt er halt den italienischen Spaßvogel wie in seinem Laden. Und sollte es wirklich ernst werden, hat er immer noch die Pistole dabei.

Gerade will er das Wohnzimmer betreten, da bemerkt er die Frau, die zielstrebig auf ihn zusteuert. Sie hat ihn offensichtlich längst im Fokus, denn unvermittelt bleckt sie die Zähne. Wie ein Raubtier, das sich gleich auf seine Beute stürzt. Russo bleibt kaum Zeit, sich zu verdünnisieren.

Obwohl sein Herz hämmert, zwingt er sich zur Ruhe. Etwas steif stakst er auf ein paar Männer zu, die mitten im Korridor im Kreis diskutieren und sich allesamt den gleichen schwarzen Anzug gekauft zu haben scheinen. Die schwarzen Filzhüte haben sie schräg aufgesetzt, wichtigtuerisch ziehen sie an dicken Zigarren, stoßen den Rauch aus und schmatzen dazu. Zwei von ihnen haben sich lächerliche fadendünne Oberlippenbärte aufgemalt.

Wenn die wüssten, ärgert sich Russo. Die Anzüge, die Hüte, die ganze Attitüde findet man heutzutage höchstens noch in Filmen. Das alles ist zur Folklore für Partys wie dieser verkommen, für Leute mit gut gefüllten Bankkonten, die vermutlich die ganze Zeit mit Mafiosi Geschäfte abwickeln, ohne dass es ihnen bewusst ist. Echte Mafiamitglieder vermeiden jede Aufmerksamkeit, sie scheuen die Öffentlichkeit, die Unauffälligkeit ist heutzutage ihr einziges Markenzeichen, gerade in der Schweiz. Er hat die Bilder von der Verhaftung des einen Clans im Aargau noch deutlich vor Augen. Eine Gruppe biederer Männer im mittleren und zum Teil hohen Alter, die mit ihren zerknitterten Hemden, den dickglasigen Hornbrillen und ausgeleierten Wolljacken an einen Seniorenkegelverein erinnerten. Dass diese gutmütigen Onkel und liebevollen Großväter, die sie tatsächlich auch waren, Waffen- und Drogengeschäfte in Millionenhöhe abwickelten, Konkurrenten mit wenig zimperlichen Methoden einschüchterten und im Notfall das überraschende Ableben eines Verräters in Kauf nahmen, sah man ihnen nicht an.

Eilig drückt sich Russo an den Männern vorbei und wirft einen wachsamen Blick über die Schulter. Die Dame des Hauses – denn das ist sie aufgrund ihrer Haltung zweifelsohne – ist im Durchgang stehen geblieben und schaut sich nach ihm um, er kann das aufkeimende Misstrauen in ihrer Miene erkennen. Rasch tritt er hinter einen der schwarz gewandeten Männer und duckt sich ein wenig, seine Finger tasten nach dem Griff der Pistole in seiner Jackentasche.

»Was suchen Sie?«, spricht ihn eine ältere Frau an.

Ertappt fährt Russo herum. Sie ist aus dem Nichts aufgetaucht. Dann fällt ihm die Tür auf, eine Toilette höchstwahrscheinlich.

»N-nichts«, stammelt er und spürt, wie ihm das Blut ins Gesicht schießt.

»Ach so. Ich dachte, Sie hätten etwas verloren, weil Sie sich hinabgebeugt … egal.« Die Frau lächelt ihn warm an.

Sie ist komplett unpassend gekleidet. Über einem grünen Abendkleid, das raffiniert golden schimmert, trägt sie eine Kochschürze, ihre Finger sind mit Erde verdreckt, als hätte sie im Garten hantiert.

Sie bemerkt seine Verwirrung und versteckt die Hände hinter dem Rücken. Stumm starrt Russo die Frau an, ihre Präsenz überfordert ihn. Plötzlich weiß er nicht mehr, was er als Nächstes tun wollte.

»Sie schwitzen ja, geht es Ihnen nicht gut?«, hört er die Frau fragen, ihre besorgte Stimme dringt wie durch ein dichtes Rauschen zu ihm.

»Alles bestens«, murmelt er und macht eine abwehrende Geste.

»Ich bin Belén. Wissen Sie, wo die Bar ist? Soll ich Sie hinführen? Sie sehen so aus, als könnten Sie einen Drink gebrauchen.« Die Frau mustert ihn eingehend.

Unter keinen Umständen darf er auffallen, niemand soll sich nach der Tat an ihn erinnern. Mit ihrer gluckenhaften Art bringt ihn diese Belén zunehmend in Bedrängnis, schon linsen die ersten Gäste zu ihnen herüber. Mittlerweile steht sie schon so lange vor ihm, dass sie ihn den Bullen problemlos beschreiben könnte. Er muss sie loswerden, auf der Stelle.

Er zuckt zusammen, als sie nach seinem Arm greift.

»Nehmen Sie Ihre verdammten Pfoten weg!«, zischt er.

Als hätte sie sich an ihm verbrannt, zieht Belén die Hand zurück und rückt von ihm ab.

»In dem Fall gehe ich wohl besser«, meint sie, sobald sie die Fassung wiedergewonnen hat, und ganz kurz verzerren sich ihre Züge zu einer schmerzlichen Grimasse.

Kurzes graues Haar, Latina, eindeutig. Ihr Make-up ist leicht verschmiert, vermutlich weil es so heiß ist. Oder weil sie geweint hat, fährt es Russo durch den Kopf. Wegen ihres merkwürdigen Outfits fällt es ihm schwer einzuordnen, ob sie Gast ist oder eine Angestellte.

»Übrigens, die Bar finden Sie im Wohnzimmer«, fügt sie kühl hinzu.

»Warten Sie bitte, das war nicht so gemeint!« Instinktiv reißt Russo die Hände in die Höhe und begreift erst, als Belén entsetzt aufschreit und von ihm wegstolpert, dass er immer noch die Pistole umklammert hält und nun wie ein Irrer damit herumwedelt. *»Porca miseria!«*, flucht er und meint damit in erster Linie sich selbst. Nach all den Jahren in der Schweiz fuchtelt er beim Sprechen immer noch mit den Händen herum.

Keine Aufmerksamkeit, verdammt! Ehe er die Waffe wieder in der Jackentasche verschwinden lassen kann, drehen sich einige der schwarz gekleideten Männer alarmiert nach ihm um und beäugen ihn verärgert, als wäre er ein unerwünschter Eindringling. Bis einer einen begeisterten Ausruf ausstößt.

»Das ist jetzt nicht wahr, oder?« Er kommt mit großen Schritten auf Russo zu und packt seine Hand mit der Pistole, um die Waffe aus der Nähe zu begutachten.

»Ich glaub's ja nicht.« Seine Stimme bricht beinahe vor Begeisterung. »Eine SIG P220! So eine hatte ich damals in der Rekrutenschule. Mussten wir mit verbundenen Augen auseinandernehmen und wieder zusammensetzen. Später sitzend und hinter dem Rücken, das war was für Fortgeschrittene.«

»Ihr auch?« Ein pummeliger Typ mit kurzem rötlichem Haar und rosiger Gesichtsfarbe, die an Marzipan erinnert, gesellt sich zu ihnen. Er entwindet Russo die Knarre aus den schweißnassen Fingern und inspiziert sie von allen Seiten. »Sieht voll echt aus! Sogar die Seriennummer ist weggefeilt! Wie bei der richtigen Mafia. Cool, Alter! Das nennt man Einsatz!« Er haut Russo eine Pranke auf die Schulter, sein dröhnendes Lachen lockt den Rest der Gruppe an, die sich sofort um sie schart und in Erinnerungen an ihre Militärzeit schwelgt.

Unauffällig versucht Russo, wieder an seine Pistole zu gelangen, doch der Marzipantyp denkt nicht daran, sie ihm zurückzugeben. Stattdessen präsentiert er sie wichtigtuerisch seinen Kollegen.

»Gib mal her!«, fordert einer mit südländischem Aussehen.

Anstelle einer Antwort drückt ihm der Kerl die Waffe an die Brust.

Russo stockt der Atem.

Der Südländer packt den Lauf und einen Moment lang zerren sie an der Knarre, der eine die Hand um die Mündung geballt, der andere am Griff.

»Passt auf, Dominik!«, ruft ein älterer Mann.

Russo, dem der Schweiß jetzt in Bächen den Rücken hinabläuft, hätte ihm um ein Haar zugestimmt.

»Ach was, ist ja nicht geladen«, meint Dominik mit dem Marzipangesicht und schafft es, die Knarre wieder an sich zu nehmen. »Obwohl …« Er zögert und fingert am Griffende herum. »Das Magazin ist eingesetzt.«

»Damit es echt wirkt«, knurrt Russo und macht einen Schritt auf den Kerl zu.

»Das Teil ist auch ziemlich schwer.«

»Gib her!«, fordert Russo Dominik auf und will sich die Pistole schnappen.

Im letzten Moment reißt der Typ sie in die Höhe, sodass Russo sie nicht erreichen kann.

»Wisst ihr eigentlich, dass ich mehrere Auszeichnungen für meine Schießkünste erhalten habe?«, prahlt das Marzipangesicht, während alle ringsum beeindruckt nicken. »Die sind irgendwo auf dem Dachboden, zusammen mit der Uniform und der Pistole.« Suchend schaut er sich um. Kurzerhand streckt er den Arm mit der Knarre aus und nimmt den Mann ins Visier, der gerade mit einer Eiswaffel aus dem Wohnzimmer tritt. »Ich würde heute noch treffen. Was meint ihr?«

Ruckartig bleibt der Mann stehen und starrt den Typen, der auf ihn zielt, mit weit aufgerissenen Augen an. Entgeistert registriert Russo das weiße Hemd, die Waffel mit dem cremigen Erdbeereis, die eng anliegende Hose, das mit zu viel Gel zurückfrisierte schwarze Haar. Er ist ihm vor Jahren zum letzten Mal begegnet und ohne die Aufnahmen, die man ihm hat zukommen lassen, hätte er ihn vermutlich nicht wiedererkannt. Nun gelingt ihm das auf Anhieb. Lorenzo Sposato sieht exakt so aus wie auf den Fotos.

Freitag, 21:43 Uhr
Germaniastrasse

Bashir steuert den BMW durch die Einfahrt und lenkt ihn auf den einzig freien Parkplatz, der sich neben dem Tor befindet. Nach kurzem Abwägen setzt er rückwärts, wendet und parkt so, dass die Motorhaube zur Straße zeigt. Angesichts der vagen Pläne zu ihrer Vorgehensweise ist es unmöglich abzuschätzen, wie schnell sie die Party verlassen werden. Und in welchem Tempo. Bashir schaltet den Motor aus und überprüft den Rückspiegel. Yvonne Steigers dunkelblauer Peugeot steht quer neben dem Hintereingang der Eschmann'schen Villa, offensichtlich hat sie in der Eile eine ordentliche Parkmöglichkeit gar nicht erst in Erwägung gezogen.

Hoffentlich wollen die Gäste, denen die beiden zugeparkten Wagen gehören, die Party erst spät verlassen, denkt Bashir. Vom Balkon auf der vorderen Seite des Hauses weht Musik zu ihnen herüber. *Felicità*. Italienischer Schlager. Unauffällig verzieht er das Gesicht. Unauffällig, da er weiß, wie viel Marisa solche Lieder bedeuten. Er kennt die CD-Sammlung in ihrem Auto.

»Al Bano und Romina Power«, bemerkt sie prompt und summt die Melodie mit.

»Wie kriegen wir das hin, ohne einen Riesenärger zu bekommen?«

Marisa zuckt mit den Schultern. »Ich habe nicht die geringste Ahnung. Ohne Ärger geht's wohl nicht.«

»Das habe ich befürchtet.«

Marisa grinst schwach. »Da sind so viele Baustellen. Es gibt da einige unangenehme Fragen, die ich Pierre stellen muss.«

»Und wie willst du das bewerkstelligen? Einfach reinspazieren? Auf eine Party, zu der wir gar nicht eingeladen sind?

Um dann Eschmann mit deinen Mutmaßungen zu konfrontieren?«

»Wenn du eine bessere Idee hast, nur zu.«

Bashir schweigt, worauf Marisa mit der Zunge schnalzt und einen Ellenbogen auf den Türrahmen legt. »Manchmal muss man intuitiv handeln.«

»Manchmal kann das lebensgefährlich sein.«

»Wir werden achtgeben.«

»Und uns nötigenfalls mit den obligaten Mozzarella-Cherrytomaten-Spießchen verteidigen.«

Marisa lacht leise.

»So eine verdammte Scheiße«, sagt sie. »Ich muss einfach wissen, was da los war.«

»Kriegen wir raus. Irgendwie.«

»Ich hoffe es.« Marisa legt eine Hand auf Bashirs Oberschenkel und drückt ihn leicht. »Danke, dass du das alles mitmachst.«

»Wir sind Partner, schon vergessen?«

Sie lächelt. Als sie ihm einen Seitenblick zuwirft, erkennt sie, wie verlegen ihn die Berührung macht. Sofort zieht sie die Hand zurück. Eine angespannte Stille macht sich im Wagen breit, während sie so tun, als würden sie die Straße unterhalb der Einfahrt beobachten.

Die hinuntergekurbelten Fenster lassen ein lahmes Lüftchen herein, die Temperaturen sind seit Anbruch der Dämmerung kaum gesunken. Vielmehr staut sich die Hitze des Tages im Hinterhof, die Luft ist schwer und pappig.

»Wollen wir?«, fragt Bashir und langt nach dem Türgriff.

Marisa hält ihn zurück und fixiert gebannt den Seitenspiegel. »Warte.«

Bashir dreht sich auf dem Sitz halb um. Die Hintertür schwingt auf und fällt gleich wieder ins Schloss, bevor sie erneut aufgerissen wird und zwei junge Frauen aus dem Haus treten, die eine rothaarig, die andere blond. Die mit den roten

Haaren muss sich am Türrahmen abstützen, da sie sich vor Lachen kaum aufrecht halten kann. Ihre Freundin stakst zielstrebig zu den an der Rückseite der Villa geparkten Wagen. Beide tragen ultrakurze Röcke und Schuhe mit hohen Absätzen.

Jäh bleibt die Blondine stehen, sie biegt den Hals nach allen Seiten, immer schneller tut sie das, als wäre sie eine Comicfigur, ihr Kopf fliegt in rasendem Tempo hin und her, das Haar klatscht ihr bei jeder Drehung ins Gesicht. Dann streckt sie unvermittelt den Arm aus, an dem eine Handtasche baumelt, deutet auf eine Stelle auf dem Asphalt vor ihr und stößt ein ungläubiges Heulen aus.

»Was läuft da?«, flüstert Marisa.

»Komplett dicht, die beiden.« Bashir dreht sich wieder nach vorne und verfolgt das Geschehen im Rückspiegel. »Und eindeutig durchgeknallt.«

In der Zwischenzeit hat sich die Rothaarige so weit unter Kontrolle, dass sie geradeaus gehen kann. Schwankend gesellt sie sich zu ihrer Freundin, stimmt in das Geheul ein und wirft die Hände in die Luft. »Oh my god!«

»Ich hab ihn hier geparkt, ich schwör's!«, ruft die Blondine empört und weist mit dem ausgestreckten Zeigefinger immer wieder auf den Boden, als übte sie sich in einem Zaubertrick, der nicht funktioniert.

»Er ist weg«, bemerkt die Rothaarige.

»Nee, echt?«

»Und jetzt?«

»Ich bin gleich zurück«, erklärt die Blondine nach kurzem Nachdenken und trippelt zum Hintereingang.

Unschlüssig und immer noch nicht ganz standfest, verharrt ihre Freundin an Ort und Stelle. Beduselt torkelt sie dann zum Wagen, der ihr am nächsten steht. Ein schwarzer Mercedes, der schräg hinter Bashirs BMW parkt. Und während drüben die Tür hinter der Blondine ins Schloss fällt, beugt die Rothaarige den Oberkörper wie in Zeitlupe nach vorne, bis sie auf dem Kofferraumdeckel liegen bleibt.

»Grotesk«, meint Marisa.

»Absolut.«

»Und jetzt?«

Bashir wiegt den Kopf. »Wir warten ab.«

»Das kann dauern.«

»Eschmann kommt uns nicht so schnell abhanden.«

»Der nicht. Aber mein Mut.« Marisa seufzt.

Sie versinken erneut in Schweigen.

Nach einer Weile kehrt die Blondine zurück. Kaum hat sie die Villa verlassen, streckt sie die Hand aus und entriegelt mittels Fernbedienung den schwarzen Mercedes. Der Piepton schafft es nicht, ihre Freundin aufzuschrecken. In ihrem Delirium scheint sie nichts mehr mitzukriegen. Jammernd zerrt die Blondine an ihrer Freundin herum, nach etlichen Versuchen schafft sie es, die Rothaarige halbwegs zu wecken. Umständlich bringt sie ihre Freundin in eine mehr oder weniger senkrechte Position und geleitet sie schrittweise wie eine uralte Frau zur Beifahrertür des Mercedes. Nachdem die Blondine sie auf den Sitz verfrachtet hat, setzt sie sich ans Steuer und startet den Motor. Sofort dröhnt wummernder Bass über den Innenhof, sie hat beide Fensterscheiben hinuntergleiten lassen.

»Und jetzt noch eine kleine Aufmunterung«, prophezeit Bashir, kaum wühlt die Blondine in ihrer Handtasche.

Tatsächlich fördert sie ein Plastiktütchen mit weißem Pulver zutage, holt einen Handspiegel hervor und kippt die Hälfte des Kokains auf die Oberfläche. Mit der Kreditkarte zerhackt sie die Droge und zieht vermutlich Linien, Bashir kann das von seiner Position aus nicht genau sehen. Sie weckt ihre Freundin, die in der Zwischenzeit wieder weggedöst ist. Mit je einer gerollten Banknote im Nasenloch, beugen sich die beiden Frauen über den Spiegel.

»Falls die jetzt einen Unfall bauen, wird man sie in der Rechtsmedizin als toxischen Sondermüll behandeln müssen«, ätzt Marisa.

Gleich darauf knurrt der Motor der Limousine auf und der Mercedes schießt rückwärts vom Parkplatz. Millimeter trennen das Heck und dasjenige von Bashirs BMW, als die Fahrerin das Bremspedal findet. Der Wagen macht einen Satz nach vorne, rammt beinahe eines der geparkten Autos und erwischt knapp die Kurve. Mitten im Hinterhof bremst die Blondine aus unerfindlichen Gründen erneut ab, die Reifen quietschen, die Karre schleudert um die eigene Achse und bleibt ruckartig stehen.

Im ersten Moment wirkt die junge Frau verdutzt, vermutlich hat sie ihr eigenes Manöver überrumpelt. Dann entstellt ein fratzenhaftes Grinsen ihr Gesicht. Sie zieht die Nase hoch, Bashir kann es im Seitenspiegel deutlich erkennen, und wischt sich mit dem Handrücken ein paar Koksbrösel von der Oberlippe, bevor sie aufs Gas drückt und die Einfahrt hinunterjagt.

»Mein Gott«, sagt Marisa, als Ruhe eingekehrt und vom Balkon her die raspelnde Stimme Gianna Nanninis zu hören ist. »Wenn das mal gut geht.«

Bashir ist im Begriff auszusteigen, als ein verzweifelter Schrei aus einem der unteren Fenster dringt. Sekunden später wird die Hintertür der Villa aufgerissen und ein Mann in einem edlen Nadelstreifenanzug mit roter Rose im obersten Knopfloch stürzt heraus. Sein Blick fliegt zum Parkplatz, wo eben noch der Mercedes gestanden hat. Er ballt die Hände zu Fäusten, stampft auf und lässt eine Reihe wüster Beschimpfungen folgen. Ruckartig wirft er sich herum und verschwindet im Haus, das Handy bereits am Ohr.

»Das geht ja zu wie im Irrenhaus. Sind zu dieser Party eigentlich nur Leute eingeladen, die nicht ganz dicht sind?« Bashir schüttelt den Kopf.

»Der ist nicht eingeladen. Der *hat* eingeladen.«

»Pierre Eschmann?«

Marisa nickt.

»Und mit dem willst du jetzt über Geldwäsche reden?«

Marisa nickt, diesmal zögernder.

»Was für ein unglaubliches Glück wir haben. So wie es aussieht, ist er erstens ausgezeichnet aufgelegt und zweitens in Plauderlaune.«

Freitag, 21:45 Uhr
Bernerstrasse Nord

Wie ein eingesperrtes Tier tigert sie durch den winzigen Raum. Über die schmalen Fensterscheiben unterhalb der Decke zucken unablässig Blitze und tauchen die Wohnung für die Dauer eines Herzschlags in gleißendes Licht, die Wände vibrieren bei jedem Wagen, der vorbeifährt. Autobahn, es herrscht reger Verkehr. Wenn sich Faith auf die Zehenspitzen stellt, kann sie die vorbeiflitzenden Räder sehen. Die Sonne ist gerade erst untergegangen, der Himmel glüht in einem satten Bronzeton, die Umrisse vereinzelter Wolken zeichnen sich dunkel am Horizont ab. Jenseits der Zufahrtstraße verschwinden die lang gezogenen Bürogebäude hinter einem Staubschleier. Polizeisirenen nähern sich und verhallen in der Ferne, ohne dass Faith die dazugehörigen Streifen entdeckt, vermutlich ein Einsatz im Wohnquartier hinter der Lagerhalle, in deren Untergeschoss sich die Bleibe befindet. Eine ehemalige Dienstwohnung, damit sich die Nachtschicht kurz hinlegen konnte, eng und rudimentär eingerichtet. Jetzt teilen Joy und Faith die Unterkunft mit drei anderen Leuten.

Die Gott sei Dank nicht hier sind, denkt Faith. Keiner hält es in diesem Verlies lange aus, tagsüber sind die meisten weg. Diejenigen, die einen Job ergattert haben, arbeiten, die anderen streifen ziellos durch die Stadt, abends kommen sie so spät wie möglich zurück. Im Sommer ist das einfacher zu bewerkstelligen als im Winter. Joy und sie verlassen die Unterkunft nur in Notfällen. Aus Angst vor den Menschenhändlern, die noch immer nach ihnen suchen, oder damit die Polizei sie nicht aufgreift und wegen der längst abgelaufenen Pässe ausweist. Zurück nach Nigeria. Unvorstellbar. Faith rauft sich die Afrolocken, die nach ihrer Ankunft in der Schweiz die geflochtenen Strähnchen ersetzt haben. Die Familie würde sie und ihre Schwester für Versagerinnen halten, ächten und ausgrenzen. Faith weiß, wie man mit Menschen umspringt, die nicht wohlhabend aus Europa zurückkehren. Die es in den Augen der dortigen Gesellschaft nicht geschafft haben. In der Heimat erwartet sie nichts weniger als ein Leben als Aussätzige.

Da haben sie es in der Schweiz besser, meint Joy, wenn sie über ihre desolate Situation diskutieren. Besonders überzeugt klingt sie nie. Sie stecken seit Jahren fest, obschon sie sich abmühen, geht es keinen Schritt vorwärts und ein Zurück kommt unter keinen Umständen infrage. Ein Zustand, der Faith allmählich in den Wahnsinn treibt.

Sie reckt den Kopf und hält weiterhin Ausschau nach den Streifenwagen. Die Bullen sind in dieser Gegend oft im Einsatz, meist mehrmals pro Abend. Sie will sich lieber nicht ausmalen, was geschehen würde, wenn sie die Bleibe entdecken. Hier hat keiner einen gültigen Ausweis. Bis jetzt sind die Bullen nicht auf ihr Versteck aufmerksam geworden, was Faith verwundert bei der Frequenz, in der sie in der Nachbarschaft erscheinen. An der Peripherie der Stadt gelten wohl andere Gesetze. Da wo die Lichter Zürichs nicht mehr ganz so hell leuchten, versinkt alles im Ungefähren.

Faith streicht mit der flachen Hand über die Wand, die vergilbte Tapete knistert unter ihren Fingern. Hin und her, endlos. Einer plötzlichen Eingebung folgend, wirft sie sich auf das durchgesessene Sofa mit dem bordeauxroten Kunstlederbezug, greift zur Fernbedienung, die komplett verklebt ist, und schaltet den winzigen Fernseher ein. Zappt sich durch die Kanäle, ohne irgendwo länger zu verharren. Sie schaltet das Gerät aus, springt auf, dreht wieder wie ein Raubtier im Käfig Runden, eine nach der anderen. Geht in die Küche, öffnet den Kühlschrank. Ein saurer Geruch schlägt ihr entgegen, bis auf eine Packung längst abgelaufener Milch und eine verkrustete Ketchupflasche befindet sich nichts darin. Schwarzer Schimmel in den Ecken, auf den Kunststoffablagen gallertartige Flecke. Angewidert schlägt Faith die Tür zu und stromert durch den Raum, der ihnen als Wohnzimmer dient. In den beiden angrenzenden Kammern liegen Matratzen dicht nebeneinander, es riecht muffig dort drinnen, nach Schweiß und unerfüllten Hoffnungen.

Faith summt die Melodie, die sie die ganze Zeit in ihrem Kopf hört, halblaut vor sich hin. Ein Kinderlied vielleicht, sie erinnert sich nicht daran, woher sie die simple Weise kennt.

Diese Unruhe in ihr ist wie ein Zeitzünder, der konstant tickt, Tag und Nacht. Der sie nicht zum Stillstand kommen, nicht abschalten und nicht schlafen lässt. Das Gefühl, als würde ihr innerer Druck permanent steigen. Wie bei einem Dampfkochtopf. Manchmal steht sie tatsächlich kurz davor zu explodieren. Dann kriegt sie Wutanfälle und würde am liebsten alles kaputt schlagen, etwas in Scherben zerbrechen sehen, jemanden verletzen, bis Blut fließt.

Abrupt hält sie inne, ihr Atem geht schnell und flach, dann rennt sie in die Kammer, die Joy und sie für sich als Schlafzimmer beanspruchen. Eilig durchsucht sie die Reisetasche ihrer Schwester, die stets gepackt ist. Für den Fall, dass sie überstürzt aufbrechen müssen. Die kleine Schachtel ist zuunterst zwischen den Wintersachen versteckt und als Faith sie hervorzieht, klirrt es verheißungsvoll. Rasch hebt sie den Deckel ab und inspiziert den Inhalt, bis sie das Etikett entdeckt, auf dem *Jupiter* steht. In krakeliger Handschrift auf den Anhänger geschrieben, der am Schlüssel baumelt.

Sie steckt den Schlüssel in die Tasche ihrer Jeans, die ihr Joy geschenkt hat. Damit sieht sie burschikos aus, ein bisschen wie ein dünner Junge. Faith ist bewusst, dass exakt das Joys Absicht war. So erkennen ihre nigerianischen Verfolger sie womöglich nicht auf Anhieb. Trotzdem – oder gerade deswegen – liebt sie die Hose, die afrikanischen Kleider hat sie vor längerer Zeit in ihre eigene Tasche gestopft und seither nie mehr hervorgeholt.

Faith steigt in ihre Sneakers und zieht eine schwarze Fleecejacke über. Getarnt. Bis jetzt hat das immer perfekt geklappt.

Sie geht in den Korridor hinaus und drückt den matt schimmernden Lichtknopf, worauf mit Verzögerung zwei flackerige Neonröhren anspringen. Schließt die Tür ab, trabt die Treppe hoch und tritt ins Freie. Sofort schwillt das endlose Brausen des Verkehrs an. Die Luft ist feucht und warm und drängt Faith den abgestandenen Mief eines langen heißen Tages entgegen, es fühlt sich an wie die zu innige Umarmung einer verschwitzten Bekannten.

Wachsam schaut sich Faith um, schlägt die Kapuze hoch und schließt die Finger fest um den Schlüssel in der Hosentasche. Ein scharfes Einatmen, bevor sie in den lauen Abend hineinläuft, ihre Gestalt verschmilzt sogleich mit dem Halbdunkel der Umgebung.

Freitag, 21:46 Uhr
Germaniastrasse

Mit angehaltenem Atem fliegt Herbert Russos Blick von Dominiks Marzipangesicht zu Lorenzo Sposato, der zur Salzsäule erstarrt ist. Auf dem Weg dorthin streift er die SIG P220, die Dominik immer noch im Anschlag hält und damit auf Sposatos Herz zielt. Russos eigenes hämmert voller Erwartung. Kann es sein, dass ihm der Zufall zu Hilfe eilt? In Gedanken spricht er ein Stoßgebet und bekreuzigt sich.

Niemand rührt sich. Die Partygeräusche sind in den Hintergrund gerückt, die Musik erklingt von weither, aus einer anderen Galaxie.

Gebannt verfolgt Russo, wie der oberste Batzen Erdbeereis auf der Waffel, die Sposato wie zur Verteidigung hochhält, im Zeitlupentempo über die darunter aufgetürmten Kugeln rutscht und vom Waffelrand kurzzeitig gestoppt wird, ehe er, zu cremiger Konsistenz zerfließend, in dicken Klecksen auf Sposatos blütenweißes Hemd tropft.

»Herrje!«, zerreißt Marianne Eschmanns Stimme die angespannte Stille, gefolgt von einem ungläubigen Lachen. »Jungs unter sich! Euch kann man keine Sekunde allein lassen!« Sie bedenkt Dominik mit einem milde strafenden Lächeln, während sie den Lauf der Pistole mit der Fingerspitze zur Seite schiebt und Sposatos Arm ergreift. »Ihr Hemd ist ruiniert«, stellt sie in sachlichem Ton fest und zieht den konsternierten Eismann hinter sich her Richtung Küche.

Verärgert schaut ihnen Russo hinterher. Beinahe hätte dieser marzipangesichtige Blödmann seinen Job für ihn erledigt, ohne dass er einen Finger hätte krümmen müssen. Im wahrsten Sinne des Wortes.

Er dreht sich um, zerrt Dominik die Waffe aus der Hand und marschiert grimmig zum Küchendurchgang.

Freitag, 21:48 Uhr
Germaniastrasse

Auf der zweitobersten Stufe zögert Marisa. Die Beleuchtung im Treppenhaus ist trübe, eine antike Truhe steht im Flur vor dem Eingang zur Etage. Die eher ein kleiner Saal ist, wie Marisa feststellt, als sie um die Ecke linst. Ein Saal voller Menschen. Das Herz klopft ihr bis zum Hals. Mit banger Miene dreht sie sich nach Bashir um, der dicht hinter ihr ist und aufmunternd nickt. Stimmen und Gläserklirren sind von drinnen zu hören, eine Frauenstimme ruft laut »Herrje!« und ein italienischer Schlager läuft im Hintergrund. *È L'Uomo Per Me* von Mina. Marisa erkennt den Song sofort, selbst jetzt, da ihre gesamte Aufmerksamkeit auf den nächsten Schritt gerichtet ist. Sie zuckt leicht zusammen, als sie plötzlich Bashirs Hand auf dem Oberarm spürt. Warm und vertraut fühlt sie sich an. Mit einem kaum hörbaren Laut strafft Marisa ihre Haltung und betritt das Stockwerk.

Vor ihr erstreckt sich ein Korridor mit in Decke und Wänden eingelassenen Sichtbalken, die eindeutig nicht echt sind. Warum haben Leute mit viel Geld oft so wenig Geschmack?, fährt es Marisa durch den Kopf.

Links führt eine protzige Marmortreppe mit vergoldetem Geländer in den nächsten Stock, rechts das Wohnzimmer mit dem großen Balkon. Geradeaus, am anderen Ende des Gangs, ein Bogendurchgang, der zur Küche führt. Hinter einem untersetzten Mann in einer Sommerjacke, der ihr mit seinem breiten Rücken beinahe die komplette Sicht versperrt, sieht Marisa einen Koch mit Kartoffeln hantieren. Etwas merkwürdig wirkt die Gruppe Männer unterschiedlichen Alters, die erstarrt mitten im Korridor steht. Als wären sie gerade brüskiert worden und hätten ihre Fassung noch nicht wiedererlangt.

Einzig ein Typ mit rötlichen Haaren und dem rosafarbenen Gesicht eines frisch gebadeten Schweinchens grinst Beifall heischend in die Runde.

Marisa schnappt sich ein Glas Sekt von dem Tablett, das ihr ein eifriger Kellner präsentiert. Erwartungsgemäß lehnt Bashir den Alkohol ab.

»Und nun?«, raunt er.

Sein Atem streift ihr Ohr und ein Schauer läuft über ihre Arme, die Nackenhaare stellen sich auf. Für einen Moment malt sich Marisa aus, wie das wäre. Er und sie. Sie verscheucht den Gedanken auf der Stelle. In den vergangenen Jahren sind sie sich zwar nahegekommen und das gegenseitige Vertrauen ist gewachsen, doch nach wie vor gibt es Bereiche in ihrem Leben, zu denen Bashir keinen Zutritt hat. Von denen er vermutlich nicht einmal etwas ahnt. Und das soll so bleiben, dieses Stück Fremdheit will sich Marisa bewahren. Genau wie die Professionalität. Das hat sie bereits in ihrem früheren Job als Flugbegleiterin so gehalten. Never fuck the company. Außerdem weiß sie von seinen Bindungsängsten, wie gern er allein ist. Und wie schwer er sich mit Nähe tut. Nach einer weiteren komplizierten Beziehung verspürt sie nicht das geringste Verlangen, die letzte hat ihr völlig gereicht. Lust auf einen Mann hätte sie allerdings schon ab und zu. Das Verlangen ist erst kürzlich wiedererwacht, nachdem ihre Libido in den Monaten nach Antonios Tod wie betäubt gewesen war. Nicht unbedingt etwas Festes, aber …

»Marisa?« Bashirs Stimme an ihrem Ohr, diesmal drängender.

»Wir gehen rauf«, entscheidet sie und läuft auf die Marmortreppe zu.

Freitag, 21:49 Uhr
Germaniastrasse

»Belén! Haben Sie kurz Zeit?«

Als sie Marianne Eschmanns Stimme vernimmt, tupft sich Belén schnell die Tränen mit dem Zipfel ihrer Kochschürze ab, streicht sich durchs Haar und dreht sich um. Noch immer hämmert ihr Herz von dem Schreck, den ihr der schwitzende und verwirrt wirkende Mann eingejagt hat, als er völlig unerwartet mit seiner Pistole vor ihrem Gesicht herumgefuchtelt hat.

»Wie sehen Sie denn aus?« Die Eschmann schnalzt tadelnd. »Bringen Sie Ihr Make-up in Ordnung, bitte schön, so können Sie sich unmöglich den Gästen zeigen. Aber bevor Sie das tun, habe ich noch eine kleine Aufgabe für Sie. Eine letzte, versprochen.«

Verstört starrt Belén ihre Vorgesetzte an. Der Mund mit den rotbraun geschminkten Lippen – *Chili Authority 83* von Yves Saint-Laurent, Belén kennt den Inhalt der Badezimmerschränke genau – öffnet und schließt sich unablässig, die Stimme verliert sich jedoch beinahe im Tosen in Beléns Ohren.

Reiß dich zusammen!, bringt sie sich selbst zur Räson und tatsächlich flauen die Störgeräusche ab, komplett verstummen sie nicht.

»… und Pierres Hemden passen ihm nicht, dazu ist der junge Mann zu durchtrainiert.« Anzüglich beäugt Marianne Eschmann den Oberkörper des Kellners und erst angesichts der rosafarbenen Kleckse auf dem weißen Stoff begreift Belén, was die Chefin von ihr will.

»Nehmen Sie das Badezimmer im oberen Stock«, weist die Eschmann sie an. »Und benutzen Sie die hintere Treppe, damit ihn die Leute nicht in diesem verschmierten Hemd zu Gesicht bekommen.«

Wie ferngesteuert macht sich Belén auf und bedeutet dem Kellner mit einer Kinnbewegung, ihr zu folgen.

»Falls nötig, steht im Putzschrank eine Flasche *Javel*«, sagt Marianne Eschmann.

Belén nickt mechanisch. Als wüsste sie das nicht.

»Und, Belén?«

»Ja, Frau Eschmann?«

»Beeilen Sie sich. Die Leute sind ganz verrückt nach dem Eismann.«

Klar, denkt Belén. Die Leute.

Freitag, 21:50 Uhr
Germaniastrasse

Die Hand fest um den Griff der Pistole gelegt, die er schleunigst in die Jackentasche zurückgesteckt hat, stürmt Russo in die Küche. Lorenzo Sposato steht gemeinsam mit der Dame des Hauses an einem Fenster im hinteren Bereich des Raums. Die Frau gibt der Latina, die vorhin so freundlich zu ihm gewesen ist und ihm den Weg zur Bar hat zeigen wollen, offensichtlich Anweisungen. Wegen ihr hat er, wenn auch unbeabsichtigt, die Pistole hervorgezogen. Sie sieht immer noch erschüttert aus, stellt Russo fest und verspürt einen Anflug von Mitleid. Belén heißt sie, fällt ihm ein.

Ich hätte sie nicht derart erschrecken dürfen.

Dabei war das nie seine Absicht gewesen, Belén spielte überhaupt keine Rolle in seinem Plan. Und hat ihn dennoch fast scheitern lassen. Ab jetzt muss er vorsichtiger vorgehen, sich nicht mehr zu emotionalen Reaktionen hinreißen lassen und sich auf sein Ziel fokussieren – Sposato zu eliminieren.

»Obacht!«, ruft ihm ein Kellner entgegen, der urplötzlich vor ihm auftaucht und ein breites, mit einem weißen Tuch belegtes Tablett in den Händen hält, auf dem quietschbunte Nachspeisen in winzigen Gläschen aufgereiht sind.

»Ich …« Russo will sich an dem Mann vorbei und weiter in die Küche drängen, doch der Typ blockiert den Durchgang.

»Es ist ziemlich schwer.« Er zwinkert Russo zu. Sein Lächeln ist nach wie vor freundlich, seine Züge wirken jedoch zunehmend maskenhaft.

Mit einer gemurmelten Entschuldigung und ohne ihn seine Verärgerung spüren zu lassen, weicht Russo in den Flur zurück und lässt den Kellner passieren. Ihm folgen ein zweiter und dritter, alle beladen mit Desserttabletts. Nachdem alle Servicemitarbeiter an ihm vorbeigezogen sind, nimmt Russo einen neuen Anlauf. Diesmal kommt ihm die Hausherrin entgegengerauscht. Auf der Stelle dreht er sich zur Wand hin und hält sich das blitzschnell hervorgeholte Handy ans Ohr.

Kaum haben sich ihre Schritte entfernt, wendet er sich um. Die Luft ist rein. Sofort steckt Russo das Telefon weg, umfasst den Griff der SIG P220 in der Jackentasche und geht in die Küche zurück.

Wo er konsterniert feststellt, dass Lorenzo Sposato nicht mehr am Fenster steht. Auch von Belén fehlt jede Spur.

Zügig durchquert er den Raum, an der modernen Kochinsel und den Klapptischen des Caterings vorbei, auf denen immer noch Speisen angerichtet werden. Er schaut sich nach allen Seiten um, entdeckt weder den Mafioso noch Belén. Auch im Back Office, das vom Korridor aus nicht einsehbar ist, da es sich im hinteren Bereich der Küche befindet, sind sie nicht. Lediglich ein junger Mann mit gelben Gummihandschuhen schrubbt am Waschtrog eine Bratpfanne, neben ihm läuft eine überdimensionierte Spülmaschine, wie man sie in Restaurantküchen findet.

Atemlos kehrt Russo um, der Schweiß läuft ihm in Rinnsalen über die Stirn. Es ist heiß hier drin, wesentlich heißer als draußen im Wohnbereich. Erneut rastert er jede Ecke des Raums und überprüft das Küchenpersonal. Für den Fall, dass sich Sposato in der kurzen Zeit und aus welchen Gründen auch immer in Kochkleidung gestürzt hätte. Doch er ist nicht dabei, genauso wenig wie Belén. Einen anderen Ausgang hat er nicht entdeckt und wenn die beiden zurück zur Party wären, hätten sie zwangsläufig an ihm vorbei müssen.

»Porca miseria!« Mit einem verzweifelten Ausruf lässt sich Russo gegen die nächste Wand fallen und erwidert resigniert den Blick Francesco Ferraros, der die Augen verdreht.

Kaum hat sich der Cateringinhaber abgewandt, verdüstert sich Russos Gesicht schlagartig. So unmöglich es scheint – Sposato hat sich in Luft aufgelöst.

Freitag, 21:54 Uhr
Germaniastrasse

Belén stößt die Badezimmertür auf und lässt dem Kellner den Vortritt. Sie zuckt zusammen, als aus Eschmanns Büro wütendes Gebrüll dringt, fasst sich jedoch schnell wieder. Ungewöhnlich ist das keineswegs, er lässt seinem Ärger stets ungeniert freien Lauf. Rasch drückt sie die Tür zu und schließt ab.

Das obere Bad ist ein Albtraum in Altrosa und Gold, an den Fenstern gehäkelte Vorhänge, das Licht, das durch die Bullaugenfenster fällt, wirkt pudrig. Ein Raum wie aus der Zeit gefallen.

Stumm weist sie den Mann an, sich neben die Badewanne zu stellen, damit er ihr nicht im Weg ist.

»Es tut mir leid für die Umstände«, entschuldigt er sich mit starkem italienischem Akzent und lächelt charmant.

Belén ist gerade nicht empfänglich für seinen Schmus, ihre Gedanken sind anderswo. Sie hat mit der Küchenarbeit viel wertvolle Zeit verloren und kann nicht abschätzen, ob sie sich im Anschluss an diese Aufgabe tatsächlich unter die Gäste mischen darf oder ob Marianne Eschmann – entgegen ihrem Versprechen – weitere unerfreuliche Überraschungen für sie bereithält.

Wäre alles nach Plan gelaufen, hätte sie jetzt womöglich bereits eine neue Zukunft vor sich. Eine Zukunft, die nicht von der permanenten Angst vor Entdeckung geprägt wäre. Eine Zukunft, in der Reisen möglich wären und sie eine Arbeit annehmen könnte, für die es ihr nicht schwerfiele, morgens aufzustehen. Eine Zukunft als vollwertiges Mitglied der Gesellschaft, das von nichts und niemandem mehr abhängig wäre.

Ein kurzes Gespräch hätte gereicht, davon ist Belén überzeugt, ein paar Minuten, um ihr zu einem legalen Status in diesem Land zu verhelfen. Sie hat sich alles perfekt ausgemalt, Vor- und Nachteile für beide Seiten aufgeführt und gegeneinander abgewogen, sich ein mündliches Abkommen zurechtgelegt. Nicht zu vergessen ihre sehr überzeugenden Argumente, die sie garantiert hätte anführen müssen. Ohne wohldosierten Druck ihrerseits würde er nie einwilligen.

Doch so wie es momentan ausschaut, ist ihr Vorhaben zum Scheitern verurteilt. Es ist spät geworden und sie hat den Padrone und seine junge Begleitung schon länger nicht mehr gesehen.

Hoffentlich sind sie nicht nach Hause gegangen, denkt Belén, holt das Handwaschmittel aus dem Schrank und lässt warmes Wasser ins Waschbecken laufen. Natürlich könnte sie ihn in seinem Domizil hoch über dem Zürichsee aufsuchen, aber hier, unter all den Leuten, hätte sie sich sicher gefühlt. Denn sie muss davon ausgehen, dass der Alte nicht gerade enthusiastisch auf ihr Angebot reagiert.

Der Kellner hat sich auf den Rand der Wanne gesetzt und knöpft wie selbstverständlich sein Hemd auf, während Belén darauf wartet, dass sich das bläuliche Waschgel auflöst. Nach kurzem Überlegen öffnet sie den Schrank neben dem Lavabo noch einmal und sucht nach dem Fleckenmittel. Wenn sie das Hemd nach der Reinigung bügelt, trocknet der nasse Fleck schnell und der Mann kann es gleich wieder anziehen. Damit er schleunigst zurück zu seinem Eiswagen kann.

Belén muss weit nach hinten greifen, um ans *Javelwasser* zu gelangen. Behutsam, damit keines der anderen Reinigungsmittel umfällt, zieht sie die Plastikflasche hervor, stellt sie auf den Rand des Waschbeckens und dreht sich mit Schwung zum Kellner hin. Und fährt so heftig zusammen, dass sie einen Schrei nur knapp unterdrücken kann. Nicht weil sich der Kerl in der Zwischenzeit seines Hemds entledigt hat und mit nacktem Oberkörper dahockt, der in der Tat perfekt durchtrainiert ist, wie Belén trotz ihres Schrecks registriert, sondern weil sie das Tattoo auf seiner Brust kennt. Sehr genau kennt. Sie hat sich die Tätowierung immer wieder angesehen, in diesem kompromittierenden Video bei der Zubereitung der Parmigiana und als Standbild. Unmöglich, dass sie sich irrt.

Ein von einem grasgrünen Pfeil durchbohrtes rotes Herz, aus dem anstelle von Blut eine Träne tropft.

Es gibt nur einen Menschen, der so etwas auf seiner Brust trägt – Lorenzo Sposato. Sein Name ist in letzter Zeit häufig in den Foren und auf den Fanseiten gefallen, angeblich gibt es keine aktuellen Fotos von ihm, das jüngste ist dreizehn Jahre alt. Was durchaus Sinn macht für einen international gesuchten Verbrecher.

Und nun sitzt der berühmte Cuoco Caputo vor ihr, oben ohne und keine Armlänge entfernt. So wie er die Augen verengt, ahnt er, dass etwas nicht stimmt. Untergetauchter Mafioso. Die haben das im Blut, die können Angst wittern. Belén glaubt, einen lauernden Zug hinter seinem immer noch charmanten Grinsen auszumachen. Ein Raubtier, das gleich zum Sprung ansetzt.

»*Tutto bene?*« Er streckt ihr das Hemd hin.

Belén zwingt sich zu einem Nicken. Jetzt nichts anmerken lassen, ermahnt sie sich und versucht verzweifelt, einen klaren Kopf zu behalten. Jede falsche Bewegung, jeder auffällige Blick könnte sie in Lebensgefahr bringen. Sie hat gesehen, wie geschickt er mit Messern umgehen kann. Was er mit diesen Händen sonst noch angerichtet hat, will sie sich lieber nicht vor Augen führen. Denn sie hat ihn gegoogelt und weiß haargenau Bescheid über die abscheulichen Verbrechen, wegen derer man seit Jahren nach ihm fahndet.

Es läuft ihr kalt den Rücken hinunter, als sie sein Hemd entgegennimmt und die mit Erdbeereis verklebten Stellen ins schäumende Wasser tunkt.

Reiß dich zusammen!

Energisch scheuert sie mit dem Daumen über die rosafarbenen Kleckse.

Mit Notfällen sollte sie eigentlich umgehen können, für sie als Kinderärztin war das im Spital von La Paz Alltag, da hat sie selbst in kritischen Situationen weder die Nerven noch die Übersicht verloren. Das hier ist allerdings eine Nummer größer.

Belén hebt den nassen Stoff aus dem Wasser und besieht sich die Flecken aus der Nähe. Sie haben sich teilweise gelöst, die fettige Creme ist tief in die Fasern eingedrungen. Mit einem leisen Stöhnen greift sie nach dem Bleichmittel und träufelt ein paar Tropfen davon auf die verfärbten Partien. Sie weiß, dass er jede ihrer Bewegungen verfolgt, sie keine Sekunde aus den Augen lässt.

Jäh fällt Belén ein, was sie im Internet über Lorenzo Sposato gelesen hat. Im ersten Schock hat sie überhaupt nicht mehr daran gedacht. Auf ihn ist ein Kopfgeld ausgesetzt. Eine halbe Million Euro.

Ihr Atem geht mit einem Mal schneller, die Gedanken überschlagen sich. Ihr ursprünglicher Plan kommt ihr jetzt wie ein schlechter Witz vor, wie eine amateurhafte Farce. Der wahre Jackpot sitzt neben ihr, mit nacktem Oberkörper auf dem Rand der Badewanne. Die Gefahr erahnend wie ein wildes Tier. Davon darf sie sich nicht einschüchtern lassen. Lorenzo Sposato ist die Lösung für all ihre Probleme – falls sie ihre Karten geschickt ausspielt.

Belén beugt sich über die erdbeerrosa verfärbten Spritzer, sie sind mittlerweile pastellfarben, auf dem nassen Baumwollstoff aber immer noch deutlich sichtbar. Jetzt oder nie. Sie holt tief Luft und streckt die freie Hand erneut nach dem *Javelwasser* aus.

Freitag, 21:55 Uhr
Germaniastrasse

»*Putain de merde!* Sie geht nicht dran!« Pierre Eschmanns wutentbranntes Gebrüll dröhnt aus dem Zimmer auf der Südseite der Villa, die eine grandiose Aussicht auf die Stadt verspricht.

»Wer geht nicht dran?«, will eine Frau wissen.

Yvonne Steiger, Marisa erkennt ihre dezidierte Sprechweise sofort.

»*Quel bordel!*«

»Beruhige dich, Pierre! Was ist denn los?«

»Sie hat den verdammten Mercedes genommen!«, poltert er.

»Wer?«

»Sarah!«

»Was ist daran so schlimm?«

»Was daran so schlimm ist?« Pierres Stimme klingt plötzlich hoch und dünn. »Was daran so schlimm ist, willst du wissen?«

Verunsichert bejaht Yvonne.

»Im Kofferraum befindet sich die ganze Kohle, die mir Francesco heute Abend übergeben hat.«

»Was ...?« Yvonne zieht scharf die Luft ein und versetzt der Tür einen Stoß, allerdings nicht kräftig genug, damit sie ins Schloss fällt.

»Um Himmels willen, Pierre!«, zischt sie. »Das ist ein Millionenbetrag!«

»Fünf Komma sechs, um genau zu sein.«

»Du musst sie unbedingt erreichen.«

Pierre stöhnt laut, er macht einen hysterischen Eindruck. »Was meinst du, weshalb ich mein Handy dauernd am Ohr habe?«

»War sie betrunken?«

»Knapp vor dem Koma.«

»Mist! Nicht auszudenken, was geschieht, wenn sie jetzt einen Unfall baut …«

Dem dumpfen Geräusch nach schleudert Pierre das Mobiltelefon auf einen Tisch. »Sie geht nicht dran, *merde*!«

»Als hätten wir nicht schon genug Ärger am Hals.«

Ein Schrank wird aufgerissen, Gläser schlagen grob gegeneinander, gleich darauf wird der Korken aus einer Flasche gepult.

»Cognac?«, fragt Pierre.

Yvonnes Antwort ist im Nebenraum nicht zu verstehen, aber anscheinend hat sie die Einladung angenommen, denn Pierre Eschmann schenkt zweimal ein. Sie trinken, ohne anzustoßen, das eine Glas wird sofort wieder gefüllt. In der folgenden Stille sind nur Pierres schwerer Atem und seine Schritte zu vernehmen. Er geht im Arbeitszimmer auf und ab, während von Yvonne kein Laut zu hören ist.

Vorsichtig verlagert Marisa ihr Gewicht und verständigt sich wortlos mit Bashir, der auf der anderen Seite der halb zugezogenen Tür des Nebenzimmers steht. Sie hatten gerade das obere Treppenende erreicht, als Pierres Wutgebrüll durch den zweiten Stock dröhnte. Die Etage ist in drei nebeneinanderliegende Zimmer aufgeteilt, dicke Teppiche liegen im Flur. Ganz vorne befindet sich Eschmanns Arbeitszimmer, das die gesamte Breite des Gebäudes einnimmt, gegenüber dem Treppenaufgang gibt es ein Badezimmer.

Sekunden bevor Pierre losgedonnert hat, ist Marisa aufgefallen, wie sich ein Kellner und ein weiblicher Gast ins Bad geschlichen haben.

Schäferstündchen, hat sie etwas neidisch gedacht, ehe das Geschrei ihre Aufmerksamkeit auf sich gezogen hat. Schnell haben Bashir und sie den Gang überquert und sich im Zimmer neben dem Büro versteckt. Die Bibliothek mit dunklen Regalen voller in Leder eingebundener Bücher, bei denen es sich nach Marisas Einschätzung um Attrappen handelt, so gut erhalten und zueinanderpassend, wie sie aussehen. Vor dem Fenster zwei Lesesessel, eine moderne Stehlampe und ein Salontisch, auf dem wie zufällig ein aufgeklapptes Buch liegt, der Rücken nach oben. Nietzsche, klar. Marisa hat fast aufgelacht, sie hat Pierre Eschmann schon immer für einen aufgeblasenen Wichtigtuer gehalten.

Die Partygeräusche sind hier oben gedämpft zu hören, sodass Marisa beinahe alles versteht, was Pierre und seine Sekretärin nebenan besprechen. Bis auf den Teil des Gesprächs, den sie jetzt gerade im Flüsterton führen, da sind nicht einmal einzelne Wörter auszumachen.

»Was tun wir jetzt?« Yvonne spricht jetzt wieder lauter, ihre Frage wird begleitet von einem leisen Klacken. Sie hat ihr Glas hingestellt, mutmaßt Marisa.

Ächzend schenkt Pierre noch einmal nach und nimmt einen Schluck. »Die Akten sind vernichtet?«

»Ja.«

»Alle?«

»Die hinterletzte.«

»Die Konten sind ohnehin bereinigt.«

»Das waren sie immer. Alles korrekt, da findet keiner etwas«, bestätigt Yvonne. Gleichzeitig wird ein Computer gestartet und jemand tippt auf einer Tastatur herum.

»Also befinden sich die einzigen Beweise, die noch existieren, auf diesem Laptop, richtig?«, flüstert Pierre gerade so laut, dass Marisa es mitbekommt.

»Ja«, antwortet Yvonne und fügt hinzu: »Aber du solltest diese Dateien unbedingt behalten. Man weiß nie, ob die irgendwann …«

»Schon klar«, versetzt Pierre gereizt. »Ich bin nicht erst seit gestern im Geschäft.«

»Sorry. Es wäre allerdings keine schlechte Idee, die Dateien baldmöglichst von deinem Computer zu entfernen. Ganz, sodass sie nicht wiederhergestellt werden können. Für den Fall, dass eine Hausdurchsuchung angeordnet wird.«

»Ist die Situation so prekär?«

»Die FINMA ist entschlossen …«

»Also ja.«

Yvonne Steiger stößt anstelle einer Entgegnung die Luft aus.

Vielsagend zieht Marisa eine Braue hoch. Bashir lauscht dem Gespräch so konzentriert, dass er es nicht bemerkt.

»Bleibt die Frage, von wem die den Tipp gekriegt haben.« Das Knarzen deutet darauf hin, dass Pierre die Flasche in den Schrank zurückstellt.

»Ich bin der Sache nachgegangen. Allerdings rücken die nicht einfach so mit irgendwelchen Namen heraus, kannst du vergessen.«

»Schon klar. Und auf anderen Wegen?«

In der vielsagenden Pause, die der Frage folgt, ist von drüben kein Laut zu vernehmen, sosehr sich Marisa auch anstrengt.

»Okay«, sagt Pierre schließlich. »Bleibt Marisa.«

Marisa reißt die Augen auf, Bashir bedeutet ihr mit einer Handbewegung, ruhig zu bleiben.

»Was wollte sie in der Kanzlei?«

»Sie sagt, sie sei zufällig vorbeigekommen.«

»Und?«

»Das bezweifle ich.«

»Tony?«

Yvonne gibt ein bejahendes Summen von sich. »Ich nehme es an. Vermutlich hat sie in den Kisten etwas gefunden.«

»Aber ihr habt alles durchsucht, oder etwa nicht?«

»Doch«, sagt Yvonne kleinlaut.

Pierre Eschmann grunzt verärgert. »Verdammt!«

Marisa atmet scharf ein. Nicht Vandalen haben ihr Kellerabteil aufgebrochen, es waren Leute von der Kanzlei. Der eindeutige Beweis, dass Tony tatsächlich auf etwas Brisantes gestoßen war. Etwas, das Pierre im höchsten Maß beunruhigt.

»Da war nichts, Pierre, wir haben alles auseinandergenommen, jeden einzelnen Karton.«

»Trotzdem läuft sie in der Gegend herum und löchert alle mit Fragen.«

»Bis jetzt hat sie mit niemandem außer mir geredet.«

»Eine Frage der Zeit, bis sie den Radius ausdehnt. Was genau sie in der Hand hat, wissen wir nicht, oder?«

»Nein. Die Sachen, die Tony bei sich hatte …«

Im Flur klingelt es ein einziges Mal, ein Telefon sehr wahrscheinlich, dann verstummt das Geräusch. Gleich darauf betritt jemand das nächstgelegene Zimmer, der Laminatboden knarrt gedämpft und ein verhaltenes Wispern ist zu vernehmen.

»Hallo?« Yvonne Steiger steht unvermittelt im Flur, Zentimeter von der Tür entfernt.

Sofort weicht Marisa zurück.

»Ist da jemand?«

Erleichtert registriert sie, dass die Sekretärin an der Bibliothek vorbei zum nächsten Zimmer marschiert, anklopft und, ohne eine Antwort abzuwarten, den Raum betritt.

»Oh, entschuldigen Sie, das tut mir leid!«, ruft sie und zieht die Tür bereits wieder zu. »Ich wusste nicht …«

»Und?«, will Pierre wissen, sobald sie ins Büro zurückgekehrt ist.

»Ein Gast«, wispert Yvonne. »In einer billigen Sommerjacke und komplett verschwitzt, sieht erbärmlich aus. Hängt am Telefon.«

»Eindeutig einer von Mariannes Freunden.«

Yvonne kichert tadelnd.

»Apropos Marianne. Wir sollten uns wieder unter die Gäste mischen, sie fragt sich sicher schon, wo du so lange bleibst.«

»Richtig. Aber willst du nicht noch einmal versuchen, deine Tochter zu erreichen?«

»Sie wird nicht abnehmen. Ich tu's trotzdem.« Pierre seufzt schicksalsergeben. »Was tun wir mit Marisa?«

»Ich kümmere mich darum.«

Freitag, 21:59 Uhr
Germaniastrasse

»... außerdem meinte Frau Nüsperli vorhin, als ich sie auf dem Heimweg am Bahnhof getroffen habe, sie hat dich in der Stadt gesehen. Du hast noch zu tun gehabt und kehrst erst später zurück. Eine furchtbare Klatschtante, wirklich. Gegen die zieht jedes Boulevardblatt den Kürzeren. Schatz, da kommt mir gerade in den Sinn, dass du mir nicht gesagt hast, wann du ungefähr zu Hause bist.«

Innerlich stöhnt Russo auf, sie kann sich einfach nicht kurzfassen, konnte sie noch nie. Seine Stimme klingt dennoch sanft und einlenkend, während er seiner Frau die geforderten Angaben liefert. »Eine Degustation, Liebes, habe ich dir geschrieben. Ein Weingut in Apulien, die produzieren erstklassige Weine, die wir unbedingt ins Sortiment aufnehmen sollten.«

»Ach, stimmt. Die WhatsApp-Nachricht heute Nachmittag. Ich bin manchmal so vergesslich. Die Einladung kam ziemlich kurzfristig.«

»Der Produzent ist gerade zufällig in der Stadt, deshalb.«

»Dann fahr vorsichtig, ja? Wenn einer nach Wein riecht, versteht die Polizei auf der A 1 keinen Spaß.«

»Mach ich doch immer, *amore mio*.«

»Und wann ...?«

»Du brauchst nicht auf mich zu warten, heute wird's wohl spät.«

»Na dann.« Sie lässt ein paar Sekunden verstreichen, das tut sie am Ende eines Telefongesprächs ständig. »Ich liebe dich, Herbie.«

Niemand darf ihn Herbie nennen, niemand. Außer seiner Frau.

»Ich liebe dich auch.« Russo beendet den Anruf und das schmerzliche Zerren in seiner Brust macht ihm bewusst, wie sehr er diese letzten Worte meint, wie viel sie ihm bedeuten.

Er liebt sie wirklich. Und die Kinder. Und er würde alles Erdenkliche tun, um die Widerwärtigkeiten dieser Welt von ihnen fernzuhalten. Und erst recht die Widerwärtigkeiten seiner Familie.

Er schaut sich um. Pastellfarben herrschen vor, die Wände lindgrün, das Sofa in einem hellen Braunton. Auf einem antiken Tisch steht eine Nähmaschine, lange Stoffbahnen über der Arbeitsfläche, die bis zum Boden reichen, in einer Ecke Körbe voller Wollknäuel, an der Wand ein Schrank, mittendrin zwei Sessel. Er hat am Ende die Treppe genommen, da er Lorenzo Sposato und Belén im oberen Stock vermutet und auf die Schnelle keinen zweiten Aufgang entdeckt hat.

Draußen im Flur sind plötzlich Stimmen zu hören. Russo schleicht zur Tür und späht durch den Spalt. Die Frau mit den hennaroten Haaren, die vorhin einfach ins Zimmer geplatzt ist, steigt nun die Treppe hinab, ein groß gewachsener Mann folgt ihr. Beide tragen Nadelstreifenanzüge und Rosen im Knopfloch.

Lächerlich sehen sie aus, als würden sie in der Musicalversion von *Scarface* mitspielen.

Ungeduldig wartet er ab, bis sie im unteren Stock verschwunden sind. Gerade als er in den Gang hinaustreten will, sieht er eine Frau mit bronzefarbenen Locken aus dem Nebenzimmer ins Büro eilen. Er verharrt hinter der Tür, bis sie nicht mehr zu sehen ist, einen Wimpernschlag später ist aus dem Badezimmer ein markerschütternder Schrei zu hören. Beinahe gleichzeitig stürzt Belén in den Flur heraus. Blitzartig schlägt sie die Tür hinter sich zu, steckt den Schlüssel ins Schloss und dreht ihn um. Ihr Handy hält sie bereits in der Hand und tippt eine Nummer ein.

Eine sehr kurze Nummer, das fällt Russo sofort auf. Dreistellig. Zuletzt hat er Belén in Begleitung von Sposato gesehen, jetzt steht sie vor dem abgesperrten Bad, während im Inneren ein Mann wie von Sinnen brüllt. Das kann nur eines bedeuten: Sie hat ihn erkannt, kurzfristig außer Gefecht gesetzt und ruft nun die Polizei.

Sprungartig schnellt Herbert Russos Puls in die Höhe. Jetzt gilt es zu handeln. Er rennt aus dem Zimmer. Das Geräusch lässt Belén zusammenfahren. Russo hält auf sie zu, die Pistole zieht er auf dem Weg aus der Jackentasche und packt sie am Lauf. Belén reißt die Augen auf, ihr Mund öffnet sich, da schlägt er sie nieder. Mit einem Wimmern sackt sie zusammen. Russo stellt sich vor die Badezimmertür, die Waffe im Anschlag.

»Lorenzo?« Er muss wissen, wo sich der Mafioso genau befindet, wenn ihn die Kugeln treffen sollen. Sechs davon hat er zur Verfügung, heute kann er sich bei seiner Trefferquote keine groben Fehler leisten.

Ungläubig tönt es von der anderen Seite der Tür: »Herbert? Du?«

Russo stöhnt leise.

»Il Calamaro. Sie haben also dich geschickt.« Ein spöttisches Lachen. »Ausgerechnet.«

Russo kann sich lebhaft vorstellen, wie Sposato gerade amüsiert den Kopf schüttelt.

Man kennt sich, Familie eben.

»Kommst du raus?«

»Gleich.«

Der Hall verrät Russo, wie weiträumig das Bad ist. Zu groß, um aufs Geratewohl durch die Tür zu ballern.

»Lorenzo?«

Pause.

»Herbert?«

Leise, mit einem leicht ironischen Ton. Sposato ist nicht blöd. Russo stellt sich mit dem Rücken zur Tür. Die Waffe in der Rechten, wartet er zwei Atemzüge lang und dreht dann blitzschnell den Schlüssel. Bevor er die Falle zu fassen kriegt, wird die Tür mit Wucht aufgestoßen, Sposato muss sich mit seinem ganzen Gewicht dagegen geworfen haben. Hart knallt der Rahmen gegen Russos Schläfe, ein dumpfer Schmerzenslaut entfährt ihm, ehe er rückwärts taumelt. Dabei rutscht ihm die Pistole aus der Hand. Noch im Fallen versucht er, sie zu erreichen, da prescht Sposato bereits aus dem Badezimmer, beugt sich im Laufen nach vorne und schnappt sich die Knarre, gleichzeitig entdeckt er den auf dem Teppichboden aufschlagenden Russo. Verdutzt registriert Russo, dass Sposatos Gesicht und Augen gerötet sind, Tränen strömen ihm über die Wangen. Eine Sekunde später steht Sposato breitbeinig über ihm, holt mit der Faust aus und schlägt zu. Russo spürt noch den Aufprall der harten Knöchel auf seiner Schläfe, dann stürzt er in eine bodenlose Dunkelheit.

Freitag, 22:01 Uhr
Germaniastrasse

Es ging so schnell, dass Bashir gar nicht mitbekommen hat, in welcher Reihenfolge was vorgefallen ist. Das Resultat präsentiert sich jetzt auf dem Flurteppich: zwei Bewusstlose. Eine Frau Mitte fünfzig, Südamerikanerin vermutlich, in einem hochgeschlossenen grünen Kleid. Und ein unwesentlich jüngerer Mann mit verschwitztem schütterem Haar in einer Sommerjacke und heller Buntfaltenhose, in dem Bashir überrascht den dicklichen Mann erkennt, der ihn am frühen Abend für einen Auftragsmord hat buchen wollen.

Der italienisch aussehende Kellner hat die Flucht ergriffen, nachdem er den Mann mit bloßer Faust außer Gefecht gesetzt hatte. Zuvor ist er von der Frau im Bad eingesperrt worden, offensichtlich hat sie ihm etwas Säurehaltiges ins Gesicht geschüttet, denn Haut und Augen waren heftig gerötet, letztere tränten unablässig.

Bashir beobachtete den Vorfall von der Bibliothek aus, wo er zu Marisas Schutz Wache stand. Anders als in seinem früheren Türsteherjob hielt er sich aus dem Handgemenge heraus. Denn er wollte keine unnötige Aufmerksamkeit auf sich ziehen, da sie erstens gar nicht zur Party eingeladen sind und zweitens im Begriff waren, wichtige Daten vom Laptop des Hausherrn zu stehlen. Da wäre jede Art von Publikum hinderlich gewesen.

Kaum berührt Bashir den Arm der Frau, beginnt sie zu ächzen. Marisa ist nach Eschmanns Abgang in sein Büro gehuscht, um an den Laptop zu gelangen, ehe er in den Ruhemodus fiel und ein Passwort ihr womöglich den Zugang verunmöglichte. Beim Hinausgehen wies sie ihn an, an beiden Opfern den ABCD-Check durchzuführen. Er solle aber mit dem Hilfeholen unbedingt warten, bis sie die Dateien komplett auf ihren USB-Stick kopiert habe. Letzteres hatte für sie eindeutig Priorität, nicht einmal die tumultartigen Szenen vor dem Badezimmer schafften es, sie abzulenken. Sie ist lediglich im Türrahmen des Arbeitszimmers aufgetaucht, als das Chaos ausgebrochen ist, und hat sich gleich wieder zurückgezogen.

Die Frau kommt langsam zu sich. Sie gibt seltsame Schniefgeräusche von sich, urplötzlich schlägt sie die Augen auf. Und kneift sie sofort wieder zusammen, ihr Gesicht verzieht sich. Der Schlag, den ihr der Mann mit dem Pistolengriff versetzt hat, muss heftige Kopfschmerzen ausgelöst haben. Bashir hat Kissen aus den verschiedenen Räumen zusammengesucht und anschließend versucht herauszufinden, was genau ein ABCD-Check ist. Zu seiner Erleichterung erwacht die Frau ohne seine Unterstützung aus der Ohnmacht. Marisa hat den Begriff so selbstverständlich ausgesprochen, dass es sich nur um etwas handeln kann, das im Airline-Business häufig angewendet wird. Im Klub, bei dem er angestellt gewesen ist, ruft man gleich die Ambulanz an, wenn jemand das Bewusstsein verloren hat, weil meist illegale Substanzen im Spiel sind und es in solchen Fällen eilt. Als Laie hätte er bei einer Überdosis oder einem Drogencocktail sowieso nicht viel ausrichten können.

Nun rührt sich auch der Typ, er röchelt, schnappt nach Luft, richtet sich halb auf und glotzt Bashir verwirrt an.

»S-Sposato?«, stammelt er. »Wo ist er?«

»Der Kerl, der dich ausgeknockt hat? Wieso, brauchst du noch mehr davon?«

»Sehr witzig!«, faucht ihn der Mann an und betastet vorsichtig die Stelle, wo die Faust ihn getroffen hat. Ein hohes Wimmern entfährt ihm. »Wo ist das Arschloch?«

»Abgehauen. Auf die Party ist er kaum zurück.«

»Cazzo!« Mühsam rappelt sich der Typ auf, muss immer wieder innehalten, bis er schwankend zum Stehen kommt.

Seine Augen weiten sich, als er Bashir erkennt, erschrocken stolpert er rückwärts, wo ihn die Wand stoppt. »Du? Was tust du hier?«

»Könnte ich dich auch fragen.«

»Sie haben mich niedergeschlagen!«, ruft die Frau plötzlich und sieht den Mann vorwurfsvoll an.

»Es tut mir leid, Belén, es ging einfach nicht anders«, entschuldigt sich der Typ, derweil sein Blick nervös den Boden absucht.

»Pistole?«, fragt Bashir.

»Ja.«

»Hat der Kellner mitgenommen.«

»Porca miseria!«

Bashir hilft der Frau auf die Beine. Zittrig lehnt sie sich an die Wand neben der Toilette. Auf der Party unten ist offenbar niemand auf das Gerangel im oberen Stock aufmerksam geworden.

»Wie lange noch, Marisa?«, ruft Bashir gerade so laut, dass ihn seine Partnerin hören muss.

»Ich hab's gleich«, ruft sie ebenso verhalten zurück. »Sind eine ganze Menge Dateien.«

Bevor Bashir etwas entgegnen kann, wirft sich die Frau mit erhobenen Fäusten auf den Kerl, der sie niedergeschlagen hat.

»Cabrón!«, ruft sie immer wieder und prügelt auf ihn ein.

Als Bashir sie zurückhalten will, fängt er sich beinahe selbst einen Hieb ein.

»Sie haben mir die Zukunft versaut!«, zischt die Frau den dicklichen Mann an, der sich vergebens vor ihren Schlägen in Sicherheit zu bringen versucht. »Ich war so nah dran! Ein kurzes Gespräch und alles wäre gut geworden. Aber dann kommen Sie Idiot«, schnaufend hält sie inne und schnappt nach Luft, »und zerstören alles!« Drohend hebt sie die Faust, worauf der Typ den Kopf einzieht und mit dem angewinkelten Arm sein Gesicht schützt. »Eine halbe Million, verstehen

Sie! Sie haben mich um eine halbe Million gebracht!«, schreit sie, dann nimmt sie steif ihre Handtasche vom Boden auf und wankt zum Badezimmer.

»Können wir?« Marisa durchquert den Flur, verwundert registriert sie den Mann in der windschiefen Position und die Frau, die fluchend davonläuft. »Was geht hier ab?«

Bashir hebt die Schultern. »Ein Irrenhaus. Sag ich doch schon lange.«

Freitag, 22:06 Uhr
Germaniastrasse

Der Mann, der sich Padrone nennt, lässt sich von seiner wesentlich jüngeren Begleitung ein Champagnerglas reichen und drückt ihr zum Dank ein Küsschen auf die Lippen. Danach schenkt er seine Aufmerksamkeit wieder Yvonne.

»Lassen Sie uns das nach den Sommerferien verhandeln, Frau Steiger«, erklärt er.

Yvonne bewundert einmal mehr seine kräftige Stimme, die Präsenz, die er ausstrahlt. Ein Mann mit Charisma und wachem Geist, unglaublich rüstig für sein Alter.

Fünfundsiebzig ist das neue Vierzig, stellt sie fest und ärgert sich sogleich über den Slogan, der nach Rentnermagazin und aufgesetztem Optimismus klingt.

Bei Tageslicht sieht man dem Mann seine fünfundsiebzig Jahre an, er kommt häufig in der Kanzlei vorbei. Jetzt schmeicheln ihm das gedämpfte Licht auf dem Balkon und der flackernde Schein der Kerzen auf den Bartischen. Er ernährt sich gesund, schwimmt und wandert, Yvonne hat im Verlauf der Zeit viel Privates von ihm und über ihn erfahren. Mehr, als sie jemals hat wissen wollen.

Der eigentliche Jungbrunnen steht an seiner Seite und schaut sich gelangweilt um. Kein Wunder, die junge Frau mit dem mahagonibraunen Pferdeschwanz ist vermutlich die einzige Person unter fünfzig auf dieser Veranstaltung, das Personal ausgenommen. Und Pierre Eschmanns Tochter, die kaum jünger ist und womöglich eine passende Gesellschaft gewesen wäre, kurvt gerade mit ihrer bescheuerten Freundin Raffaella und fünf Komma sechs Millionen Schweizer Franken sturzbetrunken durch die Gegend.

Kein beruhigender Gedanke, die Kanzlei steht eh schon im Kreuzfeuer. Yvonne fragt sich zum wiederholten Mal, wer der Finanzmarktaufsicht den Tipp gegeben hat. Von der Klientel ist es niemand gewesen, davon ist sie überzeugt. Die sind froh, wenn die Anwälte und Notare ihre Gelder diskret und gewinnbringend verwalten. Dass dabei immer wieder enorme Steuervorteile entstehen, hat noch nie jemand bemängelt.

Yvonne zwingt sich zu einem interessierten Gesichtsausdruck, da der Padrone unablässig auf sie einredet. Es geht um irgendeine sündhaft teure Jacht vor St. Tropez, die er im September mieten will.

»Unbedingt, Südfrankreich ist ganz zauberhaft im Herbst«, bemerkt sie in sehnsüchtigem Tonfall, Small Talk kann sie nach all den Jahren aus dem Effeff.

Der Alte stimmt begeistert zu, als hätte er ausdrücklich auf ihre Bestätigung gewartet.

Der Verdacht auf Geldwäsche ist nach Antonio Grecos Tod nie mehr aufgekommen, kehrt Yvonne zu ihren Überlegungen zurück. Was tatsächlich die Kunst dieser gesellschaftlichen Plaudereien ist: stets so zu wirken, als hörte man aufmerksam zu, während man in Gedanken die Termine der nächsten Woche durchgeht.

Dank einem hervorragenden Netzwerk und dem ein oder anderen großzügig honorierten Informanten hat Pierre Eschmann erfahren, dass in Kürze eine Durchsuchung geplant ist. Gerade noch rechtzeitig, vermutlich steht die FINMA am Montag früh auf der Matte. Allerdings werden sie nichts finden, dafür hat Yvonne gesorgt. Alle halbwegs verräterischen Akten sind geschreddert, sonst haben sie von Beginn an darauf geachtet, dass in den Kontoführungen keine undeklarierten Beträge auftauchen. Alles bestens. Yvonnes Mundwinkel zucken. Selbst wenn die Aufsicht die Kanzleiräume auf den Kopf stellen und ein Riesenchaos anrichten wird, die Schadenfreude werden sie ihr damit nicht trüben.

»… sobald Sie lächeln, sehen Sie einfach zauberhaft aus. Ist Ihnen das überhaupt bewusst, Frau Steiger? Sie sind eine wunderschöne Frau.«

Für den Bruchteil einer Sekunde sieht Yvonne den alten Mann konsterniert an, dann beginnt sie wie auf Abruf zu strahlen und schafft es sogar, leicht zu erröten.

Schürzenjäger, seit seiner Scheidung vor achtundzwanzig Jahren überzeugter Single. Seine mahagonibraune Begleitung, die offenbar in den letzten zwei Minuten ihren Platz an seiner Seite verlassen hat, ist ein Accessoire, nicht mehr. Ein zweifelsohne luxuriöses, dennoch austauschbar. Vermutlich weiß sie das auch. Wenn nicht, wird sie es bald merken. Sie bleiben nie lange, seine Gespielinnen, und werden bei der nächstbesten Gelegenheit gegen etwas identisch Aussehendes eingetauscht.

»Vielleicht könnten wir die Angelegenheit bei einem Nachtessen …«

»Ich bin nur die Sekretärin. Über Investitionen in dieser Größenordnung müssen Sie mit Herrn Eschmann …«

»Frau Steiger, es wäre mir eine Ehre.«

Sein Hunger beschränkt sich eindeutig nicht auf Frauen, die seine Enkelinnen sein könnten, realisiert Yvonne und stellt im selben Moment verärgert fest, dass sich ein Teil von ihr geschmeichelt fühlt.

Natürlich hat er Stil und Geld, ist weltgewandt und charmant. Trotzdem. Auch wenn er nicht wie ein ekliger Lustmolch erscheint, am Ende ist er genau das. Bloß in der Premiumausführung.

»Sie wählen das Restaurant, ich bezahle.« Seine Stimme klingt mit einem Mal tiefer, der Tonfall raunend.

Yvonne schaudert. Ehe sie sich zu einer Antwort durchringen kann, fällt ihr der Wagen auf, der gerade die Einfahrt hinunterrollt. Ein grüner BMW, der ihr irgendwoher bekannt vorkommt. Unauffällig lehnt sie sich vor, während der Padrone auf eine Antwort wartet. Sie spürt seinen durchdringenden Blick auf sich. Vom Fahrer des BMW kann sie vom Balkon aus einzig die Unterarme erkennen. Nachdem er den Blinker gesetzt hat und rechts in die Germaniastrasse abgebogen ist, streift der Schein einer Straßenlampe den Wagen und erhellt das Gesicht der Beifahrerin. Brille und kupferrote Locken.

Verdammt! Marisa und dieser Jugo sind ihr hierher gefolgt und waren sogar im Haus, wie es scheint. Womöglich sogar in Pierres Arbeitszimmer! Yvonne presst die Lippen zusammen. Jetzt ist sie froh um die Vorsichtsmaßnahmen, obschon sie diese eigentlich nicht für simple Datendiebe getroffen hat. Das Eindringen in die Villa bedeutet auch, dass Marisa und ihr stiller Kollege – wie Yvonne schon die ganze Zeit vermutet hat – keineswegs zufällig in der Kanzlei aufgekreuzt sind. Vermutlich hat Tonys Frau tatsächlich etwas Verdächtiges in den Kartons in ihrem Keller gefunden. Etwas, das Gerome und sie damals beim Einbruch kurz nach Tonys Tod übersehen haben. Was, wenn es etwas ist, das der Kanzlei gefährlich werden kann?

»Entschuldigen Sie mich«, sagt sie zum Padrone, der in der letzten halben Minute unangenehm nah gerückt ist, und legt ihm die Hand auf den Arm. »Ein Notfall.«

»Frau Steiger, bitte …«

»Kontaktieren Sie mich am Montag im Büro.« Yvonne schiebt sich an ihm vorbei und achtet darauf, jeden Körperkontakt zu vermeiden.

»Bis Montag bin ich vor Sehnsucht gestorben, Frau Steiger«, erwidert er. »Darf ich Yvonne zu Ihnen sagen?«

Sie geht nicht darauf ein und bahnt sich stattdessen einen Weg durch die mittlerweile tanzenden Gäste.

Aus den Lautsprechern schallt ein weiterer italienischer Gassenhauer, *Azzurro* von Adriano Celentano, doch das kümmert Yvonne gerade herzlich wenig. Sie eilt durch den Flur zur Küche und winkt mit einer knappen Handbewegung den hageren Mann mit dem Bartschatten heran.

»Francesco«, sagt sie atemlos. »Können wir reden? Wir haben ein Problem.«

Freitag, 22:08 Uhr
Germaniastrasse

»Ich wusste es!« Marisa ballt triumphierend die Hand.

Ihr Partner setzt den Blinker und lenkt den Wagen von Pierre Eschmanns Grundstück auf die unbefahrene Germaniastrasse. Unter ihnen die Lichter der Stadt. In der einbrechenden Dunkelheit schaffen sie die Illusion eines dicht geknüpften glitzernden Teppichs, der vom oberen Rand des Seebeckens über das Stadtzentrum mit seinen hügeligen Rändern bis zur Einmündung des Limmattals wuchert.

»Das ist der Beweis!« Straßenlampenschein streift Marisas Gesicht, als sie den USB-Stick aus der Handtasche nestelt. »Pierre hat tatsächlich Dreck am Stecken. Aus dem Gespräch, das wir belauscht haben, ist klar hervorgegangen, dass Yvonne alle kompromittierenden Akten zerstört hat und die dazugehörigen Dateien gelöscht sind. Verräterische Spuren, die auf Geldwäsche und andere unlautere Finanztransaktionen hingewiesen hätten, davon ist auszugehen. Alles, was ihnen jetzt noch gefährlich werden kann, ist dieser Stick. Ich bin mir sicher, die Finanzaufsicht interessiert sich brennend dafür.«

»Noch haben wir keinen echten Beweis gefunden. Du hast lediglich Dateien von Eschmanns Laptop gestohlen.«

»Yvonne hat gesagt, dass das die einzig verbleibenden Belege sind, dass sie alle anderen …«

»Korrekt. Aber du hast nicht den leisesten Schimmer, was auf diesem Stick drauf ist, Marisa.«

Sie funkelt Bashir an. »Warst du eigentlich schon immer eine Spaßbremse?«

»Ich versuche, realistisch zu bleiben«, verteidigt sich Bashir gereizt.

»Ha, realistisch!«

»Was soll das jetzt?«

»Einfach so.«

»Einfach so?« Missmutig schaltet Bashir einen Gang herunter und biegt in die Winterthurerstrasse ein, nachdem sie die steil abfallende und engkurvige Strecke hinter sich gelassen haben, die von der Eschmann'schen Villa den Hügel hinunterführt.

Marisa schlägt einen versöhnlichen Ton an. »War nicht so gemeint.«

»Aber etwas hast du gemeint.«

Sie windet sich. »Es tut mir leid. Geht mich ja nichts an.«

»Wovon sprichst du?«

»In diesem Lokal, in dem es hauptsächlich Chicken Wings gibt ... Wir waren mit Luca da.«

»Im *Yardbird*?«

»Genau. *Yardbird*. Da saß eine Frau am Nebentisch. Mit einem älteren Typen, einem Banker oder so.«

»Ich kann mich nicht erinnern.«

Mit einem sarkastischen Augenaufschlag dreht sich Marisa ihm zu. »Bashir, bitte.«

Unbeeindruckt starrt er auf die Straße.

»Diese Frau ... Sie ist klein, geradezu winzig, Kurzhaarschnitt mit rötlicher Tönung, feste Hüften und ein sehr ansehnlicher Busen. Outfit aus dem Secondhandshop.«

»Worauf du so achtest.«

Marisa lächelt. »Ich war Flugbegleiterin, schon vergessen? Ich schaue mir die Leute genau an und merke mir automatisch Details.«

»Ich verstehe. Was genau war mit der?«

»Du kennst sie.«

»Quatsch.« Zur Bekräftigung schüttelt Bashir den Kopf.

»Doch. Ein Techtelmechtel, nichts Ernstes. Das war mir gleich klar. Und trotzdem war da etwas in der Art, wie du sie krampfhaft ignoriert hast ...«

»Das bildest du dir alles ein. Ist dir schon bewusst?«

Marisa lacht leise. »Nein, tue ich nicht. Denn du läufst gerade rot an. Dunkelrot.«

Ertappt streicht sich Bashir mit der Rechten übers Gesicht und spielt verlegen an seinem Ohrläppchen herum.

»Auch wenn es jetzt nicht um diese Frau geht«, fügt sie an.

»Gut, haben wir darüber geredet.«

»Ihr habt eine Affäre, oder?« Neugierig mustert sie ihn, so etwas Verruchtes hätte sie ihm gar nicht zugetraut. Als säße mit einem Mal ein Unbekannter neben ihr.

»Erst musst du die Dateien sichten«, erklärt Bashir im instruierenden Tonfall eines Mathelehrers, der Hausaufgaben verteilt.

»Themenwechsel? So abrupt? Dabei wird es gerade interessant.«

»Dann überprüfen wir, ob die Zahlen mit den Kontoabrechnungen korrespondieren, die dein Mann abfotografiert hat.«

»Immerhin sagst du ›wir‹.«

»Das ist eine Heidenarbeit, das kann ich dir versichern. Und ob sich danach tatsächlich ein genaueres Bild von Eschmanns Geschäften ergibt, wird sich zeigen.«

»Wir müssen trotzdem alles genau kontrollieren. Falls wir etwas finden, würde Tonys Geheimnistuerei endlich Sinn ergeben.« Marisa verstummt und schaut aus dem Fenster.

»Ist dir eigentlich schon mal in den Sinn gekommen, dass er Luca und dich nicht in Gefahr bringen wollte?«, fragt Bashir nach einer Weile. »Dass er euch beschützen wollte und dich deswegen nicht eingeweiht hat?«

Marisa lässt sich Zeit mit der Antwort. Eben haben sie den Bucheggplatz passiert und fahren nun hangabwärts über die Rosengartenstrasse zum Escher-Wyss-Platz.

»Natürlich«, sagt sie schließlich. »Es macht mich dennoch wütend, dass er über ein so gefährliches Vorhaben nicht mit mir geredet hat. Ich bin … war seine Frau, verdammt! Wem hätte er sich sonst anvertrauen sollen, wenn nicht mir?«

»Nimm's mir nicht übel, aber …«

»Aber?« Marisa schaut ihren Partner warnend an.

»Nach den wenigen Dingen, die du mir über eure Beziehung erzählt hast, ergibt sich das Bild eines Mannes, der mehr als ein Geheimnis hatte.«

Sie will zu einem Protest ansetzen, dann zögert sie und nickt. »Einverstanden.«

»Es könnte durchaus sein, dass da noch die eine oder andere Überraschung auf dich wartet.«

Marisa bläht die Wangen. »Ich bin bereit dazu, glaub mir. Was immer da auftauchen mag. Hauptsache, ich kann diese Angelegenheit abhaken.«

»In dem Fall sollten wir nachsehen, was auf dem Stick ist.«

»Unbedingt.«

»Ich fahre in die Agentur, okay? Da haben wir wenigstens WLAN, das den Namen verdient.«

»Was willst du damit sagen?«

Bashir druckst herum. »Nun ja, die Verbindung in deiner Wohnung …«

»Fahr einfach.«

Freitag, 22:18 Uhr
Germaniastrasse

Kraftlos schiebt sich Russo an der Gästeschar vorbei, die im Kreis zusammensteht und den Durchgang zum Treppenhaus blockiert. Ihre Stimmen dröhnen viel zu laut in seinen Ohren, das Lachen schrill und schmerzhaft. Von der Parfümwolke, die den ganzen Flur erfüllt, wird ihm übel. Russo bemüht sich, flach zu atmen. Sein Schädel pocht von dem Schlag, den er abgekriegt hat, er fühlt sich immer noch nicht sicher auf den Beinen. Halbherzig hat er sich im ersten Stock umgesehen und einen Blick in die Küche geworfen. Dabei hat sich seine Vermutung bestätigt, dass Lorenzo Sposato die Party unverzüglich verlassen hat. Hätte Russo an seiner Stelle auch getan.

Endlich hat er sich durch die Menschenansammlung gekämpft und steigt die Treppe hinunter zum Ausgang. Die kühle, unverbrauchte Luft hier ist eine Wohltat, im Wohnzimmer war es stickig und schwül. Als wäre die Hitze des Tages auf der Flucht vor der Nacht durch die offenen Fenster und die Balkontür ins Haus eingedrungen und hätte sich dort zu einem pappigen Konglomerat verdichtet.

Russo tritt ins Freie, überquert den Parkplatz und läuft die Einfahrt hinunter. In seinem Magen wächst ein tonnenschwerer Eisklotz heran. Diesen Auftrag hat er versiebt, und zwar so richtig. In der letzten Viertelstunde hat er nicht einmal ansatzweise eine Ausgangslage schaffen können, um Sposato ohne großes Aufsehen zu eliminieren. Oder ihn überhaupt zu eliminieren. Am nächsten kam er seinem Ziel, als das Marzipangesicht mit der geladenen Pistole auf Sposato gezielt hat. Das war alles andere als Russos Verdienst und die Weisung mit der unauffälligen Handhabung des Problems wäre auch nicht erfüllt gewesen. Trotzdem wäre es Russo sehr entgegengekommen, hätte Mr. Marzipan abgedrückt, der Rest hätte ohnehin eine untergeordnete Rolle gespielt. Vor allem wäre kein Verdacht auf Russo gefallen. Später, vor der Toilette im zweiten Stock, hat er sich so stümperhaft verhalten, dass es auf einen Beobachter wie schlechter Slapstick gewirkt haben muss. Er kann nur hoffen, dass im Korridor keine Überwachungskameras installiert sind, sonst hätte die Familie ab sofort eine neue Lieblingskomödie, über die zu Weihnachten alle gemeinsam und sehr herzlich lachen würden.

Sposato wird so schnell kaum wiederauftauchen. Und falls doch, blüht Russo kein fröhliches Zusammentreffen. Lorenzo Sposato hat eindeutig geahnt, dass man jemanden auf ihn ansetzen würde. Jetzt hat er einerseits die Bestätigung für seinen Verdacht, andererseits weiß er auch, wer es ist. Und das beunruhigt Russo. Nicht der Spott und die Wut der Familie sind der Grund für den Eisklotz im Magen. Im Gegenteil, es kommt ihm sogar gelegen, wenn sie ihn nicht noch einmal mit einem Mord beauftragen. Viel mehr Sorge bereitet ihm, dass der Mafioso seinen Namen kennt. Von da ist es ein winziger Schritt bis zu Russos Adresse, falls er die in der Zwischenzeit nicht längst herausgefunden hat. Und dass Sposato einen derartigen Vertrauensbruch innerhalb der Familie auf sich sitzen lässt, davon geht Herbert Russo nicht aus.

Mit einem kläglichen Laut greift er sich an den schmerzenden Schädel. Er hat seine Frau und die beiden kleinen Töchter in ernsthafte Gefahr gebracht, weil er nicht in der Lage war, den Auftrag ordnungsgemäß zu erfüllen. Es ist eine Sache, ob man von der Verwandtschaft als Versager betrachtet wird, eine ganz andere, wenn man die eigene Familie zur Zielscheibe eines Mafiakillers macht.

Russo geht auf seinen Audi zu und entsperrt ihn mit der Fernbedienung. Stöhnend lässt er sich auf den Fahrersitz fallen und will sein Taschentuch hervorholen, als das

Handy klingelt. Unwillig grunzend fischt er das Gerät aus der Hosentasche und nimmt den Anruf entgegen, ohne auf das Display zu achten.

»Herbert?«

Vor Schreck wäre ihm fast das Telefon aus der Hand gerutscht.

»Ja?«, keucht er.

»Wir müssen reden.«

Freitag, 22:22 Uhr
Germaniastrasse

Belén streicht das Kleid glatt, während sie die Marmortreppe hinabsteigt, und rückt den Kragen zurecht. Von unten schallt ihr Zuccheros *Diavolo In Me* entgegen, die Party ist in vollem Gang. Die Gäste tanzen, im Wohnzimmer zerspringt klirrend ein Glas auf dem Boden, zwei Frauen lachen gackernd auf. Auf dem untersten Treppenabsatz bleibt Belén stehen und fährt sich durchs Haar. In der vergangenen Viertelstunde hat sie versucht, ihr lädiertes Aussehen wiederherzustellen. Weshalb der dickliche Mann sie attackiert und niedergeschlagen hat, begreift sie immer noch nicht ganz. Offensichtlich ist auch er hinter Lorenzo Sposato her. Eine halbe Million Schweizer Franken sind natürlich Grund genug, jemanden vorübergehend aus dem Verkehr zu ziehen. Der Typ war allerdings wenig erfolgreich damit, denn als sie wieder zu sich kam, lag er ausgeknockt neben ihr. Jetzt ist es zu spät, um eine Antwort auf diese Frage zu erhalten. Es interessiert sie schlicht nicht mehr. Der Dicke ist weg und wegen seines dämlichen Verhaltens ist auch Lorenzo Sposato entkommen. Und damit die fette Belohnung, die all ihre Probleme mit einem Schlag gelöst hätte. Es wäre reine Zeitverschwendung, sich auszumalen, wie die Polizei mit ihr als Sans-Papiers umgesprungen wäre, ob sie überhaupt Anrecht auf das Geld gehabt hätte. Wenn Belén in ihrem Leben etwas gelernt hat, ist es, verpassten Gelegenheiten nicht nachzuweinen, sondern vorwärtszuschauen. Und genau das wird sie tun: vorwärtsschauen. Zurück zu Plan A, der kurzfristig zu Plan B degradiert wurde und nun wieder oberste Priorität hat.

Mit eleganten Schritten durchquert Belén den Flur und wiegt sich dazu in den Hüften. Seit einer Ewigkeit hat sie sich nicht mehr so gefühlt. So leicht und selbstbewusst, so schön und sexy. Dank Marianne Eschmanns umfangreicher

Auswahl an Schönheitsprodukten ist es ihr nicht nur gelungen, ihr Make-up aufzufrischen, sie findet sogar, dass sie wesentlich attraktiver aussieht als zu Beginn des Abends. Vorhin, vor dem Badezimmerspiegel, hat sie es fast nicht geschafft, den Blick von ihrem Gesicht abzuwenden, so fasziniert war sie von ihrem strahlenden Aussehen. Als würde sie von innen leuchten, ein Feuer in ihr brennen, das sie längst verlöscht glaubte. Kein Anzeichen mehr von fader Erscheinung, welker Haut und teigigem Teint. Sie wird in teurere und bessere Produkte investieren müssen. In Kürze wird sie voraussichtlich ganz regulär Geld verdienen und ihre erste richtige Shoppingtour seit dreiundzwanzig Jahren wird sie in die Beautyabteilung des teuersten Kaufhauses Zürichs führen.

Ein Lächeln macht sich auf ihrem Gesicht breit, als sie das Wohnzimmer betritt. Sie entdeckt ihn auf der Stelle. Er steht auf dem Balkon und die Frau mit dem dunkelbraunen, munter wippenden Pferdeschwanz, die ihn heute begleitet, reicht ihm gerade ein Champagnerglas. Sie stößt mit ihm an und flüstert dem Mann etwas ins Ohr, bevor sie sich unter die Tanzenden mischt.

Die Götter sind auf meiner Seite, stellt Belén befriedigt fest und schlendert gelassen auf die Balkontür zu. Es kommt ihr vor, als würde sich die Menge vor ihr teilen, als würden die Gäste ein Stück zur Seite rücken, sobald sie sich nähert. Dass sie Aufmerksamkeit auf sich zieht und Bewunderung erntet, bildet sie sich definitiv nicht ein, sie kann es deutlich spüren, es fühlt sich an wie ein warmer Sommerregen.

In der Balkontür hält sie inne, lehnt sich an den Rahmen und wartet, bis er sie wahrnimmt. Was unverzüglich geschieht, seine hungrig wandernden Augen bleiben an ihr kleben. Es dauert indessen ein paar Sekunden, bis er sie erkennt.

»Belén? Sie sind es tatsächlich. Sie sehen bezaubernd aus heute Abend.« Er nähert sich ihr sofort.

»Danke«, haucht sie und verkneift sich ein Lachen. Gehaucht wurde bei ihr sonst nie, aber sie gefällt sich in der Rolle der lasziven Schurkin, wobei ihr sein nächster Satz beinahe die aufgekratzte Stimmung verdirbt.

»So anders als sonst«, sagt er.

Ihr Lächeln gefriert, was er nicht bemerkt. Natürlich nicht.

»Heute bin ich ja auch nicht als Raumpflegerin da«, flüstert sie und verleiht ihrer Stimme einen heiseren Klang.

»Wobei ich Sie auch als Putzfrau scharf finde.«

»Sie machen mich verlegen, Padrone.«

Seine graublauen Augen blitzen vor Selbstherrlichkeit. »Tue ich das, Belén? Tue ich das wirklich?«

»O ja, Padrone.«

»Vielleicht sollten Sie mal bei mir zu Hause schrubben.«

Innerlich windet sich Belén ob der billigen Anmache. Sie lässt sich nichts anmerken und schließt kurz die Lider, als ließe sie allein die Vorstellung, dem alten Sack die Protzhütte auf Vordermann zu bringen, vor Erregung erschaudern.

»Ich bezahle gut«, raunt er ihr zu.

Er steht jetzt dicht neben ihr, sein säuerlicher Champagneratem sticht ihr in die Nase.

»Ich weiß, Padrone«, flüstert sie zurück, derweil seine Hand bereits auf ihrem Hintern liegt.

Er knurrt begeistert.

»Deswegen bin ich hier.«

Seine Augen verengen sich zu schmalen Schlitzen, der Druck auf ihrem Hintern lässt nach. »Wie muss ich das verstehen, Belén. Unterbreiten Sie mir ein Angebot? Für Putzarbeiten?«

»Ein Angebot, ja. Allerdings nicht für Raumpflege, da muss ich Sie enttäuschen.«

»Sondern?« Er schnurrt wohlig, die Hand ist zurück.

Wie ein Hund, dem man einen Knochen hinwirft, fährt

es Belén durch den Kopf. »Ein Vorschlag, den Sie nicht ausschlagen werden.«

»Ich bin ein Geschäftsmann, meine Liebe, man macht mir andauernd Offerten. Legen Sie los, ehe ich das Interesse verliere.«

»Sie werden mich heiraten.« Belén setzt ein zuckersüßes Lächeln auf.

Der Padrone glotzt sie verblüfft an, bevor er in schallendes Gelächter ausbricht. »Wieso sollte ich das tun?«

»Weil ich etwas habe, von dem Sie nicht möchten, dass es allzu viele Leute sehen.«

»Und das wäre?«

»Ein Filmchen.«

Der Padrone lacht erneut auf. »Sie wollen mich mit einem Sexvideo erpressen, Belén? Im Ernst?« Er beugt sich so nah zu ihr herüber, dass Speicheltropfen auf ihre Wange sprühen. »Wissen Sie, wie viele Weiber die Nummer schon abgezogen haben? All diese blutjungen Dinger, die immer irgendwo eine Kamera herumstehen haben, die rein zufällig mitläuft, wenn ich sie besteige. Und die danach glauben, sie hätten den ganz großen Coup gelandet und könnten den senilen Knacker um ein paar Tausender erleichtern. Absolut lächerliche Summen übrigens. Wissen Sie, was ich meinen Anwälten zahle, damit die ihre Arbeit tun?«

»Nein.«

»Eben.« Der Padrone verharrt, um nach Luft zu schnappen, er scheint schon die ganze Zeit über Mühe mit dem Atmen zu haben. Träge hebt er das Champagnerglas zum Mund, kippt es zu früh nach vorne, wodurch der Sprudel wie Gischt über sein Designerhemd spritzt, was ihm egal zu sein scheint.

Mist, der Alte ist komplett betrunken, stellt Belén besorgt fest. Doch sie ist schon zu weit gegangen, um jetzt einen Rückzieher zu machen.

»Woher haben Sie das Video?«, will der Padrone wissen, er lallt nun leicht. »Denn ich nehme ja nicht an, dass Sie und ich …« Er mustert sie abfällig und lacht dreckig. »Nein, nie im Leben. Da wäre ja Leichenfledderei ein Genuss dagegen.«

»Das Video habe ich vor einigen Jahren in der Kanzlei gedreht. Eines Abends, als Sie und Herr Eschmann glaubten, es wäre keiner mehr da. Oder Sie wussten, dass ich da war, aber eine Reinigungskraft nimmt man oft nicht wahr. Als wären wir Schatten und keine richtigen Menschen.«

»Eine Dienstleisterin, mehr nicht«, sagt der Padrone eisig. »In dem Fall geht es gar nicht um ein Sexvideo?«

»Sie haben noch spät jemanden empfangen, einen älteren Mann, dem einige Häuser in Aussersihl gehören.« Irritiert beobachtet Belén, wie das eine Augenlid des Padrones langsam zuklappt, während er das andere nur mit Mühe offen halten kann.

»Altbauten, klar«, stößt er keuchend hervor. »Ich erinnere mich vage.«

»Sie und Eschmann haben den Mann massiv eingeschüchtert, weil er Ihnen die Gebäude nicht hat verkaufen wollen.«

Der Padrone lacht verschmitzt. »Am Ende hat er das Geld genommen, samt einer ziemlich großzügigen, sagen wir, Spende.«

»Sie haben ihm angedroht, dass sein eigenes Haus in Flammen aufgehen, dass den Enkeln auf dem Schulweg etwas zustoßen könnte …«

»Ist alles schon vorgekommen.«

»Das überrascht mich nicht.«

»Was wollen Sie, Belén?«

Sie atmet tief durch. »Die Ehe. Ich brauche keine finanzielle Unterstützung, ich möchte nicht mit Ihnen schlafen, ich will Sie überhaupt nicht sehen. Das Einzige, was ich möchte, ist ein legaler Status in diesem Land.«

»Sonst geht dieses Video real?« Jetzt klappt auch sein

zweites Lid zu und sekundenlang steht der Padrone mit geschlossenen Augen vor ihr, bevor er sie ruckartig aufreißt.

»Viral. Nein, es geht nicht viral. Ich schicke es der Polizei. Das ist nicht rechtens, was Sie da …«

»Jaja, hören Sie auf herumzuplärren, Sie selbstgerechte, moralische Kuh. Was wissen Sie schon von solchen Dingen? Manchmal muss man den Leuten mit etwas Druck und unter Gewaltandrohung zu ihrem Glück verhelfen.«

»Ich kümmere mich um den Termin auf dem Standesamt.«

Der Padrone seufzt. »Haben Sie eine …?«

»Natürlich habe ich Kopien. Sollte mir etwas passieren …«

»Sie schauen zu viele Krimis, Belén.« Er wackelt davon, ein alter Mann mit unstetem Gang. Mitten im Wohnzimmer dreht er sich noch einmal um, er hebt die Stimme, um die Musik zu übertönen. »Buchen Sie den Termin, Belén. In Gottes Namen. Das verdammte Hochzeitskleid müssen Sie aber selbst bezahlen.«

Freitag, 22:34 Uhr
Niederdorf

Faith hastet durch die Zürcher Altstadt, den Blick auf den gepflasterten Boden der Gasse geheftet, die vom Central bis zum Bellevue führt. Ihr ist bewusst, dass sie sich mit der Wahl ihrer Route in Gefahr begibt, am Freitagabend ist oft Radau in der Ausgehmeile angesagt. Gut, dass ihre Schwester nichts von diesen Ausflügen weiß, sie wäre entsetzt und hätte sie ausgescholten. In der Unterkunft hätte Faith es jedoch nicht länger ausgehalten. Manchmal überkommt sie dort das Gefühl zu ersticken.

Eine Schar betrunkener Frauen um die dreißig stellt sich ihr in den Weg, sie tragen alle identische Brautkleider bis auf eine, die steckt in einem lächerlichen Feenkostüm. Euphorisch brüllen sie Faith einen Reim entgegen und glotzen sie erwartungsvoll an. Faith versteht kein Wort, zieht die Kapuze ihrer Jacke tiefer ins Gesicht und drängt sich an ihnen vorbei. Als sie jemand am Arm festhält, reißt sie sich los und rennt ein Stück, ehe sie in ihr ursprüngliches Tempo zurückfällt. Bedauerndes Gejohle in ihrem Rücken, Faith kümmert sich nicht darum.

Von den Junggesellenpartys droht in der Regel keine Gefahr, sie sind mit ihrer erzwungenen Fröhlichkeit und dem Drang, möglichst viele Leute miteinzubeziehen, höchstens nervig. Echten Respekt flößen Faith die jungen Männer ein, die in Rudeln durch das Quartier streunen, betrunken, bekifft, immer auf Ärger aus. Sie sind eine ernst zu nehmende Bedrohung für jede Frau, die allein unterwegs ist. Für eine schwarze junge Frau wie sie erst recht. Aber auch Schwule müssen sich vor ihnen in Acht nehmen, die Fäuste sitzen locker, die aufgestaute Frustration kann abrupt in Aggression umschlagen, in blinde Wut, die keine Grenzen kennt.

Glücklicherweise sind die Burschen meist schon aus weiter

Entfernung zu sehen und zu hören. Ist man wachsam genug, schafft man es meist, ihnen aus dem Weg zu gehen.

Zu beiden Seiten der Gasse reihen sich Bars und Restaurants, es ist laut und chaotisch, die Gäste drängeln sich an den Theken und stehen mit Biergläsern vor den Lokalen, zeitweise gibt es kaum ein Durchkommen, gerade in den engen Passagen des Niederdorfs. Faith vermeidet es, den Kopf zu heben. Eigentlich ist sie fasziniert von der ausgelassenen Stimmung. Deswegen hat sie sich für diesen Weg entschieden. Um sich ein paar Minuten lang als Teil eines Ganzen zu fühlen, um Energie und Lebenslust zu spüren, sich ganz kurz der Vorstellung hinzugeben, wie ihr eigenes Leben sein könnte, wenn sie sich nicht dauernd verstecken müsste.

Plötzlich öffnet sich die Straße, ein weiter Platz tut sich vor ihr auf, der von Lokalen gesäumt ist, auch hier ist alles voller Menschen. Drei Musiker mit Violine, Akkordeon und Kontrabass haben sich in einer Ecke installiert und spielen ein rhythmisches Stück, einen Tango vielleicht, Faith kennt sich nicht aus. Die Melodie spricht sie an, zögernd bleibt sie stehen und hört dem Trio zu, lässt sich von der Musik wegtragen, ihr Körper beginnt wie von selbst, sich dazu zu bewegen. Kaum bemerkt Faith es, hält sie ertappt inne. Unter keinen Umständen darf sie den Polizisten auffallen, die aus Sicherheitsgründen regelmäßig durch diesen Stadtteil patrouillieren. Wenn die auf sie aufmerksam werden und ihren Ausweis sehen wollen, sitzt sie morgen in Ausschaffungshaft. Sie tritt einen Schritt zurück, macht sich instinktiv kleiner und beobachtet die anderen Leute, die sich im Halbkreis vor den Musikern im Takt wiegen.

Unvermittelt erfasst sie eine abgrundtiefe Traurigkeit. Sie fragt sich, ob sich ihre Situation irgendwann verbessern wird oder ob das alles ist, was die Zukunft für sie bereithält – einen Zaungast ohne Geld oder Arbeit, der dauernd im Abseits steht und von dort aus zusehen muss, wie das Leben an ihm vorbeizieht. Der keine Freundinnen und Freunde haben kann, in abgelegenen Löchern haust und dessen einzige Begleiterin die permanente Angst vor Entdeckung ist.

Faith geht weiter. Bevor sie den Kopf wieder senkt, sieht sie noch einmal zu den hell erleuchteten Restaurants hinüber, zu den Menschen, die an den Tischen im Freien sitzen. Ein warmer Sommerabend, die Luft ist erfüllt von Stimmengewirr und Lachen, von stampfenden Bässen, die aus den Bars dröhnen, vom verlockenden Geruch frisch zubereiteter Crêpes und von würzig duftenden Rauchschwaden, die von einem Shishalokal herüberwehen.

Mit einem Mal verspürt Faith ein Zerren in der Brust. Wie ein eingesperrter Vogel, der sich durch Gitterstäbe zu zwängen versucht, drängt etwas aus ihr heraus, etwas, für das sie keinen Namen hat. Ohne dass sie etwas dagegen tun kann, entfährt ihr ein Schluchzen, Tränen schießen ihr in die Augen. Rasch konzentriert sie sich wieder auf das Pflaster und läuft weiter, ohne sich noch einmal umzudrehen.

Freitag, 22:35 Uhr
Germaniastrasse

Wie festgefroren steht Belén im Durchgang zur Küche und begreift nicht, was sie sieht. Die Gedanken schwirren wie ein aufgescheuchter Mückenschwarm durch ihren Kopf, ohne dass sie einen einzigen davon zu fassen kriegt. Erschwerend kommt hinzu, dass sich ihr ausgerechnet jetzt, da nach dem ersten Schreck eine weiß glühende Wut in ihr hochwallt, heulend die Gespielin des Padrones an den Hals wirft. Völlig aufgelöst stolpert sie tränenblind auf sie zu, der Pferdeschwanz ist halb aus dem Haargummi gezerrt, die freien Strähnen stehen struppig vom Kopf ab. Belén reißt sich zusammen, doch während sich die junge Frau verzweifelt an sie drückt und sie ihr mitfühlend zuredet, muss sie unentwegt auf den Körper starren, der mitten in der Küche auf dem Boden liegt und um den sich immer mehr Leute scharen. Zwei davon sind Ärzte, deshalb hat sich Belén zurückgehalten. Man hätte sie ohnehin für eine Hochstaplerin gehalten, schließlich hat jeder sehen können, wie sie vorhin in der Küche Kartoffeln geschält hat, und die meisten wissen, dass sie bei den Eschmanns putzt.

Sie schafft es kaum, ihren Zorn zu bezwingen, je länger sie auf den Mann am Boden blickt, desto heftiger lodert er auf. Dabei hat sie sich kurz vor der Zielgeraden gewähnt. Heirat. Ein legaler Status. Nach dem aufschlussreichen Gespräch mit dem Padrone war ihr Lebenstraum in greifbare Nähe gerückt.

Einer Eingebung folgend, ist sie dem Alten nach seinem Abgang hinterhergelaufen, quer durchs Wohnzimmer und in den Flur hinaus und hat so mitbekommen, wie der Padrone hackedicht in die Küche geplatzt ist und dort nach einem Francesco gerufen hat.

»Francesco, ich brauche dich! Auf der Stelle!«, lallte er und dann: »Auftrag!«

Bevor Francesco reagieren konnte, verlor der Alte das Gleichgewicht. Völlig grundlos. Er versuchte noch, sich an der Kante der Kochinsel festzuhalten, rutschte mit der Hand ab und knallte mit dem Gesicht voran auf den Boden. In der Zwischenzeit haben ihn ein paar Köche auf den Rücken gedreht, die Ärzte reanimieren ihn. Sein Gesicht ist bereits so blau angelaufen, dass wenig Hoffnung auf eine erfolgreiche Wiederbelebung besteht. Belén geht davon aus, dass der übermäßige Alkoholkonsum zum Atemstillstand geführt hat. Außerdem läuft ihm Blut in dünnen Rinnsalen aus Nase und Ohren, was kein gutes Zeichen ist. Vermutlich hat er sich beim Sturz den Schädel gestoßen, womöglich ist sogar etwas gebrochen.

Der Verlauf des Abends ist dermaßen absurd, dass sie ihn als übertrieben oder eher als schlecht erfunden abtun würde, erzählte ihr jemand davon. Ist es tatsächlich möglich, dass ein einzelner Mensch in wenigen Stunden so viel Pech auf sich zieht? Erst die Arbeit als Küchenhilfe, obwohl sie als geladener Gast zur Party erscheint, danach Lorenzo Sposato, der ihr auf geradezu groteske Art entwischt, obwohl sie ihn dingfest gemacht hat, und nun stirbt ihr zukünftiger Ehemann und Türöffner zu einem legalen Leben auf dem Küchenboden.

Am Ende, wenn sie in den letzten Atemzügen liegen, sehen sie alle gleich aus. Egal wie sie ihr Leben geführt haben. Egal wie mächtig sie gewesen sind, wie viel Geld sie besessen haben, wie viele Menschen sie belogen, betrogen und für ihre Zwecke missbraucht haben.

Belén würde zu gern wissen, was ihm durch den Kopf geht. Bereut er oder bleibt er selbstherrlich bis zum letzten Atemzug? Sieht er vor seinem inneren Auge den Film seines Lebens ablaufen? Sie stellt fest, dass sie sich sehr gern mit ihm unterhalten würde, anders als vorhin, als ihr jedes an ihn gerichtete Wort zuwider war. Erst im Sterben interessiert sie sich wirklich für ihn. Was für eine Ausgangslage für ihre Ehe wäre das gewesen! Beinahe hätte sie aufgelacht.

Allmählich kehren die Gäste wieder ins Wohnzimmer zurück, nachdem sie sich zuerst alle dicht an dicht vor der Küche gedrängt und sensationslüstern die Köpfe gereckt haben. Unglück ist immer ein Publikumsmagnet. Nach der ersten Aufregung beruhigt sich die Stimmung allmählich, im Wohnzimmer läuft leise Musik, man unterhält sich flüsternd. Als könnte jedes laute Geräusch den Tod von seinem Opfer abbringen und sein Augenmerk auf jemand anders lenken.

Sanft schiebt Belén die schluchzende Frau von sich und lehnt sie behutsam an die Wand des Küchendurchgangs, es ist als, würde sie eine Puppe manövrieren, so schlaff und antriebslos verhält sie sich.

»Wie heißen Sie?«, will sie wissen.

»Biancha«, schnieft die dunkelhaarige Begleitung des Padrones.

»Sie werden darüber hinwegkommen.« Belén streicht ihr über die Wange.

»Meinen Sie?«

»Bestimmt.« Belén schultert ihre Handtasche, schnappt sich beim Hinausgehen den noch eingepackten Monolito von der Kommode, den sie Marianne Eschmann als Gastgeschenk mitgebracht hat, und steigt die Treppe hinab.

Der Nachtwind ist warm und riecht schwer, nach Blüten und Asphalt, er streift ihr zärtlich übers Haar, als sie die Villa verlässt.

Alle Zähler auf null, denkt Belén. Zu ihrer eigenen Verwunderung macht ihr das nichts aus. Vielmehr ist sie erfüllt von Selbstsicherheit und Zuversicht.

»Alles ist möglich«, flüstert sie sich zu.

Immerhin einen kleinen Triumph hat sie auf sicher. Es ist zwar nur ein Schnappschuss, aber für ihre Zwecke reicht er aus.

Sie wiegt sich in den Hüften, als sie die Einfahrt hinunterläuft, spürt ihre träge Schwere, die Rundungen. Weiche Haut, die sich am Stoff ihres Kleids reibt. Sie fühlt sich attraktiv, so verführerisch wie lange nicht mehr. Mit einem Mal hat sie Lust zu tanzen.

Es ist noch früh, denkt Belén, in Bolivien geht man an einem Freitagabend vor dieser Uhrzeit gar nicht aus dem Haus. Sie überquert die Germaniastrasse und bleibt auf dem Bürgersteig gegenüber der Eschmann'schen Villa stehen, um sich die glitzernde Stadt anzusehen.

Zu Hause, denkt Belén und das Wort fühlt sich urplötzlich vertraut an. Vielleicht bin ich angekommen, ohne es bemerkt zu haben.

»Zu Hause«, sagt sie laut in die Stille hinein, es hört sich seltsam an, ihre Stimme hört sich seltsam an. Rau und voller Verlangen. »Zu Hause«, wiederholt sie und irgendwo tief in ihr öffnet sich etwas und lässt ihr Herz ganz warm werden. »Zu Hause.«

Wo alles möglich ist, flüstert der Nachtwind und Belén lächelt, während sie zur nächsten Bushaltestelle spaziert.

Freitag, 22:42 Uhr
Schlieren

Kaum hat Marisa das winzige Haus betreten, das wie angeklebt vor der petrolblauen Fassade des Lagerhauses steht, läuft sie durch alle Räume und öffnet die Fenster. Es wird schnell stickig hier drinnen, gerade im Sommer. Zwei Zimmer, in einem ist das Büro der *Agentur für unliebsame Angelegenheiten* untergebracht, im anderen Bashirs Schlafzimmer, dazu Küche und Bad. Einen Steinwurf von Bahnlinie und Bahnhof entfernt, an die achtundzwanzig Züge, die tagsüber stündlich vorbeidonnern, haben sie sich längst gewöhnt.

Trotz des begrenzten Platzes ist es Marisa und Bashir gelungen, mit Teppichen und Sofas eine gemütliche Atmosphäre zu kreieren, die an eine Lounge erinnert. Es gibt keine Schreibtische, keine Bürosessel, nichts, das an klassische Detektivbüros erinnert. Denn genau das wollen sie nicht sein: klassische Detektive.

Dass sie sich nun mit einer Privatangelegenheit Marisas beschäftigen, hat in erster Linie mit der desolaten Auftragslage zu tun. Honorar springt dabei keines heraus, auf der anderen Seite weisen alle Indizien darauf hin, dass sie einem Skandal auf der Spur sind. Das hat sowohl Marisas als auch Bashirs Ehrgeiz geweckt. Und ihren Spürsinn als Ermittler. Denn dieser Fall dreht sich nicht allein um Geldwäsche im großen Stil. Es geht auch darum herauszufinden, was Marisas Ehemann Tony mit den kopierten Kontoauszügen vorhatte und was daraufhin mit ihm geschehen ist. Weshalb er in jener Nacht von der Straße abgekommen und gegen den Baum gerast ist. Und dann ist da noch die Sache mit der verschleppten Joy, die in den letzten Stunden zwangsläufig in den Hintergrund gerückt ist.

»Gleich wissen wir mehr.« Marisa klappt ihren Laptop auf und startet das Betriebssystem.

»Dank deiner alten Kiste hast du keine Probleme, auf den Inhalt von USB-Sticks zuzugreifen.« Bashir bringt zwei Gläser eisgekühlten Pfefferminz-Holunderblüten-Tee aus der Küche und stellt sie auf den Salontisch vor dem Sofa.

Auch Teil ihres Konzepts: Computerarbeit wird auf Laptops und Tablets erledigt, Großbildschirme, die wie Trennwände zwischen ihnen und der Klientel stehen, gibt es in der Agentur nicht.

»Wie meinst du das?«, fragt Marisa abwesend und steckt den Stick in die dafür vorgesehene Buchse.

»Neuere Modelle haben keine USB-A-Docks mehr, man braucht einen Adapter.«

»Danke für die Information, mit der ich momentan leider rein gar nichts anfangen kann.«

»Ich übe mich in gepflegter Konversation.«

Mit gerunzelter Stirn schaut Marisa auf. »Bist du neuerdings witzig?«

»War ich insgeheim schon immer.«

»Die Frau tut dir gut.«

»Was ist auf dem Stick?«

»Irgendwann erzählst du mir von ihr.«

»Rechne besser nicht damit.«

»Wir werden sehen.« Marisa macht einen Doppelklick und sieht gebannt auf den Bildschirm, das Gesicht gespenstisch hell beleuchtet.

»Und?«

»Man muss die Dateien konvertieren.«

»Pass auf, wenn das ein Virus ist …«

Marisa verdreht die Augen. »Bashir, ich bin zwar Flugbegleiterin a. D., ganz bescheuert bin ich trotzdem nicht.«

»Sorry, war nicht so gemeint.« Bashir setzt sich neben Marisa aufs Sofa und beugt sich zum Laptop hinüber. »Was tut er?«

»Er rechnet.«

»Das scheint ihn zu echauffieren. Auf jeden Fall läuft die Lüftung auf Hochtouren.«

Marisa beobachtet ihren Partner argwöhnisch. Ein glockenähnliches Signal erklingt und sie konzentriert sich wieder auf das Geschehen auf dem Bildschirm.

»Voilà! Aufgeschlüsselt.« Noch ein Doppelklick.

»Nicht schlecht. Für eine Flugbegleiterin a. D.«, frotzelt Bashir.

»Wir sind besser als unser Ruf. Und wenn man uns unsere Arbeit tun lässt, sind wir eine Wucht.«

»Du übertreibst maßlos.«

»Finde ich nicht. Manchmal frage ich mich, weshalb noch niemand auf die Idee gekommen ist, Kriminalromane mit einer ehemaligen Flugbegleiterin als Ermittlerin zu schreiben.«

»Weil die Idee derart brillant und einzigartig ist, dass sie auf der Stelle kopiert würde.«

»So dreist wäre niemand. Oder?«

»Da bin ich mir nicht sicher.«

»Weil …« Marisa reißt die Augen auf und fixiert den Screen. »Fuck! Die verdammten Arschlöcher haben uns reingelegt!«

»Nicht gerade der Umgangston, den man von einer Premium-Airline …« Bashir hält abrupt inne und bricht in lautes Gelächter aus.

»Hör doch auf!«, ruft Marisa.

»Ich hab dich gewarnt!«

»Jaja.«

»Ich hab gesagt, wir haben keine Ahnung, was für Dateien wir kopieren würden.«

Genervt fährt sich Marisa durchs Haar und verfolgt, wie eine schwarz-weiß gefleckte Katze unter dem lautstarken Gejohle unsichtbarer Zuschauer immer wieder zum herausfahrenden Schlitten eines DVD-Geräts hochspringt. »Aber lustige Katzenvideos? Muss das sein?«

»Yvonne hat mehr Humor, als ich ihr zugetraut hätte.«

»Sie kann unmöglich uns gemeint haben, oder?«

Bashir schüttelt den Kopf. »Yvonne hat ja nicht gewusst, dass wir in der Villa auftauchen würden.«

»Nimmst du an.«

»Nehme ich an«, bestätigt Bashir.

Marisa deutet auf die Katze, die immer noch vor dem Gerät auf und ab springt. »Das ist für die Finanzmarktaufsicht gedacht. Falls die eine Hausdurchsuchung anordnet und alle Computer beschlagnahmt.«

»Und falls sie uns doch gesehen hat?«

»Dann sollten wir besser wachsam sein. Tony hat nach seinem letzten Treffen mit Yvonne nicht mehr lange gelebt.«

Freitag, 22:46 Uhr
Wiedikon

Sichergehen, dass die Hausnummer korrekt ist, ein Abgleich auf Google Maps, ob er keinen Fehler bei der Adresseingabe gemacht hat. Alles Routine, früher zumindest. Jetzt muss Herbert Russo alles dreimal durchgehen, bis er sich sicher ist. Ein Altbau in Wiedikon, Kreis 3, ein mehrstöckiges Genossenschaftshaus. Francesco Ferraro hat ihm Fotos der Zielpersonen aufs Handy geschickt, aber erst nachdem er ihn wegen seines Versagens zusammengestaucht hatte.

»Wie bescheuert kann man eigentlich sein, Herbert?«, fuhr er Russo am Telefon an. »Ich habe dir Sposato auf dem Silbertablett präsentiert, *per l'amor di dio*! Habe ihn allein deswegen gebeten, bei der Party auszuhelfen. Damit du leichtes Spiel hast. Als Eismann eine Show abziehen und Frauen bezirzen, da konnte er unmöglich ablehnen. Eine wandelnde Zielscheibe, so von sich selbst eingenommen, dass er nicht merkt, was um ihn herum passiert ... Und was machst du? Anstatt Sposato kurzerhand zu erledigen, während er vor dir steht, hampelst du dämlich im Flur herum, plauderst mit den Gästen, rennst wie ein kopfloses Huhn durch die Küche und lässt dich in deiner grenzenlosen Blödheit am Ende auch noch von Lorenzo Sposato k. o. schlagen. Und jetzt ist er weg. Verschwunden, abgetaucht. Der ist ein Profi, so schnell finden wir ihn nicht mehr. Wenn alles schiefläuft, ist Interpol schneller und dann ist die Kacke am Dampfen.« Francesco gab ein unwilliges Murren von sich. »Ich habe keine Ahnung, weshalb sie ausgerechnet einen Verlierer wie dich für den Job ausgewählt haben.«

»Er hat mich erkannt«, sagte Russo kleinlaut.

»Du hättest dich eben nicht mit Namen und Adresse vorstellen müssen, Cretino!«

»So war das nicht.«

»Probleme dieser Art lösen wir traditionsgemäß innerhalb

der Familie. Da kennt man sich zwangsläufig. Wenn also der Auftrag lautet, Sposato aus dem Weg zu räumen, muss das derart blitzschnell ablaufen, dass keine Zeit für Kaffeekränzchen bleibt.«

Russo stöhnte.

»Nächster Auftrag. Hörst du zu?«

»Hä?«

»Was hast denn du gemeint?« Francesco klingt angepisst.

»Aber ich ...«

»Schnauze. Erst Marisa Greco.«

»Was ...?«

»Spielt keine Rolle. Sie weiß zu viel und muss weg.«

»Und wieso ›erst‹?«

»Da kommt eine weitere Zielperson dazu. Infos folgen.«

»Ach so.«

»Heute noch. Beide.«

»Aber ...«

»Weiteres Versagen wird nicht toleriert. Weisung von ganz oben. Sonst bist du allein, wenn dich Lorenzo Sposato zu Hause aufsucht. Und du weißt so gut wie ich, dass er das tun wird. Vermutlich ist er bereits unterwegs zu dir. Beeil dich also.«

Russo schluckte leer.

»Und, Herbert?«

»Ja?«

»Die Greco hat ein Kind.«

Russo schnappte nach Luft, das verschwitzte Hemd klebte ihm längst wieder wie eine zweite Haut am Rücken. »Francesco, das ...«

»Keine Zeugen. Kannst du nicht riskieren mit deinem beschaulichen Leben im Aargau. Und das Letzte, was diese Welt braucht, ist ein weiterer verwaister und traumatisierter Balg, der für den Rest seines Lebens einer Psychotante den Rockzipfel vollheult.«

»Das ist zynisch, Francesco.«

»Ein Lebensmittelgeschäft führen, in dem andauernd Italoschnulzen laufen, und auf lustigen Tschingg machen, während man für Vierfachmord gesucht wird – das ist nicht zynisch?«

Russo schwieg.

»Bau keine Scheiße, hast du verstanden?«

»Ich versuch's«, hat Russo geflüstert.

»Sonst bist du allein. Hörst du?«

Russo steigt aus, die Pistole, die unterwegs in einem Müllcontainer hinter einer heruntergewirtschafteten Pizzeria an der Bullingerstrasse für ihn bereitlag, hat er in der Jackentasche verstaut. Diesmal leider ohne Schalldämpfer, der war wohl auf die Schnelle nicht aufzutreiben. Das Klingelschild verrät ihm, dass er am richtigen Ort ist. Wachsam schaut sich Russo um, eben noch ist ein Paar vorbeigegangen, seine Schritte verhallen in der Ferne. Nun herrscht Stille, die Straße ist menschenleer. Vorsichtig lehnt er sich mit seinem ganzen Gewicht gegen die Haustür, bis die Falle mit einem leisen Klicker aus dem Schloss gleitet.

Diese alten Häuser, denkt er, immer dasselbe.

Mit schweißnassen Fingern langt er nach dem Griff der Waffe und steigt die Treppe hoch. Viertes Stockwerk. Marisa Greco. Das Kind. Eine weitere Zielperson. Keine Zeugen. Sein Herz flattert.

Freitag, 22:48 Uhr
Schlieren

Marisa lässt das Handy sinken und legt es wieder auf den Salontisch.

»Lass mich raten: Der Wagen ist geklaut«, sagt Bashir.

»Nicht der Wagen, da weiß man noch nicht mehr. Aber das Kennzeichen, das ist geklaut. Der Besitzer ist angeblich aus allen Wolken gefallen. Vom Fahrzeug fehlt jede Spur, von Joy ebenfalls.«

»Die Bullen wissen doch, wo die Nigerianer ihr Bordell betreiben.«

»Da haben sie vorbeigeschaut. Die Nigerianer gaben sich ahnungslos, die Prostituierten sowieso.«

Bashir stößt die Luft aus. »Vorbeigeschaut. Logisch, dass die nichts herausgefunden haben. An die Afrikaner kommst du schwer ran und mit irgendwelchen Streifenpolizisten reden die nicht.«

»Die hatten wohl auch nichts in der Hand, das für eine Razzia gereicht hätte. Hat Herr Stucki gesagt, mit dem ich eben telefoniert habe und der mich freundlich daran erinnert hat, dass wir morgen im Präsidium erwartet werden, um die Entführer zu beschreiben.«

Bashir nickt abwesend und starrt ein paar Atemzüge lang auf sein Eisteeglas. »Wie genau erinnerst du dich an die Geschichte mit Joy?«

»Ich denke, ich kriege das schon zusammen.« Marisa fährt mit der Hand übers Kinn. »Ist fast zwei Jahre her und am Ende war ziemliches Chaos.«

»Da waren wir in der Wohnung dieser Politikerin …«

»Andrea Graf.«

»Genau, Graf hieß die. Rechtspopulistin.«

»Wir mussten Joy suchen, da die Nigerianer Luca entführt hatten und ihn einzig im Tausch freilassen wollten. In Andrea

Grafs Loft haben wir sie dann ausfindig gemacht. Zusammen mit zwei toten Nigerianern.«

»Angeblich ist die Graf deswegen umgezogen und wohnt jetzt irgendwo im Englischviertel.«

Marisa pflichtet ihrem Partner bei. »Hat mir auch jemand erzählt. Jupiterstrasse, wenn ich mich nicht irre.«

»Kann sein.«

»Andrea Graf hat Joy Geld gegeben, damit sie abhauen kann, bevor die Polizei eintraf. Sie wollte nach Italien, wo sie hoffte, ihre kleine Schwester zu finden.«

»In der Zwischenzeit ist sie zurückgekehrt. Vermutlich untergetaucht, um ihren Zuhältern zu entfliehen. Arbeitet jetzt als Reinigungskraft, wie wir von Yvonne Steiger erfahren haben.«

»Das sind vermutlich ganz andere Einkommensverhältnisse als zuvor auf dem Strich. Die Typen haben sie trotzdem gefunden.«

Bashir lässt sich auf dem Sofa zurückfallen. »Sie werden ihr eine Abreibung verpassen und in ein paar Tagen steht Joy wieder an der Langstrasse. Die paar blauen Flecke und das leicht geschwollene Auge wird keiner bemerken.«

»Was ist wohl mit ihrer Schwester?«

»Wenn Joy sie in Italien abgefangen hat, um ihr ein ähnliches Schicksal zu ersparen, wird sie ebenfalls irgendwo im Untergrund leben.«

Nachdenklich knetet Marisa ihre Unterlippe. »Die Nigerianer werden nach ihr suchen. Es ist sehr wahrscheinlich, dass sie jünger ist als Joy. Einen entsprechend hohen Wert hat sie für die Zuhälter.«

»Kann sein. Aber was können wir tun? Wir haben keine Ahnung, wo die Schwester steckt, Joy aus den Fängen ihrer Widersacher zu befreien, ist ein Ding der Unmöglichkeit. Nicht mit unseren Mitteln. Gegen die Afrikaner haben wir nicht den Hauch einer Chance.«

Marisa leert ihren Eistee und stellt das Glas zurück. »Und in der Angelegenheit Tony versus Pierre Eschmann kommen wir momentan auch keinen Schritt weiter.«

Ruckartig richtet sich Bashir auf. »Moment. Wir haben noch nicht alle Quellen ausgeschöpft, bei Weitem nicht.«

»Wovon redest du?«

»Die Dokumente, die dein Mann abfotografiert hat. Vielleicht verbirgt sich da ein Hinweis.«

Entschieden winkt sie ab. »Ich habe bereits Dutzende Konten miteinander verglichen und versucht, Irregularitäten festzustellen. Da fehlen zu viele Puzzleteile, die Unterlagen sind einfach nicht komplett. Das habe ich von Anfang an gesagt.

»Ja, schon. Aber …«

Marisa lässt Bashir nicht ausreden. »Wie wir die Lücken jemals füllen sollen, ist mir schleierhaft. Yvonne Steiger hat alle verdächtigen Akten vernichtet, wo genau sie die digitalen Kopien gespeichert hat, weiß sie allein. Pierre auf keinen Fall, so viel liegt auf der Hand. Der ist für die Akquise zuständig, für den Kundenkontakt. Die Organisation und die verschwiegene Handhabung obliegen Yvonne.«

Halblaut stimmt Bashir ihr zu und stützt die Stirn in die Hand.

»Worüber grübelst du?«

»Ich bin mir nicht sicher, Marisa. Bislang hast du Zahlen verglichen und nach bestimmten Beträgen gesucht …«

»Beträge, die ausgegeben, aber nie einbezahlt wurden, richtig. Immobilien, die in Portfolios auftauchen ohne die Spur eines Nachweises, woher das Geld für den Kauf stammt. Details, die einem nicht auf Anhieb auffallen, sondern erst, wenn man genau hinguckt.«

»Das schon.« Bashir hebt die Schultern. »Ich befürchte, dass das nirgendwohin führt. Wir haben es mit Profis zu tun, die Riesensummen für ihre Klientel waschen. Ich erinnere dich: vierzehn Millionen Franken für Immobilien im Niemandsland.«

»Denen unterlaufen keine Fehler. Meinst du das damit?«

»Wir sind Laien. Ich persönlich habe kaum mein Lohnkonto und die Altersvorsorge unter Kontrolle. Von komplexen und weitverzweigten Finanzstrukturen habe ich absolut keine Ahnung. Ich befürchte, wir haben keinen Stich gegen die. Außerdem sollten wir sie nicht unterschätzen.«

Wie in Zeitlupe nickt Marisa. »Du meinst, so wie Tony sie unterschätzt hat.«

»Könnte sein, nicht?«

»Könnte durchaus sein. Überlebt hat er es jedenfalls nicht.«

»Darauf wollte ich hinaus. Du musst an Luca denken.«

Marisas Augen weiten sich. »Mist! Luca habe ich ganz vergessen!«

»Der ist bei deinen Eltern, kein Anlass zur Panik.«

Marisa hat bereits zum Handy gegriffen und drückt eine Kurzwahltaste.

»Mama? – Du machst was? – Okay, wir sind noch bei der Arbeit. – Klar, mach es dir gemütlich. – Wird wohl nach Mitternacht, aber du kannst das Gästebett ... – Ja, es ist angezogen. – Nein, da hat kein fremder Mann drin geschlafen. Die schlafen immer alle in meinem Bett. – Nein, Mama, auch alleinerziehende Mütter sind Frauen und haben ab und zu das Bedürfnis ... – Okay, zu viel Information. Hast ja recht. – Jaja, mach ich. Ciao, Mama!« Mit einem Ächzen lässt sie das Mobiltelefon aufs Sofa fallen und schaut Bashir mit gespielter Verzweiflung an.

»Man kann sich seine Eltern nicht aussuchen«, brummt er. »Ich weiß, wovon ich spreche.«

Marisa lacht leise. »Sosehr ich meine Mutter liebe, manchmal ist sie dermaßen anstrengend. Und latent übergriffig.«

»Ein interessantes Gespräch. Wer genau schläft da jeweils in deinem Bett?«

Vielsagend hebt Marisa die Brauen. »Quid pro quo. Du erzählst mir von dieser Frau, im Gegenzug verrate ich dir, wer bei mir übernachtet.«

Bashir gibt vor abzuwägen und winkt dann ab. »Worauf ich vorhin hinauswollte ...«

Enttäuscht macht Marisa einen Schmollmund.

»Wir sollten uns weniger auf die Zahlen konzentrieren, denn da können wir nicht mithalten.«

»Worauf sollen wir denn achten, deiner Ansicht nach?«

»Namen. Adressen. Vielleicht finden wir so etwas heraus.«

»Ein Strohhalm.«

»Der einzige, den wir haben.«

Marisa checkt die Zeitanzeige auf ihrem Handydisplay. »Heute noch? Echt?«

»Alles schaffen wir eh nicht. Wir könnten die Arbeit aufteilen.«

»Okay, eine Stunde? Meine Mutter sagt, Luca sei auf dem Sofa eingeschlafen.«

»Dann übernachtet er bei ihr?«

»Nein, sie bringt ihn rüber zu mir. Morgen früh wandert sie, in Engelberg oder so, ich hab's schon wieder vergessen. Mit ihrer Seniorengruppe.«

»Dieser Kelch geht hoffentlich dereinst an uns vorbei.«

»Ich befürchte, man wächst da automatisch rein. So wie man plötzlich Radio SRF 1 hört, was noch vor Kurzem ein absolutes No-Go gewesen ist.«

»Tatsächlich, tust du das?«

»Ich möchte nicht darüber reden.«

Grinsend steckt Bashir den USB-Stick, den Marisa im Kugelgrill gefunden hat, in die vorgesehene Buchse, kopiert die Dateien auf seinen Laptop und öffnet das erste Dokument. »Wann bringt deine Mutter Luca zu dir?«

»Sie hat gesagt, sie parke bereits vor dem Haus.«

Freitag, 22:54 Uhr
Wiedikon

Mit einem leisen Klicken fällt die Tür hinter ihm ins Schloss. Russo atmet tief durch. Es ist wohltuend kühl im Eingangsbereich des Altbaus, das erste Mal an diesem Tag, dass ihm die Hitze nicht zu schaffen macht. Er geht durch den Korridor, an den Briefkästen vorbei. Ein Mosaikboden, Deckenlampen sorgen für mattes Licht. Der Verputz ist vergilbt, Inserate und die Hausordnung sind mit Klebeband an die Wand gepappt. Ein rot-weißes Dreirad steht neben ein paar Stapeln gebündelten Altpapiers, eine Steintreppe führt nach oben, kleine Fenster auf den Zwischenetagen. Das hat die Sommertemperaturen abgehalten und eine feuchte Kühle im Inneren des Gebäudes bewahrt. Wie in einem Felsenkeller.

Ein Segen nach dem langen und heißen Tag, denkt Russo. Einem Tag, an dem alles schiefgelaufen ist, was hat schieflaufen können. Er hat auf ganzer Linie versagt. Diesen Auftrag darf er unter keinen Umständen verpfuschen, selbst wenn ihm vor der Vorstellung graut, ein Kind erschießen zu müssen. Als Vater von zwei Töchtern eigentlich ein Ding der Unmöglichkeit. Schwebte nicht seine Familie in höchster Gefahr, hätte er strikt abgelehnt.

Lorenzo Sposato wird den Mordversuch an ihm allerdings nicht einfach auf sich sitzen lassen, sondern sich rächen. Allein die Ehre gebietet es ihm, die Erwartungshaltung seines Familienzweigs ist auch nicht zu unterschätzen. Außerdem ist er ein brutaler Killer, dem das Töten Spaß bereitet. Russo weiß, welche Gräueltaten er begangen hat und wie seine Opfer danach ausgesehen haben, zumindest diejenigen, die gefunden wurden.

Sposato war in ganz Italien und über die Landesgrenzen hinaus für seine Gnadenlosigkeit bekannt, bevor er in der Schweiz abtauchen musste, wo er nach kurzer Zeit begonnen hat, sich als kopfloser Gourmet in einer Kochshow im Internet zu inszenieren. Die ideale Plattform für seinen Geltungsdrang und seine Eitelkeit. Die Klickraten sind durch die Decke gegangen, die Sendung ist immer noch in aller Munde, nicht zuletzt wegen ihres mysteriösen Hauptdarstellers. Der Erfolg hat Lorenzo Sposato unvorsichtig werden lassen. Wenn man ganz oben steht und einem Millionen hauptsächlich weiblicher Fans im virtuellen Raum zujubeln, verschieben sich irgendwann die Grenzen der Realität. Man befindet sich plötzlich in einer Bubble, in der man der Größte ist und gefeiert wird. Schnell hält man sich für genial, allen überlegen, unverwundbar. Doch dann ist Sposato der Fehler mit dem halb aufgeknöpften Hemd unterlaufen. Ein wenig Erotik für die weiblichen und womöglich ein paar männliche Zuschauer, verständlich, nackte Haut zieht immer.

Russo hat das Video gesehen, mehrmals. Wie sich Lorenzo Sposato über die Parmigiana beugt, wie dabei der Ausschnitt seines weißen Armani-Baumwollhemds aufklappt und man kurz sein Tattoo zu sehen bekommt. Eine einzigartige Tätowierung, die von Sposatos wenigen überlebenden Opfern übereinstimmend und exakt beschrieben worden ist. Diese Szene ging viral, tagelang mutmaßte Italien und alle Welt über nichts anderes mehr als die Identität des Cuoco Caputo, wie sich Sposato in seiner Sendung nennt, was unweigerlich das Interesse von Interpol auf sich zog.

Russo stöhnt. Wenn alles wie geplant geklappt hätte, wäre das Problem jetzt gelöst. Stattdessen ist es größer geworden und seit Kurzem sehr persönlich. Wenn er diesen Auftrag erledigt hat, muss er sich um Lorenzo Sposato kümmern, das ist Russo klar. Daran führt kein Weg vorbei, wenn er künftig nicht in permanenter Angst um seine Frau und Kinder leben will. Zwar ist momentan auf die Familie Verlass, aber wie lange sie ihm bei seiner Erfolgsquote noch die Stange halten werden, steht in den Sternen.

Das Vibrieren in seiner Hosentasche vermeldet eine eingehende Handynachricht.

Nicht jetzt, denkt Russo.

Er langt in seine Jackentasche und umklammert einmal mehr den Griff der Pistole, danach steigt er rasch die Stufen hoch. Auf dem ersten Absatz hält er keuchend inne und horcht auf, da draußen eine Wagentür zugeschlagen wird, kurz darauf eine zweite. Eilig geht Russo weiter. Kurz bevor er den vierten Stock erreicht, verlangsamt er das Tempo und bleibt stehen. Zwei Wohnungen wie auf jeder Etage. Zwischen den Eingängen ein Schrank, daneben eine Yuccapalme, die in der schummrigen Beleuchtung künstlich aussieht und es vermutlich auch ist.

Russo lauscht in die Stille hinein. Kein Geräusch ist zu vernehmen außer diesem Grundsummen, einem ätherischen Flirren, das man kaum wahrnimmt, weil es so konstant ist, das man höchstens körperlich spürt und das aus den tiefsten Eingeweiden der Stadt zu stammen scheint.

Unten geht die Eingangstür und Russo fährt zusammen.

Er macht einen Schritt auf die rechte Tür zu, vergewissert sich, dass auf dem Schild *Greco* steht, und drückt auf den Knopf. In der Wohnung schrillt eine Glocke, doch Russo kennt diesen Hall von den Hunderten Klingeln, die er in seinem Leben gedrückt hat. Ehe er Schutzgeld in Empfang genommen oder seine Waffe gezogen hat. So verloren hallt es nur durch ein Apartment, in dem niemand zu Hause ist. Die Greco ist ausgeflogen, vermutlich samt Kind. Mit einem Fluchen macht er kehrt und steigt die Treppe hinab.

Im zweiten Stock kreuzt er eine Rentnerin. Zu alt für Marisa Greco, die laut seinen Informationen Mitte vierzig ist. Stolz, gepflegt, die Kleidung der Frau verrät, dass sie mit wenig Geld haushalten muss. Sie zieht einen schlaftrunkenen Jungen hinter sich her und grüßt Russo freundlich, gleichzeitig verdreht sie die Augen, ein stilles Einverständnis zwischen zwei Erwachsenen, die den aufreibenden Umgang mit Kindern gewohnt sind. Russo lächelt mitfühlend, ein Reflex. Ertappt schaut er weg, als er sich dessen bewusst wird. Keine Interaktionen, nicht mit dem Auftrag, den er zu erfüllen hat. Die Alte könnte sich an ihn erinnern, ihn womöglich beschreiben. Das trübe Licht im Treppenhaus ist da ein Vorteil. Schnell senkt er den Kopf und drängt sich an ihr und dem Jungen vorbei, eilt ins Erdgeschoss hinunter und läuft mit großen Schritten durch den Korridor auf die Haustür zu.

Nach Atem ringend lehnt er sich an seinen Audi. Ein lauer Nachtwind streicht ihm übers Gesicht. Während Russo sein Handy hervorzieht, stellt er angewidert fest, dass er säuerlich nach Schweiß riecht. Kein Wunder nach dem langen Tag in der Tropenhitze. Mit einem Mal sehnt er sich nach einer kalten Dusche und einem noch kälteren Bier.

Er öffnet die Datei, die man ihm eben zugeschickt hat. Die zweite Zielperson. Russo traut seinen Augen nicht, als das Foto des Mannes auf dem Display erscheint. Derselbe Mann, den er beauftragen wollte, den Mord an Sposato zu begehen. Der Mann, der ihn daraufhin eiskalt hat abblitzen und in dieser traurigen Kaschemme hat sitzen lassen. Der Mann, der vorhin in der Villa der Eschmanns vor ihm gestanden hat, nachdem er das Bewusstsein wiedererlangt hatte. Der Mann, den er gleich eliminieren wird: Bajram Bajrami. Russo stutzt, beugt sich über den Bildschirm, entziffert den Namen unter der Aufnahme erneut. Der Typ heißt gar nicht Bajram Bajrami, sondern Bashir Berisha.

Wie vom Donner gerührt glotzt Russo an die gegenüberliegende Hauswand. Die beiden Namen sind verdammt ähnlich, zumindest für ungeübte Ohren. Nachdem er den Auftrag erhalten hatte, Lorenzo Sposato zu beseitigen, war er total aufgewühlt gewesen und hatte fieberhaft nach jemandem gesucht, der den Mord noch gleichentags für ihn ausführt. Womöglich hat er in der Aufregung ein paar Buchstaben durcheinandergebracht und dem Kontaktmann den Namen nicht genau angegeben. Und der hat sich dann selbst einen Reim darauf gemacht, wen er meinen könnte. Zweimal B, der Rest klingt nach Balkan. Russo ruft Google auf. Auf der Website dieses Berisha steht, dass er ehemaliger Türsteher ist. Albanischer Türsteher.

»*Porca Miseria!*« Benommen schüttelt Russo den Kopf.

Er hat sich heute Nachmittag in der *Lambada* Bar höchstwahrscheinlich mit dem falschen Mann getroffen. Wäre er von Anfang an exakter vorgegangen, wäre Sposato jetzt tot und er säße mit vollem Bauch und einem Glas Rotwein auf der Gartenterrasse.

Russo stürmt auf das Fahrrad zu, das neben dem Hauseingang steht, und kickt mit voller Wucht dagegen. Scheppernd fällt es zu Boden, wie von Sinnen trampelt er darauf herum, tritt immer wieder zu, bis Speichen brechen und ein Pneu platzt. Die wüsten Flüche, die er in die Nacht hinausbrüllt, benutzt er sonst nie.

Freitag, 22:56 Uhr
Jupiterstrasse

Das Klacken der Absätze auf dem Asphalt und die Stimmen der beiden Frauen verlieren sich rasch im sanften Rauschen der nächtlichen Stadt, dennoch lässt Faith ein paar Minuten verstreichen, ehe sie sich aus ihrem Versteck in der Garageneinfahrt wagt. Knapp sieben Minuten dauert der Weg vom Niederdorf hierhin, genauso lang hat sie im Schatten der Mauern ausgeharrt und das Haus auf der gegenüberliegenden Straßenseite beobachtet. Die Besitzerin scheint tatsächlich im Urlaub zu sein, genauso wie Joy es in ihrem Terminkalender notiert hat. In den großen und kindlich wirkenden Buchstaben, die Faith zu Tränen rühren, ohne dass sie genau benennen kann, weshalb. Vielleicht ist es die ernsthafte und genaue Art, wie ihre Schwester ihre Arbeit organisiert, die Hoffnung, die Faith glaubt, aus den runden Formen herauslesen zu können. Dass es irgendwann wieder bergaufwärts geht mit ihnen, dass ein normales Leben möglich ist, wenn man sich bloß anstrengt. Eine Hoffnung, die Faith längst verloren hat.

Geduckt huscht sie über die Quartierstraße und hält sich an die Büsche, die das Grundstück vor neugierigen Blicken schützen, bis sie die Einfahrt erreicht. Ein dreistöckiges Wohnhaus, helle Fassade, im Erdgeschoss ist ein Wintergarten angebaut, ein Stockwerk höher eine Loggia mit einem von Glyzinien überwucherten Dach. Das Esszimmer verfügt über einen großen Erker, darüber gibt es einen weiteren Balkon. Zwei Stühle und ein Tisch stehen darauf, die Möbel schimmern silbern im Mondlicht.

Faith versichert sich, dass niemand auf sie aufmerksam geworden ist, doch um diese Uhrzeit ist es äußerst ruhig im Viertel. Das hat sie schon während der beiden Male festgestellt, als sie Joy abends begleitet hat und ihr bei der Reinigung zur Hand gegangen ist. Es ist eine luxuriöse und stilvolle Bleibe, die Besitzerin ist nach dem Tod ihres Mannes hierhergezogen und wohnt allein in dem großen Haus. Angeblich ist er bei der Explosion einer Autobombe ums Leben gekommen, hat ihnen Joys Freundin Belén erzählt, die das wiederum gerüchteweise von einer Kollegin gehört hat.

Den richtigen Schlüssel zu finden, war ein Leichtes, Joy hat sie alle fein säuberlich beschriftet.

Den Schatten der Büsche nutzend, schleicht Faith in die Nähe der Haustür. Der heikelste Punkt ist, wenn der Bewegungsmelder anspringt und den Vorplatz in grelles Scheinwerferlicht taucht. In dem Moment ist sie weitherum sichtbar. Faith holt tief Luft, umklammert den Schlüssel, den sie aus der Hose gekramt hat, schaut sich noch einmal um. Als sich nichts rührt, rennt sie los. Mit einem Klicken flammt das Licht auf, da hat Faith schon den Eingang erreicht. Hastig steckt sie den Schlüssel ins Schloss, dreht zweimal um und stößt die Eingangstür auf. Schwer atmend schiebt sie sich durch den Spalt ins Haus und drückt die Tür sofort wieder zu.

Geschafft, denkt Faith und ihr Herz klopft vor Aufregung.

Freitag, 23:11 Uhr
Schlieren

Der vorbeibrausende Zug lässt die Fensterscheiben vibrieren, weder Marisa noch Bashir lassen sich davon stören. Konzentriert beugen sie sich über ihre Displays, hin und wieder tippen sie auf der Tastatur herum, um kurz danach kaum merklich die Köpfe zu schütteln oder genervt die Luft auszustoßen.

Marisa lässt halblaut Musik laufen, Litfiba, eine italienische Rockband. Zwar hat Bashir beim ersten Gitarrenriff, das aus den Lautsprechern dröhnte, die Brauen hochgezogen. Marisa gab sich jedoch unbeeindruckt und drehte den Ton mit herausfordernd vorgeschobener Unterlippe lauter, worauf Bashir schicksalsergeben klein beigab und sich Marisa mit einem triumphierenden Lächeln wieder ihrem Laptop zuwandte. Erst nach einer Weile hat sie die Lautstärke wieder heruntergedreht. Die wortlosen Kabbeleien zwischen zwei Menschen, die viel Zeit gemeinsam verbringen.

»Hast du was?«, will Bashir wissen.

»Nee. Du?«

»Bislang eine ganze Menge Namen, die mir nichts sagen. Ich bin dran, die Leute zu googeln oder über LinkedIn mehr über sie herauszufinden, gehe aber davon aus, dass viele davon Strohmänner sind, die sich dafür bezahlen lassen, auf den Kaufverträgen als Besitzer irgendeiner Überbauung im Hinterland eingetragen zu sein.«

»Mit dem winzigen Makel, dass niemand sagen kann, woher das Geld stammt. All diese Riesensummen. Die sind plötzlich einfach da, scheinbar aus dem Nichts, und werden in Windeseile investiert. In Läden, in Immobilien. Nach ein paar Monaten oder Jahren wird weiterverkauft und die Kohle ist blütenweiß gewaschen, alles legal.«

»Die Gesetzeslage in diesem Land unterstützt solche Geschäfte sozusagen proaktiv. Anwälte oder Banken müssen Kunden, die ihnen dubios erscheinen, nicht melden, sie sind auch nicht verpflichtet, die Herkunft der Gelder ausfindig zu machen. Diese äußerst lukrative Lücke nutzen viele aus.«

Marisa lacht trocken. »Der Schweizer und das Geld. Da musst du nicht mit Moral kommen. Da sind ein oder sogar beide Augen fest zugedrückt, bevor du ›Steuerhinterziehung‹ oder ›Despotengelder‹ sagen kannst.«

»Deshalb verstecken sich ganze Mafiaclans in der Schweiz. Konspirative Treffen, Waffen- und Drogenhandel, Bestechung, Schutzgelderpressung, alles von hier aus organisiert. Und wenn alles auffliegt, will im Dorf keiner was davon gewusst haben.«

Marisa hebt die Hand. »Moment, das sind oft alte Männer, die mit ihrem Charme ganz niedlich und harmlos wirken. Und die Italiener mag man in der Schweiz.«

»Jetzt schon. Früher hat man sie als Arbeitskräfte gerufen. Gotthardbahn, Simplontunnel, die ganzen Autobahnen. Fabrikarbeit und so weiter.«

Marisa stimmt zu. »Man hat gehofft, sie würden danach wieder gehen. Deswegen hat man ihnen den Familiennachzug erschwert, es war verboten, die Stelle zu wechseln. 1963 wurde sogar eine Anti-Italiener-Partei gegründet und mit der Schwarzenbach-Initiative wollte man per Volksentscheid bewirken, dass der Ausländeranteil in fast allen Kantonen zehn Prozent nicht überschreitet. Hätten die Stimmberechtigten dem Antrag zugestimmt, wären dreihundert- bis vierhunderttausend Menschen des Landes verwiesen worden. Die Wirtschaft hätte vermutlich am Boden gelegen, der Staat wäre regelrecht am Arsch gewesen.«

»Rechtspopulisten schaffen es leider selten bis gar nicht, weitreichende Pläne zu schmieden, die tatsächlich zum Wohl des Landes beitragen. Sie versuchen stets, aus der gerade vorherrschenden Stimmung einen Vorteil herauszuschlagen.

Sprich, möglichst viele Wählerstimmen zu gewinnen. Wie diese Andrea Graf, die ist ja immens erfolgreich. Dass ihre Partei inhaltlich nichts als heiße Luft produziert, fällt den Anhängern meist erst viel zu spät auf.«

»Oder gar nicht«, ergänzt Marisa. »Trotzdem beeinflussen Rechtspopulistinnen und Rechtspopulisten die politische Agenda wie niemand sonst.«

Verächtlich stößt Bashir die Luft aus. »Gendern bei denen? Bist du dir da sicher?«

Marisa lacht auf.

»Die bestimmen doch, welche Nationalität gerade Zielscheibe für rassistische Attacken und menschenverachtende Kommentare ist. Erst die Italiener, dann die Tamilen, die Albaner, kurze Zeit später gleich alle Menschen aus dem Balkan, irgendwann waren die Deutschen dran, Muslime jedes Mal, wenn eine neue Flüchtlingswelle droht. Und sogenannte Gutmenschen, was nichts anderes als ein herablassender Begriff für Leute ist, die nicht stramm rechts wählen.«

Marisa rollt die Augen und greift wieder nach ihrem Laptop.

»Ich bleibe dabei, die tun nichts für mich, ich hab mit denen nichts am Hut. Wir gehen uns gegenseitig am ...«

Ruckartig lehnt sich Marisa vor und beugt sich über das Display. »Ich glaube, ich hab da was.«

»Echt?«

»Ein vager Ansatz, ich gebe es zu. Aber man kann nie wissen.«

»Spuck's aus!« Ungeduldig reckt Bashir das Kinn.

»Einer von Pierre Eschmanns Kunden gehört auch zu unserer Klientel.«

Enttäuscht sinkt Bashir ins Polster zurück. »Das ist alles? Wer ist es?«

»Salvatore Peruzzi.«

»Der Alte, dem du vergilbte Briefe vorliest?«

Marisa langt nach dem Telefon. »Genau der. Viertel nach elf.«

»Ist etwas spät. Im Altersheim gibt es um halb sechs Abendessen. Peruzzi ist vermutlich seit Stunden im Bett.«

»Er hat mir erzählt, dass er nächtelang wach liegt.« Unschlüssig wiegt sie das Gerät in der Hand, dann entsperrt sie es mit einem Blick in die Kamera. »Egal. Ich versuch's.«

Freitag, 23:21 Uhr
Schlieren

Die Straßenlampen tauchen sein Gesicht in kurzen Abständen in goldenes Licht. Leuchtende Neonreklamen fliegen vorbei, Betonklötze auf beiden Seiten, in einem länglichen Gebäude mit Flachdach befindet sich eine Dönerbude. Aus dem Radio dudelt ein Song, der sich für Russo genauso anhört wie der vorangegangene. Er ist sich nie sicher, ob er seinem Alter zuschreiben muss, dass moderne Popmusik in seinen Ohren austauschbar klingt. Oder ob sie tatsächlich austauschbar ist.

Keine Viertelstunde hat die Fahrt von Wiedikon hierher gedauert. Russo hat den Weg übers Triemli gewählt, der am dortigen Spital vorbei nach Uitikon und danach durch den Altstetter Wald zum Bahnhof Schlieren führt. Verkehr gab's keinen, nicht auf dieser Strecke.

Kurz bevor er den Bahnhof erreicht, setzt er den Blinker. Er ist zu schnell unterwegs, die beinahe rechtwinklige Kurve erwischt er knapp.

Als er in die Güterstrasse einbiegt, zuckt er zusammen und reißt das Steuer zur Seite. Ein älteres BMW-Modell schießt haarscharf an ihm vorbei, die Hupe heult vorwurfsvoll auf. Mit einem wüsten Fluch bremst Russo ab und sieht das Paar bei der nächsten Wegbiegung abzweigen. Es hätte nicht viel gefehlt, dass er frontal mit dem entgegenkommenden Wagen kollidiert wäre.

»Verdammte Scheiße!« Russo keucht, seine Hände krallen sich ums Lenkrad, das Herz rattert in seiner Brust.

Mit geschlossenen Augen lehnt er sich zurück und atmet tief durch, bis sich sein Puls halbwegs normalisiert und sich die Nerven beruhigt haben.

Berishas Wohnadresse befindet sich einen Steinwurf von seiner momentanen Position entfernt. Russo lenkt seinen

Audi auf den Platz vor der Lagerhalle. Von da sind es wenige Schritte bis zu dem kleinen Haus, das wie angeklebt vor dem Magazin steht. Unvermittelt kommt ihm die Dusche in den Sinn, nach der er sich so sehnt, das Bett, das auf ihn wartet, seine Frau. Wenn er jetzt doch einfach weiterfahren könnte! Raus aus Schlieren, rauf auf die Autobahn und mit durchgedrücktem Gaspedal in den Aargau. Ein naiver, fast kindlicher Gedanke. Trotzdem. Er hätte viel dafür gegeben, nach Hause fahren zu dürfen. Sehr viel.

Er steigt aus, sondiert die Lage. Die Luft ist nach wie vor drückend. Vor dem Bahnhof lungern ein paar Jugendliche herum, der süßlich würzige Geruch ihrer Joints weht bis hierher. Sonst ist keiner zu sehen. Agglomeration ist selten auf Lebensqualität getrimmt, das kommt ihm in dieser Situation zugute. Tagsüber sind alle weg, bei der Arbeit, in der Uni oder in der Schule, abends fliehen die Leute in die Stadt oder verbarrikadieren sich in ihren schäbigen Mietwohnungen.

Vorsichtig nähert sich Russo dem Haus. Zwei Meter breit, sieben lang. Wie kann man in einem solchen Schuhkarton wohnen?

In einem Zimmer brennt eine einzelne Lampe, das kann er durch ein Fenster erkennen. Handfläche um den Pistolengriff, tief einatmen. Er hat nicht mitgezählt, wie oft er das heute schon gemacht hat. Vorsichtig läuft er an der Front des Gebäudes entlang und späht ins Wohnzimmer hinein. Niemand zu sehen. Russo kehrt zum Eingang zurück und drückt auf die Klingel. Der desolate Hall der Glocke verrät ihm, was er längst befürchtet. Berisha ist ebenfalls ausgeflogen. Vor lauter Missmut klingelt er ein zweites Mal, bleibt mit dem Finger auf dem Knopf, während drinnen die Glocke unablässig schrillt. Und dann fällt es ihm schlagartig ein – das Paar im BMW. Er mit Narbe, sie mit kupferrotem Haar. Es ging alles sehr schnell, jetzt sieht er die zwei glasklar vor sich.

»Porca miseria!«

Beinahe hätte er Berisha gerammt. Neben ihm Marisa Greco. Russo greift sich an den Kopf, da ihm ein weiteres Detail einfällt. Den BMW hat er heute schon einmal gesehen. Parkplatz, Magnusstrasse. Die riesige Lücke, wo sein Audi hätte stehen müssen. Davor ein hellblauer VW Käfer. Dahinter der grüne BMW. Berisha. Es ist zum Heulen. Um ein Haar hätte er ihn und die Greco erwischt und all seine Probleme hätten sich in Luft aufgelöst. Kein Kind weit und breit. Das wäre seine Chance gewesen, die beiden ohne Zeugen zu eliminieren. Er hat es schon wieder vermasselt. Die Erschöpfung trifft Russo wie ein Faustschlag. Würde hinter ihm ein Bett stehen, er ließe sich einfach fallen.

Hört denn dieser verdammte Tag nie auf? Wie viele Fehlschläge, wie viele Niederlagen warten noch auf ihn? Wie viele davon verkraftet er noch?

Russo sieht vor seinem geistigen Auge, wie er um den havarierten BMW herumläuft, Dampf zischt aus dem Kühler, die Motorhaube ist eingedrückt, die Scheinwerfer zersplittert. Die Greco und Berisha hängen in den Gurten, ihre Gesichter blutverschmiert. Mit Lässigkeit zieht Russo die SIG P220 aus der Jackentasche, der Griff schmiegt sich warm in seine Hand, als er die Waffe hebt und abdrückt. Eine fließende Bewegung, zwei Schüsse. Direkt in die Schläfen. Sicherheitsglas zerspringt in tausend Stücke, die Greco und Berisha kippen leblos nach vorne.

Russo reißt die Augen auf. Das wäre alles möglich gewesen. Er schlägt sich die flache Hand gegen die Stirn. Noch ist nicht alles verloren. Sie sind Richtung Stadt gefahren. Er stöhnt. Schwerfällig rennt er zum Wagen zurück und startet den Motor.

Freitag, 23:22 Uhr
Schlieren

»*Coglione!*«, schreit Marisa, wütend und erschrocken zugleich.

Bashir entfährt ein albanischer Fluch, während er sich bemüht, die Kontrolle über den Wagen nicht zu verlieren.

»So ein Arschloch!«, schimpft Marisa, als sie in die Bahnhofstrasse abbiegen, doch sie spürt, dass der Schreck über die Beinahekollision mit dem grauen Audi nicht besonders tief gegangen ist und sie sich bereits wieder beruhigt.

Ihr Hauptinteresse gilt momentan ohnehin Salvatore Peruzzi, der ihren Anruf tatsächlich entgegengenommen und sich bereit erklärt hat, sie und Bashir zu treffen. Allerdings im Park gegenüber dem Altersheim, in der Seniorenresidenz sind Besucher um diese späte Uhrzeit nicht gern gesehen.

»Und Peruzzi wartet jetzt in der Bäckeranlage auf uns?«, versichert sich Bashir, der sich auf die Straße konzentriert.

»Hat er gesagt, ja.«

»Nicht gerade die sicherste Gegend. Besonders nachts.«

»Er hat in dem Quartier gelebt, bevor sie ihn aus seiner Wohnung geworfen haben. Der kennt sich aus.«

»Wie alt ist er?«

»Dreiundachtzig.«

»Die übliche Geschichte?«

Marisa bejaht. »Das Wohnhaus, in dem Peruzzi fast sein ganzes Leben verbracht hat, wurde völlig unerwartet verkauft. Die alten Häuser sind heute Millionen wert. Nachdem alle Apartments renoviert waren, hat sich die Miete verdreifacht. Unbezahlbar für einen pensionierten Schuhmacher.«

»Die sind nicht ganz dicht!«

»Trotzdem sind solche Wohnungen enorm begehrt, viele wollen im Trendquartier leben. Egal wie überrissen die Preise sind.«

»Ja klar, weil es da so authentisch urban ist und man den Puls der Stadt spürt«, spöttelt Bashir. »Aber dann wegen jedem Pieps die Polizei alarmieren.«

»Versteht sich von selbst. Und Zetermordio schreien, wenn in der Nähe des Kinderspielplatzes Obdachlose, Alkoholiker und/oder Prostituierte gesichtet werden.«

»Wie werden diese Quartiere wohl in zehn Jahren aussehen?«

»Steril«, meint Marisa lakonisch. »Genau die Durchmischung von verschiedenen Bevölkerungsschichten und Ethnien, die solche Gegenden heute so authentisch und lebendig macht, wird systematisch verhindert. Schon jetzt können sich nur noch Leute mit hohem Einkommen die Mietpreise leisten. In der Schweiz sind die nun mal in der Regel weiß und gutbürgerlich, was der Diversität nicht unbedingt zugutekommt.«

Bashir starrt grübelnd durch die Windschutzscheibe. Ein warmer Nachtwind weht herein und vor dem hinuntergekurbelten Fenster ziehen hell erleuchtete Industriegebäude, Autohäuser, Shoppingcenter und Möbelmärkte vorbei, die so typisch sind für das Ortsbild von Schlieren.

Derweil studiert Marisa an dem herum, was Salvatore Peruzzi am Telefon erwähnt hat, nachdem sie mehr über seine Geschäftsbeziehungen zu Eschmann hat wissen wollen.

»Was hat Peruzzi eigentlich gesagt?«, bricht Bashir das Schweigen. »Weshalb willst du ihn unbedingt heute Nacht noch sehen?«

Sie zögert. »Er wollte erst nicht recht damit herausrücken. Dann hat er etwas ziemlich Kryptisches gesagt.«

»Was denn?«

»Ich hab's nicht geschnallt. Er hat gemeint, er müsse mir unbedingt vom Padrone erzählen.«

Freitag, 23:23 Uhr
Jupiterstrasse

Längst haben sich Faiths Augen an die Lichtverhältnisse gewöhnt. Im gespenstischen Schein der Straßenlampe, die vor dem Grundstück steht, treten Umrisse von Möbeln aus dem Halbdunkel hervor und die wertvoll aussehenden Gemälde an den Wänden wirken wie ausgebleicht. Geschickt bewegt sich Faith durchs Wohnzimmer im ersten Stock, in das die schäbige Unterkunft am Stadtrand sicher viermal hineinpassen würde. Nirgends stößt sie an oder wirft etwas um, stolpert nie. Mittlerweile kennt sie sich gut aus hier, vom Putzen tagsüber, aber auch wegen ihrer nächtlichen Besuche. Dank Joy weiß sie exakt, wann welche Hausbesitzer im Urlaub sind. Diese Zeiträume gilt es zu nutzen.

Faith bleibt am Fenster stehen, seitlich und halb vom Vorhang verborgen, um nicht entdeckt zu werden. Deswegen hat sie kein Licht gemacht, das wäre bescheuert und würde ihr Vorhaben unnötig in Gefahr bringen. Diese kleinen Fluchten aus ihrem Alltag sind zu kostbar, um sie leichtfertig aufs Spiel zu setzen. Sie betrachtet die Jugendstilvillen und Mehrfamilienhäuser, schaut zu den warmen Lichtern in den Wohnzimmern hoch, zu den Freunden und Paaren, die dort plaudernd bei einem Glas Wein zusammensitzen oder sich einen Film im Fernsehen angucken. Durch die offenen Balkontüren sind sie gut zu erkennen und für ein paar Minuten fühlt es sich für Faith an, als gehörte sie zu ihnen, als wäre sie Teil dieser Gesellschaft. Als wäre sie die Besitzerin dieses pompösen Domizils und stünde im Dunkeln, weil sie es so will. Bevor sie eines der wenigen schicken Kleider, die oben im Schrank hängen, anlegt, sich die hohen roten Schuhe überzieht und sich vielleicht zu dieser Runde im Haus gegenüber gesellt. Sieben Leute und angeregte Gespräche, leere Weinflaschen sind am Tischende aufgereiht. Ein Mann mittleren Alters steht plötzlich auf und imitiert auf affektierte Art jemanden, offensichtlich eine Frau, die anderen applaudieren begeistert und krümmen sich vor Lachen. Zu gern würde Faith das Fenster öffnen, um ihre Stimmen zu hören, das Gelächter, das Leben zu spüren, das dort drüben gerade stattfindet. Sie kann das Risiko nicht eingehen. Wenn man sie erwischt, wäre es zwecklos zu beteuern, dass sie nie vorgehabt hat, etwas zu klauen, dass sie nicht eingebrochen ist, jedenfalls nicht wirklich. Man würde sie kurzerhand des Landes verweisen und Joy zweifelsohne ihre Arbeit verlieren, sobald herauskommt, mit wessen Zweitschlüssel sich Faith Zugang verschafft hat.

Mit Freunden bei offener Balkontür Wein trinken und laut lachend Leute nachäffen, ist für sie nicht drin, nicht in der nächsten Zeit, vielleicht nie.

Resigniert tritt sie vom Fenster zurück und achtet darauf, dass sich der Vorhang dabei möglichst nicht bewegt. Das Wissen um ihre ausweglose Lage erdrückt sie fast. Sie lässt sich in den teuren schwarzen Ledersessel mit dem hellen Rahmen fallen, das Plätschern des Wassers, das sie ausgeblendet hat, lässt sie gleich wieder aufspringen. Eilig durchquert sie das Wohnzimmer und läuft die Treppe hoch. Ihre Sneakers verursachen ein schabendes Geräusch auf dem Parkett, das edle Holz knarrt bei jedem Schritt. Liebend gern würde sie jetzt die Schuhe abstreifen und das raue Material unter ihren nackten Sohlen spüren. Alles zu seiner Zeit.

Als Faith das Badezimmer erreicht, ist die Wanne bereits zu zwei Dritteln voll, der Schaum bildet eine zerklüftete Berglandschaft und es riecht penetrant künstlich nach Pfirsich. Die Spiegel über den beiden Waschbecken mit den vergoldeten Griffen sind beschlagen. Darunter stehen zwei Schränke. Faith zieht eine Schublade nach der anderen auf, bis sie Streichhölzer findet. Nachdem die Kerzen angezündet und auf der Ablage über der Wanne aufgereiht sind, entledigt sich Faith ihrer Kleidung und steigt vorsichtig ins Schaumbad. Das Wasser ist zu heiß, aber das ist ihr egal. Auch dass heute Nacht geradezu tropische Temperaturen herrschen, spielt keine Rolle. Sie will sich bloß entspannen. Ein paar Stunden allein sein und im Luxus schwelgen. Zu spüren, wie sich Reichtum anfühlt, davon zu träumen, wie es wäre, wenn sie Geld besäße. So zu tun, als gehörte sie hierher.

Faith schnappt nach Luft und taucht unter, das Geräusch des schwappenden Badewassers klingt dumpf in ihren Ohren, dafür kann sie ihren Herzschlag deutlich hören, hart und gleichmäßig.

Sie taucht auf, streicht die Haare aus dem Gesicht, wischt das triefende Wasser aus den Augen und lehnt sich an das Wannenkissen am Kopfende. Reglos starrt sie auf die Kerzen, die flackernden Flammen, die zuckende Schatten durch das ansonsten dunkle Badezimmer werfen, und versucht herauszufinden, wonach sie duften. Ein künstlicher Geruch auch hier, es gelingt ihr nicht, ihn einzuordnen. Doch sie findet ihn angenehm, warm und würzig. Zimt vielleicht oder Kardamom. Ihre Gedanken verlangsamen sich allmählich und surren nicht mehr rastlos in ihrem Kopf herum, ihr Körper wird schwer und träge. Sanft streicht Faith mit der Hand über ihren Hals und lässt die Finger nach unten wandern, zum Schlüsselbein, zum Thorax, zu ihren kleinen, festen Brüsten. Die Haut fühlt sich weich und geschmeidig an, entspannt gibt sich Faith ihren Berührungen hin. Ein Schauer überläuft ihre Oberarme, mit einem wohligen Seufzer sinkt sie tiefer ins Wasser und stellt die Füße auf den Rand der Badewanne. Ihre Hand gleitet nach unten, über die Bauchmuskulatur, verharrt kurz beim Nabel, tastet sich weiter.

Faith schließt die Augen und winkelt die Beine leicht ab. Ein Klirren lässt sie zusammenfahren, ruckartig richtet sie sich auf, ein Schwall Wasser klatscht auf den Boden, ein weiterer nässt den flauschigen Teppich vor der Wanne. Im Erdgeschoss wird mit einem offenbar stumpfen Gegenstand eine Scheibe eingeschlagen, ein Flüstern ist zu hören, ehe jemand ins Haus einsteigt. Umständlich, eindeutig, und sehr ungeschickt. Hartes Knirschen, Schritte auf Glas. Jemand zischt ein paar Worte, dann herrscht abrupt Stille.

Faiths Herz hämmert. Auf gar keinen Fall ist das die Hausherrin, nicht Andrea Graf, so viel ist klar. Warum sollte die auch in ihr eigenes Haus einbrechen? Falls sie im Urlaub oder auf der Reise den Schlüssel verloren hat, würde sie warten, bis der Aufsperrdienst eingetroffen ist. Faith hat die Graf einmal gesehen, als sie mit Joy hier gewesen ist. Die Politikerin hat einen sehr entschlossenen Eindruck auf sie gemacht, eine Frau, die praktisch veranlagt ist und erst alle anderen Möglichkeiten durchgehen würde, ehe sie ein Fenster einschlägt.

Also Einbrecher. Und zwar mehrere. Faith muss hier schleunigst weg. Geräuschlos stützt sie sich am Badewannenrand ab, zieht die Beine an und erhebt sich. Unter ihr wirbelt und gurgelt es, Wasser rinnt über ihren Körper und tropft in die Wanne, es ist unvermeidbar. In ihrer Wahrnehmung dröhnen jeder herabfallende Tropfen, jedes Aufklatschen auf der Oberfläche wie eine detonierende Bombe. Faith schnappt sich das bereitgelegte Frotteetuch und trocknet sich blitzschnell ab. Im Erdgeschoss läuft jemand herum, die Unterhaltung wird halblaut geführt.

Unverzüglich steigt Faith aus der Wanne, flitzt zur Tür und drückt sie bis auf einen schmalen Spalt zu. Sie kehrt zurück, um sich ihre Kleider überzuwerfen und die Sneakers anzuziehen. Danach versteckt sie sich hinter der Tür und lauscht angestrengt in den Flur hinaus.

In der Zwischenzeit ist Faith überzeugt, dass es sich um zwei Einbrecher handelt. Sie kann das Gemurmel hören, die beiden laufen scheinbar ziellos in der unteren Etage herum und steigen nun in den ersten Stock hoch.

Fieberhaft überlegt Faith, worauf sie aus sein könnten.

Die teuren Gemälde interessieren die Eindringlinge offensichtlich nicht, sonst wären sie bereits fündig geworden. Auch im Erdgeschoss hängen etliche Werke. Schmuck trägt Andrea Graf keinen auffälligen, jedenfalls kann sich Faith nicht an solchen erinnern. Ob die Politikerin überhaupt Bargeld zu Hause aufbewahrt, weiß Faith nicht, sie kann sich aber nicht vorstellen, dass irgendwo im Haus größere Beträge in bar herumliegen. Es gibt allerdings einen Wandtresor, der ist zuoberst im Schlafzimmer, versteckt hinter einem altmodischen Bild, darauf eine junge Bauersfrau beim Hühnerfüttern. Joy hat ihn ihr gezeigt und sich den Finger an die Lippen gehalten. Ein weiterer panzerartiger Stahlschrank steht unter dem Schreibtisch mit der gläsernen Platte im Arbeitszimmer, das sich auf der gegenüberliegenden Seite des Flurs befindet. Faith schiebt die Tür weiter zu, bis sie fast geschlossen ist. Der Geruch von Pfirsich und Zimt oder Kardamom wird sie unweigerlich verraten, das Wasser in der Badewanne ebenfalls. Die gesamte Etage muss danach riechen. Darum kann sie sich jetzt nicht kümmern.

Im ersten Stock rumort es, einer der Einbrecher macht sich an Küchenschubladen und Schränken zu schaffen, Besteck klappert, Gläser schlagen gegeneinander. Der andere öffnet den Kühlschrank, das träge Schmatzen ist Faith vertraut.

Was, zum Teufel, suchen die?, fragt sie sich. Solange die zwei in der Küche beschäftigt sind, kann sie die Treppe hinunterrennen und unbemerkt das Anwesen verlassen. Behutsam schleicht Faith in den Gang hinaus. Sie haben Licht gemacht, in der Küche, im Korridor, im Wohnzimmer, einfach überall.

Fassungslos schließt Faith die Augen. Die Bullen werden vermutlich jeden Moment hier sein. Behände läuft sie auf die Treppe zu, als von unten ein schrilles Kichern zu hören ist. Mit einem Ploppen wird eine Flasche geöffnet, der Korken prallt an der Decke oder an einer Wand ab. Gleichzeitig kreischt jemand auf, es zischt, nun lachen beide, schon wieder klirren Gläser.

Frauen, stellt Faith fest. Das sind zwei junge Frauen. Und sie sind hier, um der Graf den Champagner wegzutrinken. Das ist ihre Chance.

Ohne ein Geräusch zu verursachen, fliegt Faith auf die Treppe zu. Kaum steht sie auf der obersten Stufe, verlassen die beiden die Küche.

»Oben, come on«, nölt die eine im Gang, sie scheint nicht mehr nüchtern zu sein. »Das Schlafzimmer ist immer oben.«

»Dieser Graf, der würgen wir eins rein!« Die andere lacht dreckig.

»›Andrea Graf zeigt ihr Visperterminen.‹ Selbst schuld, wenn man im Fernsehen dem ganzen Land mitteilt, dass man gerade nicht zu Hause ist.«

»Dumme Kuh! Muh!«

»Wenn die Zahlen weiter ansteigen, will sie wieder alle Klubs schließen, hat sie letzthin gesagt.«

»War das nicht im Frühling?«

»Egal, das ist eine Tyrannin, eine verdammte Diktatorin, die kann nicht einfach machen, was sie will. Das ist unser Leben. Ich meine, noch mal alles zu? Was soll dann aus uns werden?«

»Nach all den Monaten muss das jetzt endlich vorbei sein. Wir haben ein Anrecht auf Spaß!«

»Yeah, Sis!«

Die Frauen klatschen sich ab.

»Der verpassen wir einen Denkzettel.«

»Was hast du vor?«

»Keine Ahnung. Denkzettel halt.«

»Geil.«

Keine ist annähernd nüchtern, revidiert Faith ihre Einschätzung und weicht zurück, da sich die beiden der Treppe nähern. Sie wägt ihre Optionen ab. Ins Bad kann sie nicht zurück, da der synthetische Geruch die Frauen unweigerlich dorthin locken wird. Selbst in ihrem Zustand. Schon steigen sie die Stufen hoch.

Sie haben etwas von »Schlafzimmer« gesagt, erinnert sich Faith, huscht in den Raum gegenüber und steuert auf den Wandschrank zu. Der ist halb leer, wenn sie das richtig in Erinnerung hat.

Sekunden später hört sie die Einbrecherinnen am Arbeitszimmer vorbeitorkeln und atmet auf.

»Hier riecht's voll komisch.« Die eine bleibt stehen.

Faith kann sie durch die halb offene Tür sehen.

»So nach alten Weibern, nicht?«

»Badezusatz, hätte ich gesagt.«

»Ist dasselbe.«

Die eine, eine Rothaarige, wankt auf das Bad zu, die andere, eine Blondine, dreht sich so schwungvoll um, dass sie beinahe hingefallen wäre. Champagner spritzt aus dem Glas, in der anderen Hand hält sie die Flasche.

»Guck mal ...« Sie stoppt auf der Schwelle zum Büro.

Die Rothaarige kommt nun wieder angelaufen und glotzt dumpf in den Raum. »Ein Tresor.«

Die Blondine grinst. Gleich darauf knien die Frauen ratlos vor dem graugrünen Metallkasten. Eine Armlänge von Faith entfernt. Sie kauert im Wandschrank und traut sich kaum zu atmen.

Freitag, 23:36 Uhr
Bäckeranlage

Klein und zusammengefallen wirkt Salvatore Peruzzi, denkt Marisa, als sie den alten Mann auf der Parkbank entdeckt. Im Pflegeheim bemüht er sich trotz seines Alters immer um eine aufrechte Haltung, ein stolzer Mann, der einmal eine eindrückliche Erscheinung gewesen sein muss. Doch hier, in der nächtlichen Bäckeranlage, wirkt er verloren und fehl am Platz.

»Salvatore.« Sie setzt sich neben ihn und ergreift seine Hände.

Er blinzelt überrascht, es dauert einen Moment, bis er sie erkennt. Endlich nickt er, als wären sie zu einer Sitzung verabredet und Marisa die letzte Teilnehmerin, die noch gefehlt hat.

Mit den allernötigsten Angaben stellt Marisa Bashir vor, der auf dem gekiesten Gehweg wartet. Worauf Peruzzi die Augen zusammenkneift und Bashir kritisch taxiert, ehe er die Hand hebt und ihm zuwinkt.

Es ist düster in dieser Ecke des Stadtparks, Peruzzi hat sich eine Bank etwas abseits ausgesucht. Spärlich dringt das Licht der Straßenbeleuchtung durch die Bäume und das Buschwerk, das die Grünanlage zum Quartier hin abgrenzt. Vor ihnen liegt eine offene Rasenfläche mit altem Baumbestand, auf der es sich junge Menschen mit Kühlboxen und Decken gemütlich gemacht haben. Bässe wummern, es wird gelacht und getanzt, Fackeln lodern. Ein Musikpavillon, ein Wasserbecken und eine Pergola, am oberen Ende der Anlage thront das dreistöckige Quartierzentrum, das im Erdgeschoss mit einem Café aufwartet.

»Es ist so«, beginnt Marisa und gestikuliert nervös, da sie nicht recht weiß, wie sie das heikle Thema anschneiden soll. »Dein Name ist in Unterlagen aufgetaucht, die wir von der

Kanzlei Eschmann haben. Mein Mann Antonio hat früher für die gearbeitet.«

Peruzzi hat den Kopf gesenkt, als sie nicht fortfährt, schaut er auf. »Tony Greco? Der ist dein Mann?«

»War. Er war mein Mann.«

»O ja, richtig.« Der Alte kratzt sich am Kinn. »Der hat es auch nicht überlebt.«

»Wie meinst du das?«

»Der ist auf irgendwelche Schweinereien gestoßen. Wollte sich trotzdem ein Stück vom Kuchen sichern. Das war sehr unklug. Um nicht zu sagen: dumm.«

Wie elektrisiert beugt sich Marisa zu Peruzzi hinüber und packt erneut seine Hand. »Was weißt du darüber?«

Peruzzi schüttelt den Kopf. »Niemand weiß etwas darüber.« Der italienische Akzent ist kaum hörbar, er verleiht seinem nahezu perfekten Deutsch eine charmante Färbung.

»Aber …«

»Ich bin nicht eingeweiht, Marisa, war ich nie. Ich habe nur mitbekommen, wie Tony Unregelmäßigkeiten erkannt hat. Irgendwelche Gelder, die plötzlich aufgetaucht und gleich wieder verschwunden sind, durch Offshorekonten gejagt wurden, im Schleudergang, bis sie fleckenrein weiß waren. Oder man hat sie in Immobilien investiert, das war die Spezialität von Pierre Eschmann. Immobilien.«

»Jaja. Aber was weißt du über Tonys Tod?«, bohrt Marisa zunehmend ungehalten nach.

Peruzzi wiegt den Kopf. »Er ist Eschmann direkt angegangen. Auch nicht besonders klug. Der hat ihn rausgeschmissen und Tony wollte ihn erpressen. Richtig dumm. Arosa, den Rest kennst du ja.«

»Das ist alles?«

Peruzzi befreit sich aus Marisas Griff und dreht die Handflächen nach oben. »Diejenigen, die darüber reden, leben nicht lange. Außer …«

»Was?«

»Nichts.«

»Salvatore, das ist enorm wichtig für mich. Ich will mit Tonys Tod abschließen. Und mein Leben weiterleben.«

Peruzzi nickt verständnisvoll. »Wollen wir das nicht alle? Mit der Vergangenheit abschließen. Wieder vorwärtsschauen. Auch wenn das in meinem Fall eine kurze Wegstrecke ist.« Er kichert heiser, zieht eine Zigarre aus der Brusttasche seines schäbigen Anzugs und entzündet sie umständlich.

»Wegen Tony ...«

»Marisa, ich weiß nichts. *Hai capito?*«

Der scharfe Ton lässt sie zusammenzucken, getroffen rückt sie ein Stück von Peruzzi ab, während sich Bashir nicht von der Stelle gerührt hat und das Gespräch aufmerksam verfolgt.

Unbeeindruckt von ihrer Reaktion stößt Peruzzi den Rauch aus und meint in versöhnlichem Ton: »Im Heim darf ich das nicht, da käme gleich so eine überkorrekte Pflegerin angerannt, würde mit den Händen wedeln und demonstrativ husten.«

»Du wolltest über den Padrone reden.« Marisa klingt kühl und sachlich, die Zurechtweisung hat sie noch nicht ganz verdaut.

Peruzzis Miene wird undurchdringlich, er nimmt einen weiteren Zug und verschwindet kurzzeitig in den Rauchschwaden.

»Damals«, beginnt er schließlich.

Marisa muss sich zusammenreißen, damit sie ihn ihre Ungeduld nicht spüren lässt.

»Damals kannten wir uns alle. Die Italiener im Quartier. Wir stammten oft aus denselben Regionen, manchmal sogar aus denselben Dörfern, sprachen dieselbe Sprache, kämpften mit denselben Problemen. Die Ablehnung der Einheimischen, zum Beispiel, die hat uns schwer getroffen. Steuern mussten wir zwar bezahlen, hatten aber keinen Anspruch auf Sozialleistungen. Die Fremdenpolizei bespitzelte uns, die Familie durfte lange Zeit nicht nachziehen. ›Tschinggen‹, haben sie uns nachgerufen und ›Messerstecher‹, haben andauernd von der Bedrohung der schweizerischen Eigenart geschwafelt. Heute ist an jeder Ecke eine Pizzeria, sie kochen Pasta, als hätten sie's erfunden, keine Party ohne Tiramisu. Doch damals hätten sie uns am liebsten allesamt nach Hause geschickt.«

»Was ist mit dem Padrone?«, unterbricht Bashir den alten Mann.

Verwundert hebt Peruzzi den Kopf, als hätte er vergessen, dass da noch jemand zuhört. »Wir wohnten in der Nachbarschaft, gleich da vorne. Wir waren Freunde, wissen Sie? Richtige Freunde, dachte ich jedenfalls. Wir haben ihn immer den Padrone genannt, sein richtiger Name spielt keine Rolle.« Er hält inne und sieht trübe auf die Spitzen seiner ausgelatschten Schuhe. »Nicht mehr«, fügt er leise hinzu. »Er war schlau, der Padrone, hat die Matura geschafft, später studiert. Kam zu Geld und verkehrte plötzlich in den besseren Kreisen. Hat eine Schweizerin geheiratet und mit dem Handel von Immobilien ein Vermögen verdient. Notorischer Schürzenjäger, die Ehe ging vor etwa dreißig Jahren in die Brüche. Seither hat er dauernd wechselnde Gespielinnen, die jünger sind als seine eigenen Enkeltöchter.« Er zuckt mit den Schultern. »Was kann man machen?«

»Ich verstehe immer noch nicht, worauf du hinauswillst.« Marisa schaut auf ihre Uhr.

»*Calma, calma*«, beschwichtigt der Alte. »Wie das so ist mit den Menschen, wenn sie zu Geld kommen. Vor allem diejenigen, die einst gar nichts hatten. Wenn die diesen Geruch in die Nase kriegen, diesen Geruch von Erfolg und Luxus und Macht, dann sind sie wie Bluthunde, es gibt kein Halten mehr, keine Ehre, keine Gnade.« Peruzzis Atem geht stoßweise, die Zigarre hält er zwischen Zeige- und Mittelfinger eingeklemmt, während er mit beiden Händen in der Luft rudert. »Freundschaften zählen nichts mehr. Du weißt selbst, was mit diesem Quartier in den letzten zwanzig Jahren geschehen ist.«

»Es wurde aufgewertet«, sagt Marisa.

»Aufgewertet!« Peruzzi speit das Wort förmlich aus. »Sie haben begonnen, die Häuser aufzukaufen, eines nach dem anderen. Erst zu Spottpreisen, denn hier haben Nutten und Junkies verkehrt, kein vernünftiger Mensch wollte hierherziehen.«

»Dann haben sie die Häuser renoviert und teuer weitervermietet.« Marisa tauscht einen Blick mit Bashir, mit dem sie auf der Herfahrt eine ähnliche Diskussion geführt hat. »Die Stripteaselokale …«

»›Füdlischuppen‹, haben wir immer gesagt.« Peruzzi grinst. »Die sind selten geworden, wurden alle verdrängt. Konnte keiner mehr die Miete bezahlen. Dafür gibt es jetzt vegane Restaurants, Designerboutiquen und Trendlokale, in denen alles bio und pulled ist und ein Burger so viel kostet wie ein Rindsentrecôte im *Cooperativo*.«

»Der Padrone …«, sagt Bashir.

»Wie so viele Neureiche hat auch der Padrone den Hals nicht vollgekriegt. In dieser Gegend war kein Haus vor ihm sicher, die Rendite war nach den Instandsetzungen gigantisch. Wer hätte da schon widerstehen können? Wer kann unter solchen Bedingungen noch auf Freundschaften Rücksicht nehmen?«

»In den Unterlagen der Kanzlei habe ich entdeckt, dass du Geld von Pierre Eschmann erhalten hast. Stolze Summen.«

Peruzzi erstarrt für einen kurzen Moment, dann steckt er die mittlerweile erkaltete Zigarre zwischen die Lippen und zündet sie erneut an. »Eschmann war der Rechtsbeistand.« Er lacht trocken, eine dichte Rauchwolke entweicht seinem

Mund. »Und den hat der Padrone weiß Gott gebraucht.« Schnell bekreuzigt er sich. »Eschmann hatte am Rand mit diesen Machenschaften zu tun, er hat das Geld verwaltet, gewaschen, wo es nötig war, es sauber angelegt. Ich hingegen bin für den Padrone geradegestanden. Ich war der Strohmann. Einer der Strohmänner, um genau zu sein. Jahrelang. Ich hatte einen Schweizer Pass, war sozusagen Familie, hatte als Schuhmacher eine ordentliche Arbeit. Was die hinter meinem Rücken für Drecksgeschäfte abgezogen haben, war mir egal, ich gebe es zu. Aber ich musste drei Töchter durchbringen, der Laden lief mehr schlecht als recht. Der Padrone hat mich bezahlt, sehr gut sogar, und Eschmann hat geschaut, dass das fürs Steueramt alles schön ordentlich aussah. Alles paletti.«

»Was war das Problem?«, fragt Marisa.

»Das Problem war, dass ich nicht mit der Unersättlichkeit des Padrones gerechnet habe. Er wollte die ganze Häuserzeile. Alles. Der Besitzer hat sich strikt geweigert und wollte unter keinen Umständen verkaufen, selbst als der Padrone einen Preis jenseits jedes gesunden Menschenverstands bot.«

»Die Investition hätte sich vermutlich trotzdem gelohnt«, sagt Bashir.

»Sicher, der hat eiskalt kalkuliert. Doch der Mann hat sich geweigert, sagte, er könne nicht seine langjährigen Mieter rausschmeißen, die mitgeholfen hatten, das Quartier aufzubauen, und es zu dem gemacht haben, was es heute sei. Moralische Verpflichtung und so weiter.«

»Wie viel hat er ihm am Ende bezahlt?«

»Keinen ganz so horrend hohen Preis.«

»Was?« Ungläubig reißt Marisa die Augen auf. »Wie kommt's?«

»Er hat ihn bedroht. Zusammen mit Eschmann hat er ihn in die Kanzlei eingeladen und dort vehement eingeschüchtert. Seiner Familie würde Schreckliches widerfahren, sein eigenes Heim könnte abbrennen, solche Dinge. Der Kerl ist irgendwann eingeknickt. Wenn dir zwei solche Schwergewichte an den Kragen wollen, hast du als kleiner Hausbesitzer keine Chance. Darüber hinaus musste er sich mit einem Verkaufspreis zufriedengeben, der weit unter dem letzten Angebot lag.«

Marisa lehnt sich auf der Bank zurück. Die Partymusik ist etwas heruntergedreht worden, aber noch immer ist die Wiese voller Leute. Glühwürmchen schweben durchs Gebüsch, in den Ästen über ihnen zirpen Grillen.

»Deshalb tauchst du in diesen Kontoauszügen auf.«

»Wie gesagt, Kosmetik. Damit das Finanzamt keinen Verdacht schöpft.«

»Schon klar.« Marisa schaut zu Bashir auf. »Wenigstens diese Frage ist beantwortet. Weitergebracht hat es uns allerdings nicht. Pierre Geldwäsche nachzuweisen, ist offenbar ein Ding der Unmöglichkeit.«

»Ohne das nötige Know-how keine Chance«, bestätigt Bashir.

»Ich …«, fängt Peruzzi an und bricht gleich wieder ab.

Marisa sieht ihn fragend an. »Was?«

»Unwichtig.«

»Sag schon!«

Der Alte fährt sich mit der Hand übers Gesicht.

»Deswegen wollte ich eigentlich heute Abend mit dir reden«, sagt er an Marisa gewandt.

»*Ich* habe *dich* angerufen.«

»Mein Gewissen hat mich schon die ganze Zeit geplagt, Marisa. Als das Telefon geklingelt hat und deine Nummer anzeigte, war das wie ein Zeichen.« Er bekreuzigt sich erneut.

»Worum geht es?«

»Wir haben in einem der Wohnhäuser gelebt.«

Bashir begreift sofort. »Die sich der Padrone unrechtmäßig unter den Nagel gerissen hat?«

»Achtundvierzig Jahre. Dann hat er uns alle rausgeworfen, stellt euch das vor. Nach achtundvierzig Jahren!«

»So ein Mistkerl«, schimpft Marisa.

»Es war, als hätte man uns die Heimat gestohlen. Wir waren eine große Gemeinschaft, fast alles Italiener, haben uns ein Leben lang gekannt. Haben Geburtstage und Weihnachten zusammen gefeiert, es gab andauernd Anlässe im Hinterhof, Grillabende, Verlobungen, Hochzeiten, Beerdigungen. Unsere Kinder sind gemeinsam in die Schule gegangen. Das war unser Dorf, wenn man so will. Unser Leben. Das alles hat er mit einem einzigen eingeschriebenen Brief zerstört.«

»Die Gier«, bemerkt Bashir.

»Ich hab versucht, mit ihm zu reden, von Freund zu Freund. Hab gebettelt, gefleht und gedroht, er gab sich unbeeindruckt. Wir mussten raus, alle acht Familien. Zum Teil Leute, die nicht mehr die Jüngsten waren.« Peruzzi zielt mit seiner längst wieder verloschenen Zigarre auf Marisa. »Finde mal eine Wohnung zu einem vernünftigen Preis in diesem Quartier. Eine weitere Zusammenarbeit kam nicht infrage, Eschmann hat seine Zahlungen eingestellt, nachdem die letzte Immobilie, die auf meinen Namen lief, verkauft war. Nach endlosen Bewerbungen fanden meine Frau und ich etwas am Stadtrand, gleich an der Autobahn. Nebenan eine Lagerhalle. Andere zogen in die Agglomeration. Meine Frau wurde depressiv, der andauernde Verkehrslärm, die Abgase, die Gemeinschaft, die brutal auseinandergerissen worden war. Diese verdammte Einsamkeit dort draußen.« Seine Stimme versagt, er muss sich fassen, ehe er fortfährt. »Eines frühen Abends, sie hatte mir Penne all'arrabbiata gekocht und die Pfanne auf dem Herd stehen lassen, verließ sie wortlos die Wohnung. Ich dachte, sie wollte etwas in der Garage holen, vielleicht habe ich auch gar nichts gedacht. Man nimmt ja nicht gleich an … Es war zur Zeit des Stoßverkehrs, da brausen die Autos zweispurig an unserem Haus vorbei. Sie lief Richtung Stadt bis zur Max-Högger-Strasse, das sind acht Minuten. Stieg dort auf die Passerelle Grünau, die über die A 1 führt, und ging nicht einmal bis zur Mitte. Über der rechten Fahrbahn hielt sie an, vielleicht bekreuzigte sie sich oder schickte ein Stoßgebet zum Himmel. Ich weiß es nicht.«

Er schlägt sich die Hände vors Gesicht. Ein hoher Ton entfährt ihm, der Marisa durch Mark und Bein geht. Die Zigarre fällt auf die Bank und rollt ein Stück, bevor sie liegen bleibt.

Marisa rutscht näher an den alten Mann heran, legt ihm den Arm um die Schultern und streichelt mit der freien Hand seinen Oberarm.

»Es tut mir so leid«, flüstert sie, als Bashirs Handy mit einem leisen Summen eine eingehende Nachricht vermeldet.

»Es wird dir gleich nicht mehr leidtun, wenn du hörst, was ich getan habe.« Peruzzi schluchzt.

»Die Geschichte ist noch nicht zu Ende?«

Der Alte schüttelt den Kopf und lässt die Hände sinken. Sein Gesicht ist gerötet, Tränen fließen über seine Wangen. »Das ist der wahre Grund, weshalb ich mit dir sprechen wollte.«

»Okay«, sagt Marisa gedehnt und fühlt sich mit einem Mal unbehaglich.

»Meine Enkelin, du kennst sie nicht, sie ist sehr hübsch. Dunkelbraunes Haar, groß gewachsen, schlank. Ginge locker als Fotomodell durch. Sie kannte die Geschichte, sie hat ihre Nonna sehr geliebt. Letzthin kam sie mit dieser Idee zu mir ... Weil das sonst nie aufhört, hat sie gemeint.«

Ruckartig schaut Bashir von seinem Handy auf und fixiert Salvatore Peruzzi. »Der *Tages-Anzeiger* vermeldet gerade: *Martino Conti, von allen Padrone genannt, hat am heutigen Abend auf einer Party des stadtbekannten Anwalts Pierre Eschmann einen Herzanfall erlitten und musste notfallmäßig ins Universitätsspital gebracht werden. Dort konnten die Ärzte nur noch den Tod des fünfundsiebzigjährigen Immobilienmoguls feststellen. Conti war bekannt für seine aggressive*

Vorgehensweise auf dem Wohnungsmarkt, gerade im Zürcher Kreis 4 … Und so weiter.«

Peruzzi tastet nach seiner Zigarre und steckt sie einmal mehr an.

»Barbiturate werfen sie dir in dieser Gegend hinterher«, meint er mit einem Schulterzucken. »Biancha hatte leichtes Spiel. Sie hat sich an den Padrone rangemacht und hat ihm heute das Beruhigungsmittel nach und nach verabreicht. Vermutlich im Champagner. Zehn Gramm hatte sie dabei und so wie der säuft, war es nicht schwierig, ihm die ganze Menge unauffällig zu verabreichen.«

Sekundenlang herrscht betretene Stille.

»Salvatore, w-wir können …«, stammelt Marisa schließlich.

»Ich weiß. Aber ich werde die Polizei selbst rufen. Ich sage denen, es sei meine Idee gewesen.«

»Wir warten hier mit dir.«

Peruzzi lacht auf. »Ganz sicher nicht! Es gibt kaum etwas Erniedrigendes, als von den Bullen verhaftet zu werden. Dazu in einem öffentlichen Park voller Menschen.« Mit einer wedelnden Handbewegung scheucht er Marisa weg. »Geht, geht, lasst mich allein.«

Einer spontanen Regung folgend, umarmt Marisa den Mann und drückt seinen mageren Körper an sich.

»Bete für mich, versprichst du das?« Seine Stimme ist tonlos.

Marisa hat plötzlich einen Kloß im Hals, sie löst sich von Peruzzi, steht auf und langt nach ihrer Handtasche.

»Und noch etwas. Wenn du wirklich wissen willst, was mit deinem Mann geschehen ist, frag Odile.«

»Odile?«

»Eschmanns Schwester.«

»Die kenne ich flüchtig. Von Veranstaltungen in der Kanzlei.«

»Einst Eschmanns rechte Hand, jetzt ist sie eine Art Aushilfe. Normalerweise sitzt sie um diese Zeit in der *Lambada* Bar. Höchstwahrscheinlich nicht mehr nüchtern. Aber man kann nicht alles haben.«

Freitag, 23:48 Uhr
Jupiterstrasse

»Ey, voll schwierig«, jammert die Rothaarige, die vor dem Tresor unter der gläsernen Tischplatte kniet und hektisch am Zahlenschloss dreht.

»Das kriegen wir hin«, sagt die Blondine, kriecht an ihrer Freundin vorbei und rüttelt wild am Panzerschrank. »Wäre ja gelacht.«

»Sicher nicht so, Sarah. Wir müssen den Kasten mit irgendetwas aufbrechen.« Die Rothaarige kichert dümmlich und wühlt in ihrer Handtasche. »Hast 'ne Nagelfeile dabei?«

»'ne Nagelfeile?«, kreischt ihre Freundin, lässt sich lachend auf den Hintern plumpsen und hätte sich um ein Haar den Kopf am Tischbein gestoßen. »Raffa, du bist einfach nicht ganz dicht!«

»*Du* bist nicht ganz dicht!«

Okay, die Blondine heißt Sarah, merkt sich Faith. Die andere Raffa, also vermutlich Raffaella. Für alle Fälle.

Die beiden wälzen sich gackernd über den Parkettboden, Raffa steckt immer noch halb unter dem Schreibtisch, Sarah hat sich Richtung Wandschrank bewegt und bleibt keuchend davor liegen.

Angst vor Entdeckung hat Faith keine mehr, die zwei sind harmlos und würden in ihrem Zustand wohl nur verschwommen mitbekommen, wenn sie jetzt aus dem Schrank steigen und sich davonmachen würde. Falls überhaupt. Sicher ist sie sich aber nicht, betrunkene Menschen reagieren oft unvorhersehbar. Deswegen hat sich Faith entschieden, vorerst in ihrem Versteck auszuharren. Wesentlich größere Sorgen als die Frauen bereiten ihr die Nachbarn. Sarah und Raffaella haben überall Licht gemacht und sind unglaublich laut. Außerdem haben sie eine Fensterscheibe eingeschlagen, um ins Haus der Graf zu gelangen. Das Klirren muss weitherum zu hören gewesen sein, wegen der offenen Balkontüren hat es garantiert die ganze Nachbarschaft mitgekriegt. Natürlich greift man in dieser schicken Gegend niemals eigenhändig ein, sondern ruft die Behörden. Die Polizei wird jeden Moment eintreffen. Faith bleibt nicht viel Zeit, um das Haus zu verlassen.

»Wir müssen etwas finden, womit wir diesen Scheißtresor aufkriegen.« Sarah keucht und rappelt sich auf. »Vielleicht gibt es in diesem Schrank …«

Entsetzt weicht Faith zurück.

»Ich hab eine bessere Idee!«, japst Raffaella und zieht sich ungelenk an einem Tischbein hoch, derweil ihre Freundin bereits den Griff der Schranktür umfasst.

»Sarah!«

»Was?« Die Blondine wirbelt herum und Faith hätte vor Erleichterung beinahe aufgelacht.

Dann schwingt der linke Türflügel auf, weil Sarah ihn einen Wimpernschlag zu spät losgelassen hat. Mit einem unterdrückten Quieken lässt Faith die Hand vorschnellen und bekommt gerade noch den Rahmen zu fassen, ehe Raffaella sie entdeckt. Im Zeitlupentempo zieht sie die Tür wieder zu. Die Frauen scheinen nichts bemerkt zu haben, sie sind zu sehr mit sich selbst beschäftigt.

»Bessere Idee!«, wiederholt Raffaella und kriecht zu dem Schrank, der neben dem Tresor unter dem Tisch steht.

»Leg los!«

»Frauen und Zahlen.«

»Da brauch ich jetzt mehr Infos.«

»Können sich die wenigsten merken, is einfach so.«

»Ich kann mir schon …«

»Isso, glaub mir.«

Sarah rollt die Augen. »Wenn du es sagst.«

»Sag ich«, bekräftigt die Rothaarige und zieht eine Schublade nach der anderen heraus.

»Was suchst du?«

Raffaella ist zu konzentriert, um eine Antwort zu geben, sie grummelt vor sich hin, während sie kniend den Inhalt der Fächer durchforstet.

»Raffa?«

Genervt hält die Rothaarige inne. »Die Kombination, okay?«

»Welche …?«

Raffaella stöhnt. »Alte, *Haus des Geldes*, kennst du? Netflix?«

»Haben wir zusammen geguckt. Alte.«

»Tresor, Zahlen. Klingelt da was?«

Sarah legt den Kopf schief. »Dann wirf mal einen Blick unter die Tastatur. Alte. Klebt ein Zettel dran, hab ich von unten gesehen. Mit ganz vielen Zahlen.«

»Sag das doch gleich!«, faucht Raffaella, springt auf und greift nach dem Keyboard. »Das ist der Code«, meint sie bestimmt, nachdem sie das Gekritzel auf dem Post-it entziffert hat.

»Sag ich ja.« Sarah verteilt den Rest der Champagnerflasche auf die beiden Gläser.

Raffaella kriecht wieder unter den Tisch und schiebt das Zahlenrad ein paarmal hin und her. Mit einem gedämpften Klicken springt die Tür des Tresors auf.

»Wahnsinn, Raffa!«, jubelt Sarah, klatscht in die Hände und hüpft auf und ab. Deshalb überhört sie vermutlich den enttäuschten Laut, den ihre Freundin von sich gibt. »Hammer!«

»Warte, bis du siehst, was drin ist.« Raffaella krabbelt rückwärts unter dem Tisch hervor und kommt ächzend auf die Beine.

Mit abfälliger Miene schleudert sie zwei altmodische Handys auf den Tisch. »Hammer, nicht?«

»Ist das alles?«

»Nein, da sind noch stapelweise gebündelte Dollarnoten drin und ein Sack Rohdiamanten. Uninteressant, hab ich gedacht …«

»Ist ja gut«, sagt ihre Freundin. »Sprudel macht dich immer aggro.«

»Aggro? Ich?« Drohend geht Raffaella einen Schritt auf Sarah zu, da fährt draußen ein Wagen vor.

Verblüfft schauen sich die Frauen an. Sarah gewinnt als Erste die Fassung wieder, sie sprintet aus dem Büro und stürzt wenige Sekunden später wieder herein.

»Da steht ein Streifenwagen vor dem Haus«, zischt sie und wedelt mit den Händen.

»Shit!« Panisch springt Raffaella von einem Bein aufs andere. »Woher kommen denn die plötzlich?«

»Wir müssen sofort weg hier. Wenn wir uns beeilen, schaffen wir es gerade noch, durchs Fenster rauszuklettern.«

Die Rothaarige reißt die Augen auf. »Wir sind im zweiten Stock oder so! Da brechen wir uns doch alle …«

»Hallo? Da wo wir reingekommen sind.«

»Dann sollten wir wohl los.« Raffaella betrachtet bedauernd ihr halb volles Glas.

»Los jetzt!« Sarah steht bereits in der Tür.

Raffaella greift hastig zum Champagner und leert ihn in einem Zug, bevor sie ihrer Freundin hinterherstakst.

Freitag, 23:49 Uhr
Langstrasse

Drei Eiswürfel, anders bringt er den Whisky nicht herunter. Russo nimmt einen Schluck, verzieht das Gesicht und schüttet den Rest des Drinks in sich hinein. Winkt der Kellnerin und ordert gleich noch einen.

»Du hast aber Durst«, bemerkt die platinblonde Frau neben ihm und ihr Gesicht verzerrt sich zu einem Lächeln.

Sie sieht aus, als hätte sie die Nummer ihres plastischen Chirurgen auf Kurzwahl gespeichert.

Wortlos dreht Russo ihr den Rücken zu und bekommt gerade noch mit, dass sie ihm eine angeödete Grimasse schneidet, bevor sie ihren Tequila Shot kippt. Er ist eindeutig nicht der Einzige heute Abend, der Durst hat.

Kreuz und quer ist er durchs Quartier gefahren und hat sogar einen weiteren Abstecher nach Wiedikon zu Marisa Grecos Adresse gemacht, den grünen BMW hat er nirgendwo entdeckt. Die Suche nach der sprichwörtlichen Nadel im Heuhaufen. Schließlich gab er frustriert auf und suchte noch einmal die *Lambada* Bar auf. Wo ihn Bashir Berisha vor sechseinhalb Stunden hat sitzen lassen und wo das Elend seinen Anfang genommen hat. Von da an ist es mit ihm und seinem Auftrag steil abwärtsgegangen.

»Von nun an ging's bergab«, singt er leise das Chanson der Knef.

Die Bardame, die ihm das Glas auffüllt, zieht amüsiert eine Braue hoch. Es ist eine andere als heute Nachtmittag, glücklicherweise.

Ich bin ein Versager, denkt Herbert Russo, eine Riesenenttäuschung.

Die Familie wird ihn fallen lassen und dann schützt ihn keiner mehr vor Lorenzo Sposato. Er überprüft, ob sich die Pistole noch in seiner Jackentasche befindet, die Berührung mit dem Kunststoff beruhigt ihn allerdings kaum mehr. Gegen einen wie Sposato hat er keine Chance. Ganz anderes Kaliber.

Selbst wenn sich die Lage für den untergetauchten Mafioso eben verschärft hat. Irgendjemand hat offenbar in einem Fanforum des Cuoco Caputo verraten, dass es sich bei dem kopflosen Koch tatsächlich um Lorenzo Sposato handelt, die Person hat ihn sogar persönlich getroffen, was sie mit einer nicht besonders gelungenen Aufnahme belegt. Die Newsportale haben die Story sofort aufgegriffen und das dazugehörige Foto veröffentlicht, das wohl Sekunden, nachdem ihm eine ätzende Flüssigkeit ins Gesicht gespritzt worden ist, aufgenommen wurde. Sposato hält sich zwar die Hände vors Gesicht, der Mund ist zu einem Schrei geöffnet, dennoch ist er auf der Aufnahme eindeutig identifizierbar. Hinzu kommt das markante Tattoo auf seiner nackten Brust, das die Familie erst in Alarmbereitschaft versetzt und zu Russos Auftrag geführt hat.

Belén hat tatsächlich den Nerv gehabt, nach ihrer Attacke noch schnell das Handy auf den Mafioso zu richten und abzudrücken. Das nennt man Chuzpe. Oder Blödheit. Dank ihr werden die Fahnder nun hinter Sposato her sein, sie werden ihn jagen, bis sie ihn erwischen. Für ihn wird's eng werden, weil man endlich weiß, wie er aktuell aussieht. Wegen des Fotos und der digitalen Gesichtsrekonstruktionen, die bereits kursieren, wird man ihn überall erkennen. Das erleichtert Russo ein bisschen, unterschätzen darf er Lorenzo Sposato aber auf gar keinen Fall. Einer wie der gibt sich nicht so schnell geschlagen. Er wird ihn aufsuchen, vielleicht nicht heute oder morgen, aber irgendwann wird er vor der Haustür stehen. Oder vor dem Bett. Und sich brutal für den Verrat rächen.

Steif dreht sich Russo zur Tanzfläche hin. Sie ist brechend voll, aus den Boxen dröhnt Bachata, die Gäste wiegen sich locker in den Hüften. Man lacht und flirtet, eng umschlungene Paare, ein paar Jungs stehen mit verschränkten Armen an der Wand, bemühen sich, unbeeindruckt zu gucken, und wippen mit den Köpfen. Russo entdeckt sie auf der Stelle, knapp zwei Meter von ihm entfernt. Heute hat er so viele, teilweise schier unglaubliche Zufälle erlebt, dass es ihn nicht im Geringsten überrascht hat, sie hier anzutreffen. Sie tanzt allein und scheint von innen zu strahlen, bewegt sich lasziv im Takt der Musik. Ihr grünes Kleid schimmert golden im träge kreisenden Licht der Scheinwerfer. Belén ist ihm in dem Moment aufgefallen, in dem er die Bar betreten hat, und kurz hat er sich überlegt umzukehren. Doch sie wirkte so in sich versunken, dass er den Gedanken wieder verworfen und sich mit dem Rücken zu ihr an den Tresen gesetzt hat. Ob sie ihn im Verlauf der Nacht erkennt, ist ihm gleichgültig. Alles ist ihm gleichgültig.

Er langt nach seinem Glas und starrt in seinen Whisky. Dann leert er in ihn in einem Zug und bestellt einen weiteren. Ihm bleibt heute nicht mehr viel zu tun. Außer, sich komplett zu betrinken.

Freitag, 23:54 Uhr
Jupiterstraße

Nachdem Sarah und Raffaella das Haus durch die eingeschlagene Scheibe auf der Rückseite verlassen haben, herrscht jähe Stille. Aufmerksam lauscht Faith auf etwaige Geräusche und zuckt zusammen, als plötzlich die Türklingel ertönt. Sekundenbruchteile später wird ein Wagen gestartet. Kies knirscht, rasche Schritte und laute Rufe gesellen sich dazu. Autotüren werden zugeschlagen, ein Fahrzeug brettert los, Holz knackt und es raschelt, als würde ein heftiger Sturm Bäume durchrütteln, der Motor röhrt. Aufgeregte Stimmen, Funkgeräte rauschen, die Polizisten hasten jetzt hinters Haus und nähern sich dem zerbrochenen Fenster über den Rasen.

Faith stößt die Schranktür auf, sprintet durch das Büro in den Flur und die Treppe hinab ins Erdgeschoss. Die Bullen stehen bereits vor der Einstiegsstelle. Faith kann sie leise sprechen hören, der Schein einer Taschenlampe gleitet durch den dunklen Raum. Hier haben die beiden Frauen seltsamerweise kein Licht gemacht, dafür sonst überall.

Faith stürzt auf die Haustür zu, steckt den Schlüssel ins Schloss und dreht ihn um – und taumelt mit einem Aufschrei zurück.

Die Polizistin steht auf der obersten Stufe der Treppe, die zum Haupteingang führt, und rotiert um die eigene Achse. Drei Herzschläge lang sehen sie sich an, dann runzelt die Beamtin die Brauen.

»Faith? Was soll das?«, zischt sie mit gesenkter Stimme und hält besorgt nach dem Rest der Truppe Ausschau.

Sie ist etwa fünfzig, ein drahtiger Körper, die langen Haare mit den grauen Strähnen hat sie zu einem Zopf geflochten.

»Ich …«

»Verdammt, ich habe dir sicher tausendmal eingetrichtert …«

»Tut mir leid.« Faith senkt den Kopf, ihr Puls galoppiert.

»Wieder ein Bad? Oder hast du dir einen DVD-Abend gegönnt?«

»Bad«, sagt Faith zerknirscht. »Wasser noch drin, sorry.« Plötzlich erhellt sich ihre Miene. »Die beiden Einbrecherinnen.«

»Zwei Frauen?«

»Junge Frauen, total besoffen.«

»Weiter.«

»Sarah und Raffaella. Eine blond, eine mit rotem Haar. Haben Tresor geöffnet, war nichts drin. Außer zwei Handys.«

Die Polizistin zieht ein ungläubiges Gesicht. »iPhones?«

»Alte Handys.«

»Und die waren im Tresor?«

Faith zuckt mit den Schultern. »Sie haben sie liegen gelassen.«

»Sonst?«

»Champagner aus Kühlschrank. Sonst nichts.«

»Dämliche Tussis.« Der Blick der Polizistin streift den Kastenwagen, der quer in der Einfahrt steht, und danach zur Schneise, die der Wagen auf der Flucht in die Hecke geschlagen haben muss.

»Verschwinde, Faith«, sagt die Frau. »Ich schaue morgen im Bunker vorbei, dann reden wir mal ernsthaft miteinander.«

»Bitte, Joy nichts sagen.«

»Joy ...« Das Gesicht der Polizistin verdüstert sich jäh. »Es gibt Probleme.«

»Probleme?«

»Wir haben eine Meldung gekriegt, sie wurde offenbar entführt.«

»Entführt?«

»Kidnapping.«

Faiths Mund klappt auf. Schnell zieht sie ihr veraltetes

Handy aus der Hosentasche, tippt den Code ein und liest erschüttert die Nachricht, die vor mehr als zwei Stunden eingegangen ist. Wegen ihres Vorhabens hat Faith das Gerät bereits in der Unterkunft lautlos gestellt, damit kein eingehender Anruf oder ein Nachrichtensignalton sie verrät. Seither hat sie nicht mehr auf ihr Telefon geschaut.

»Fuck«, flüstert sie und dann noch einmal: »Fuck!«

»Jesses!«, ruft die Polizistin, die sich neben Faith gestellt hat, damit sie aufs Display gucken kann. »Das ist ja grauenvoll!«

Joys Gesicht ist kaum noch erkennbar, die Haut an mehreren Stellen aufgeplatzt, ein Auge ist halb geschlossen, die Lippen geschwollen. Blut überall.

»Gib mir Geld!«, fordert Faith.

Die Polizistin drückt ihr die erstbeste Banknote in die Hand, die sie im Portemonnaie findet.

»Faith! Was hast du vor?«, ruft sie noch.

Faith ist bereits losgerannt, schlägt sich in den Schatten der Büsche, die die Einfahrt säumen, und verschwindet um die Ecke.

Freitag, 23:59 Uhr
Langstrasse

Sie haben Bashirs BMW vor dem Fetischladen in der Kernstrasse stehen lassen, eine knapp fünfzig Meter lange Einbahnstraße, die keine zwei Minuten von der Bäckeranlage entfernt ist, und gehen die kurze Strecke bis zur *Lambada* Bar zu Fuß. Marisa eilt so hastig Richtung Dienerstrasse, dass Bashir kaum mit ihr Schritt halten kann, ohne in leichten Trab zu verfallen.

»Wie willst du vorgehen?«, fragt er atemlos.

»Für heute habe ich die Nase voll von vagen Konzepten. Weit gebracht haben die uns ja nicht. Falls wir Odile antreffen, frage ich sie geradeheraus, was da los war.«

»Immerhin haben wir herausgefunden, wer den Padrone umgebracht hat.«

»Was wir eigentlich gar nicht in Erfahrung bringen wollten. Wir wussten nicht einmal, wer das ist. Geschweige denn, dass er heute vergiftet wurde.«

»Stimmt.« Bashir verzieht den Mund. »Wir lösen neuerdings Fälle, für die wir gar nicht engagiert wurden.«

»Geschäftstüchtig geht anders.« Nachdem Marisa um die Ecke gebogen ist, verlangsamt sie ihre Schritte und deutet auf die Bar am Ende des Straßenabschnitts. »Ist ziemlich was los. Kommen wir da überhaupt rein?«

»Lass mich machen.« Bashir geht auf den Türsteher zu, der neben dem Eingang postiert ist.

Der muskelbepackte Typ hat Bashir längst entdeckt, er begrüßt ihn überschwänglich und umarmt ihn. »Lange nicht gesehen, Bro!«

»Gleichfalls«, sagt Bashir.

»Hat das geklappt mit dem Job, den ich dir vermittelt habe?«

Bashir verneint. »War ein Vollidiot.«

»Tut mir leid, Bro. Der war total von der Rolle, hat am Telefon irgendwas von einem Bajran Barisha gelabert, für den er einen dringenden Auftrag hatte. War sich aber beim Namen nicht mehr sicher. Ich habe eins und eins zusammengezählt und bin auf dich gekommen. Irgendein Shipi halt, kennst du einen, kennst du alle.«

»Du bist so ein Arschloch!« Bashir grinst und knufft den Muskelmann in den Oberarm.

Männer unter sich, denkt Marisa. Ausnahmsweise kommt ihnen Bashirs ehemaliger Job zugute. Denn schon winkt ihr Partner sie heran, sie wird dem Mann mit dem türkisch klingenden Namen vorgestellt, lächelt pflichtbewusst, eine halbe Minute später ist sie im brechend vollen Lokal, während Bashir draußen wartet. Die Musik ist laut, die Leute tanzen dicht an dicht.

Odile sitzt an der Theke und stürzt gerade einen Shot.

»Odile«, sagt Marisa, worauf Pierre Eschmanns Schwester mitten in der Bewegung innehält und ihr langsam den Kopf zudreht.

»Früher oder später musste es so kommen.« Sie spricht so leise, dass Marisa sie kaum versteht.

»Wir müssen reden.«

Odile seufzt. »Ich weiß, ich weiß.«

»Gehen wir raus, hier versteht man sein eigenes Wort nicht.«

»Was hast du gesagt?«

»Wir gehen raus.«

Unelegant rutscht Odile vom Barhocker und haucht dem dicklichen Mann, der neben ihr sitzt und Marisa anglotzt, als hätte er einen Geist gesehen, einen Kuss zu. Er reagiert nicht. Odile verdreht die Augen.

»Was war mit meinem Mann?«, will Marisa draußen wissen.

Bashir unterhält sich immer noch mit seinem Kollegen,

doch er beobachtet sie aufmerksam. Im Notfall ist er in zwei Sekunden bei ihr.

»Mit deinem Mann?«

»Stell dich nicht dümmer, als du bist!«, fährt Marisa sie an. Nach den jahrelangen Mutmaßungen ist sie mit ihrer Geduld am Ende.

»Ach, dein Mann!« Odile schürzt die Lippen. »Tony, der arme kleine Tony. Ein Unfall, haben sie dir das nicht erzählt?«

»Das ist die offizielle Version. Ich will wissen, was wirklich geschehen ist.«

»Ja, wer weiß das schon?«

Marisa tritt so nah an Odile heran, dass ihr das bröckelnde Make-up in ihren Mundwinkeln auffällt und die hellen Stellen in der Mitte ihrer Lippen, wo die Farbe weggewischt ist.

Die klebt jetzt an einem halben Dutzend Tequilagläsern, denkt Marisa und schüttelt Odile grob an der Schulter. »Du sagst mir jetzt auf der Stelle, was passiert ist, oder ich rüttle dich so lange durch, bis alle Nähte in deinem zusammengeflickten Puppengesicht platzen.«

»Au, ist ja gut«, jammert Pierres Schwester und befreit sich aus Marias Griff. »Aber kommst du damit klar? Mit der Wahrheit?«

»Probier's aus.«

Prüfend schaut Odile sie an.

»Also Tony ...« Sie kichert und hält sich die Hand vor den Mund.

Als Marisa erneut nach ihrem Arm greifen will, weicht Odile zurück und fährt fort. »Tony wollte Pierre erpressen, weil er irgendwelche Dokumente abfotografiert hat, die für den Schredder bestimmt waren. Was dummerweise nicht sofort und vor allem nicht komplett erledigt wurde. Praktikanten«, fügt sie verächtlich hinzu. »Deswegen sind die Unterlagen unvollständig. Sie sollten belegen, dass in der Kanzlei Geld gewaschen wurde. Dein Mann hatte nichts in der Hand. Oder zumindest nicht genug, als dass er meinem Bruder etwas hätte nachweisen können.«

»Er hat doch Hunderte von Kontoauszügen …«

»Jaja. Allerdings war da wenig Relevantes dabei, hast du vermutlich selbst gemerkt. Offenbar weißt du ja davon. Damit kommst du mit einer Erpressung nicht durch.«

»Er hat aber nicht aufgegeben.«

»Pierre hat ihn rausgeworfen, da ist Tony selbst schuld. Man kann nicht mit jemandem weiterarbeiten, der derart skeptisch ist. Da ist das Vertrauen im Arsch.« Odile nestelt in ihrer Handtasche herum, fördert eine Zigarettenpackung zutage und zündet sich einen Glimmstängel an. »Tony hat trotzdem nicht aufgegeben. Brach mit seinem nachgemachten Schlüssel in die Kanzlei ein und durchforstete Dokumente. Er war wie besessen. Gefunden hat er nichts. Pierre ist ein Profi.« Sie stößt den Rauch aus und schaut einen Moment lang in den Nachthimmel. »Dann kam Arosa. Tony tauchte plötzlich auf und behauptete, er habe belastendes Material gefunden. Konnte schlicht nicht sein, Pierre war nach den Anschuldigungen vorsichtig geworden und hat immer alles sofort vernichten lassen.«

»Also wird in der Kanzlei doch Geld gewaschen?«

Odile lacht, als hätte Marisa eine besonders witzige Bemerkung gemacht. »Schätzchen, bitte. Natürlich wird da Geld gewaschen. Das weiß eine Handvoll Leute, der innere Kreis sozusagen. Tony hat da nie dazugehört. Ein äußerst heikler Bereich, das geht es um Beträge, die erarbeiten du und ich in fünf Leben nicht.«

»Yvonne Steiger hat heute Akten vernichtet.«

»Weil eine Kontrolle der FINMA droht. Da muss alles weg, auch Sachen, die unter normalen Umständen nicht als kompromittierend angesehen werden. Vielleicht waren es irgendwelche Dokumente, die erst kürzlich eingetroffen sind, die Kanzlei operiert ja international. Was weiß ich, ich bin nur die Aushilfe. Die bedauernswerte Schwester, die dort ihr Gnadenbrot verdient.«

»Was geschah in Arosa?« Marisa verspürt ein jähes Verlangen nach einer Zigarette und muss sich beherrschen, Odile nicht danach zu fragen.

»Tony machte ein Riesentheater und behauptete paranoides Zeug. Pierre war es scheißegal, er hat ihn nicht einmal sehen wollen, obwohl sich Tony im *Kulm* ein Zimmer gemietet hatte. Das billigste, die Zeiten der Business Executive Rooms waren für ihn vorbei. Yvonne hat versucht, ihn zur Vernunft zu bringen, er blieb stur. Betonte immer wieder, dass er auf belastendes Material gestoßen sei.«

»Da war nichts dran?«

»Nein. Er ist wutentbrannt rausgestürmt, das hat Yvonne mir erzählt, und hat gebrüllt, Pierre werde noch von ihm hören. Dann ist er in seinen Wagen gestiegen und wollte nach Hause fahren.«

Der Puls hämmert in Marisas Ohren, während sie zusieht, wie Odile ihre Zigarette auf den Boden schnippt und mit der Spitze ihres Schuhs austritt.

»Ich war ebenfalls auf dem Weg nach Zürich, wenige Minuten nachdem Tony abgerauscht ist«, erklärt Pierre Eschmanns Schwester. »Man brauche mich nicht mehr, hat Pierre gemeint. Ich habe einen«, abwägend wiegt sie den Kopf, »Pierre würde sagen: abenteuerlichen Fahrstil. Es war niemand unterwegs an diesem Abend und ich hab ein wenig aufs Gas gedrückt. Tony war vor mir, ich habe ihn rasch eingeholt. Als er mich bemerkte, beschleunigte er ebenfalls. Ich nehme an, er dachte, Pierre hätte ihm jemanden hinterhergeschickt. Aufgewühlt wie er war, kann ich mir das allein so erklären, er hatte den Bezug zur Realität teilweise verloren, glaubte womöglich an eine Verschwörung. Genau herausfinden werden wir es nie.«

»Tony war kein besonders guter Autofahrer.«

Odile nickt bestätigend. »Ich habe abgebremst, aber er ist einfach weitergerast. Bis zu dieser Kurve. Von einer Sekunde auf die andere war sein Wagen weg. Das Nächste, was ich hörte, war der laute Knall, als er gegen den Baum geprallt ist. Mehr war da nicht.«

»Und du bist zu ihm hinuntergestiegen.« Marisa atmet tief aus. Nun war also die Frage geklärt, die sie seit Jahren umgetrieben hat. Sie verspürt eine leichte Enttäuschung, die sogleich von einem Gefühl der Erlösung überdeckt wird. Es klingt so einfach und absolut plausibel.

»Ich hab sofort Pierre angerufen. Er hat mich angewiesen, nach ihm zu sehen. Und dabei auch gleich zu überprüfen, ob Tony wirklich kein belastendes Material bei sich hatte. Die Idee, rückwärts den Hang hinunterzulaufen und dann in denselben Spuren wieder hinauf, kam von ihm.« Odile schüttelt den Kopf. »Absolut bescheuert, enorm anstrengend. Hat aber funktioniert.«

»War er tot?«

»Auf der Stelle.« Betrübt betrachtet sie ihre silberfarbenen Schuhe mit dem schmalen Riemen um die Knöchel.

Schuhgröße 36, denkt Marisa. Die Frau, die nie in Tonys Wagen gesessen hat.

»Es tut mir leid, Marisa, wirklich.«

Marisa berührt sie leicht am Arm, dann geht sie auf Bashir zu. Der muskelbepackte Kollege ist nirgends zu sehen.

»Okay?«, fragt Bashir besorgt.

»Ja, ich glaube schon.« Sie legt die Hand auf seinen Rücken und führt ihn vom Eingang der Bar weg. Nach ein paar Schritten hängt sie sich bei ihm ein. »Wir brauchen einen neuen Fall«, sagt sie und hofft, dass er das Zittern in ihrer Stimme nicht bemerkt.

Samstag, 0:04 Uhr
Langstrasse

Wie vom Blitz getroffen starrt Russo zum Ausgang der Bar, wo eben die Frau mit den kupferroten Haaren verschwunden ist. Sie ist aus dem Nichts aufgetaucht. Erst hat er geglaubt, sein alkoholvernebeltes Gehirn spielte ihm einen Streich. Mittlerweile ist er sich sicher, dass eben Marisa Greco neben ihm gestanden hat und zusammen mit der platinblonden Gelifteten hinausgegangen ist.

Er rutscht vom Barhocker und bahnt sich energisch einen Weg durch die tanzenden Gäste, die Rufe der Bardame nimmt er erst wahr, als er den Ausgang fast erreicht hat.

»Bezahlen!«, brüllt sie ihm hinterher.

Für solche Bagatellen hat Russo keine Zeit. Grob schiebt er zwei Typen zur Seite, sie stoßen heftig zusammen. Dabei verschüttet der eine seinen Drink, ein guter Teil landet auf dem Hemd seines Kumpels. Dass sie sich empört nach ihm umsehen und ihn lautstark beschimpfen, ist ihm egal, Russo will nur eines – so schnell wie möglich raus hier. Er stolpert weiter und prallt beinahe mit der massigen Gestalt zusammen, die sich ihm unvermittelt in den Weg stellt.

»Hast du nicht etwas vergessen?«, fragt der Türsteher, seine Haltung verrät unmissverständlich, dass Verhandlungen keine Option sind.

Russo will sich wegducken, der Kerl ist jedoch wendiger, als er angenommen hat. Er packt Russo grob am Oberarm und schiebt ihn vor sich her, zurück zum Tresen.

»Ich muss los, verdammt!« Russo ist kurz vorm Heulen.

»Gleich. Sobald deine Drinks bezahlt sind«, brummt der Türsteher nah an seinem Ohr.

»Aber …« Verzweifelt versucht Russo, sich freizukämpfen, der eiserne Griff verstärkt sich.

Mit eisiger Miene erwartet ihn die Barfrau, wirft ihm die

Rechnung hin und sieht stoisch zu, wie er ein paar Scheine aus dem Portemonnaie klaubt.

»Lass dich hier nie mehr blicken, Loser«, sagt sie und kehrt ihm den Rücken zu.

Der Türsteher lässt ihn selbst jetzt nicht los, sondern schleppt ihn hinter sich her zum Ausgang.

»Arschloch!«, schreit ihn einer der beiden Typen an, die er vorhin angerempelt hat. Die Vorderseite seines Hemds ist von einer rötlichen Flüssigkeit durchnässt.

»Ach, fick dich doch!« Russo brüllt ihm seinen ganzen angestauten Frust entgegen, worauf der Bursche mit der Faust ausholt.

Das Knacken des Nasenbeins macht Russo deutlich, dass der Hieb gesessen hat, er torkelt rückwärts und wäre vermutlich mit dem Hinterkopf gegen den Tresen geknallt, würde ihn der Türsteher nicht festhalten. Der Schmerz explodiert einen Wimpernschlag später, kurz bevor das Blut aus seiner Nase schießt und über Mund und Kinn tropft.

»Immer schön nett bleiben«, meint der Türsteher ruhig und bugsiert Russo aus der Bar hinaus.

Russo strauchelt über die Gehsteigkante und sackt mitten auf der Straße zusammen. Das Gelächter hinter ihm nimmt er kaum wahr. Er schließt die Augen. Am liebsten würde er einfach hier liegen bleiben. Stöhnend dreht er sich zur Seite, ihm ist schwindelig, das Blut hinterlässt einen metallischen Geschmack auf seinen Lippen. Als er mühsam den Kopf hebt, entdeckt er Marisa Greco und Bashir Berisha, die gerade in die Kernstrasse einbiegen. Eine Sekunde später sind sie verschwunden.

Samstag, 0:06 Uhr
Jupiterstrasse

Atemlos stürmt die Polizistin ins Büro im zweiten Stock des Anwesens. Eine Flasche *Veuve Clicquot* und zwei leere Gläser auf dem Schreibtisch, der Wandschrank steht offen. Ein paar Regale mit vereinzelten Ordnern sind zu erkennen, der Stauraum auf der rechten Seite ist leer. Die beiden Handys liegen neben der Computertastatur, ältere Modelle, klobig und anthrazitfarben.

Teresa Peruzzi greift nach einem der Geräte und drückt den Einschaltknopf. Nichts geschieht.

Vermutlich ist der Akku leer, denkt Teresa und stöbert die Schubladen des Metallschranks unter dem Schreibtisch durch, bis sie das dazugehörige Kabel findet. Während das erste Telefon lädt, fragt sie sich, weshalb Andrea Graf die Handys im Tresor aufbewahrt hat. Besonders wertvoll sehen sie nicht aus. Eher wie Prepaidhandys. Sie hat keine Legitimation, den Inhalt zu prüfen, aber die Neugier ist stärker. Ihre jahrelange Erfahrung sagt ihr, dass hier etwas nicht stimmt.

Ein künstlicher Pfirsichduft hängt in der Luft und sie erinnert sich plötzlich an das, was Faith vorhin erwähnt hat. Sie verlässt den Raum und durchquert den Flur. Die Badewanne ist tatsächlich voll, Schaumschlieren treiben auf der Wasseroberfläche. Kopfschüttelnd zieht sie den Stöpsel heraus und hofft, dass das Gurgeln des ablaufenden Badewassers nicht ihre Kollegen alarmiert, die sich unten um die Einbruchstelle kümmern.

Faiths Aktionen werden immer unmöglicher. Nicht zum ersten Mal ist sie deswegen in eine brenzlige Situation geraten. Andererseits hat Teresa bis zu einem gewissen Grad Verständnis für Faiths Ausbruchversuche. Für eine junge Frau muss es die Hölle sein, sich nicht frei bewegen zu dürfen, keine Freundinnen zu haben, kein Geld zu verdienen und in ständiger Angst vor Entdeckung zu leben. Und dann noch in einem engen Verlies mit Leuten zu wohnen, die sie nicht einmal kennt. Der Wohnraum in der Stadt ist knapp, angenehmere Unterkünfte gibt es zwar, allerdings sind sie kaum bezahlbar. Dank der Vermittlung ihres Vaters Salvatore, der ein paar Jahre neben der Lagerhalle gewohnt und sich mit dem Inhaber angefreundet hat, ist es ihr überhaupt gelungen, die Sans-Papiers in der ehemaligen Dienstwohnung unterzubringen. Unter ihnen Joy, die Teresa noch vom Streifendienst in der Langstrasse kennt und die sie nach der Flucht vor ihren Zuhältern um Hilfe angefleht hat. Faith war da gerade erst in der Schweiz angekommen.

»Teresa?«

Die Stimme ihres Kollegen Patrick Wittmer lässt sie zusammenzucken.

»Ja?«, ruft sie zurück.

»Wo bist du?«

Teresa überprüft den Inhalt der Badewanne, sie ist noch halb voll. Schaumreste kleben an den Seitenwänden. Reflexartig rückt sie das feuchte Frotteetuch zurecht, das über dem Halter hängt, und tritt in den Flur hinaus.

»Im Badezimmer ist alles in Ordnung«, meldet sie.

»Was ist mit diesen Handys?«, will Patrick wissen, als sie ins Büro zurückkehrt, und hält eines davon in die Höhe.

»Die lagen im aufgebrochenen Tresor.«

Patrick, ein durchtrainierter Kerl mit hellbraunem Bürstenschnitt, bückt sich und begutachtet den Schrank unter dem Schreibtisch, dann richtet er sich wieder auf und runzelt die Stirn.

»Da sind seltsame Nachrichten drauf«, meint er.

»Du hast sie entsperrt?«

Er hält sich den Finger an die Lippen. »Der Code für dieses Handy hier lag samt Verpackung in einer der Schubladen. Fürs zweite hab ich nichts gefunden. Könnte man aber problemlos knacken, wenn es sein muss.«

»Und?«

Sie unterhalten sich mit gesenkten Stimmen, sie wissen beide, dass sie sich auf verbotenem Terrain bewegen.

»Andrea Graf hat sich offenbar mit einer Frau namens Jamila auf dem Cassiopeiasteg in Wollishofen verabredet.« Mit zusammengekniffenen Augen beugt er sich über das winzige Display. »Im September vor zwei Jahren war das.«

»Und seither?«

»Nichts. Sie haben sich nur einige wenige Messages geschickt.«

»Da war doch was.« Teresa erinnert sich vage an den Polizeibericht.

Eine junge Frau mit silberfarbener Jacke, die leblos im Wasser trieb, sie war übel misshandelt worden, bevor ihr Mörder sie in den Zürichsee warf. Jamila. Ein türkisch klingender Nachname. Der Täter konnte nie gefasst werden.

»Meinst du, Andrea Graf hat etwas mit dem Mord zu tun?«

Patrick knetet seine Unterlippe. »Das wäre eine voreilige Schlussfolgerung. Die Frage ist: Weshalb hat sie die Handys im Tresor versteckt? Und was ist mit dem zweiten Telefon? Wenn das zweite Gerät Jamila gehört hat, hat die Graf ein ernsthaftes Problem.«

»Wir sollten dem unbedingt nachgehen«, meint Teresa.

Patrick grinst sie verschwörerisch an.

Samstag, 0:07 Uhr
Zermatt

Seit dem Anruf ist sie hypernervös. Erst ist sie hinausgerannt und kurz danach mit einem gepackten Koffer zurückgekehrt, dann hat sie hektisch ein Taxi geordert, das sie auf der Stelle vom autofreien Zermatt zu ihrem Wagen bringen soll. Der ist eine gute halbe Stunde entfernt in Visp geparkt. Und jetzt winkt sie ihn mit einer herrischen Geste heran, damit er ihr die Rechnung bringt.

Dabei hat Pablo Duarte allein wegen ihr noch auf, die anderen Besucher sind vor Stunden gegangen. Die *Capri* Bar im *Mont Cervin Palace* schließt normalerweise um zehn Uhr. Doch was tut man nicht alles für Hotelgäste? Ein gediegenes Lokal mit braunen Ledersesseln, modernen Gemälden an den Wänden und einem karierten Teppichboden. Für eine ältere und gut situierte Klientel konzipiert.

Die etwa vierzigjährige Frau mit der blonden Kurzhaarfrisur presst ihre Kreditkarte etwas zu heftig gegen das portable Terminal. Als die Zahlung mit einem Piepton akzeptiert wird, steckt sie die Karte rasch wieder ein. Pablo registriert, dass ihre Hände zittern.

Er ist sich erst nicht sicher gewesen, ob sie es tatsächlich ist. Sie hat heute zum ersten Mal die Bar besucht und sich in eine Ecke gesetzt. Als er sie nun von Nahem betrachtet, ist er überzeugt, dass er Andrea Graf vor sich hat. Die rechte Politikerin, über die erst gestern im Fernsehen ein Beitrag gelaufen ist. Sie hat sich in Visperterminen filmen lassen und für die Kameras so getan, als wäre das kleine Walliser Dorf ihre zweite Heimat, logiert derweil aber in einem Luxushotel im wesentlich mondäneren Zermatt. Politiker halt.

Während sie ein Zweifrankenstück aus ihrer Geldbörse klaubt und ihm als Trinkgeld überreicht, fällt ihm schlagartig ein, dass er sie schon einmal gesehen hat. An einem anderen

Ort. Die Erkenntnis verschlägt ihm den Atem. Gebannt starrt er sie an, bis jeder Zweifel ausgeräumt ist. Andrea Graf hat an jenem Abend auf dem Cassiopeiasteg gestanden, einer in den See gebauten Fußgängerpassage, die den Wollishofer Hafen mit der *Roten Fabrik* verbindet. Sie war in ein Gespräch mit Jamila vertieft, einer bildhübschen Türkin und einer der berühmtesten Influencerinnen der Schweiz. Jamila hat er auf Anhieb erkannt, als er an den beiden Frauen vorbeigejoggt ist. Die Graf nicht. Beinahe wäre er stehen geblieben, hat sich aber anders entschieden, weil er eh nicht gewusst hätte, was er zu Jamila hätte sagen sollen. Daran erinnert er sich genau. Einundzwanzig war Pablo da und hat noch die Hotelfachschule besucht, bevor er für ein Jahr nach Portugal zurückgekehrt ist. Kurz nach dieser zufälligen Begegnung hat er erfahren, dass man Jamila ermordet im See gefunden hat. War das an demselben Abend gewesen oder früher? Ganz sicher ist er sich nicht.

»Bei mir wurde eingebrochen«, teilt ihm Andrea Graf ungefragt mit und klappt ihre Handtasche zu. »Die Nachbarn haben mich zuerst informiert, eben hat auch noch die Polizei angerufen.« Fahrig streicht sie sich durchs Haar, ihr Kiefer malmt.

»Das tut mir sehr leid«, sagt Pablo und merkt, wie hohl das klingt.

»Ja.« Sie sieht aus, als würde sie gleich anfangen zu weinen, das Gesicht geisterhaft blass.

Der Einbruch scheint sie aufzuwühlen, viel mehr, als man es von einer taffen Politikerin erwarten würde. Ratlos verharrt Pablo vor ihr, weil er es für unangebracht hält, sie stehen zu lassen. Und entdeckt plötzlich, dass sich hinter ihrer Bestürzung etwas anderes verbirgt – Panik.

»Man hat den Tresor aufgebrochen«, fügt sie hinzu, bei den letzten beiden Worten versagt ihre Stimme.

In dem Moment tritt der Taxifahrer durch die Tür.

»Das Taxi«, sagt Pablo und wartet ab, bis Andrea Graf dem Mann nach draußen gefolgt ist.

Dann geht er zum Tresen, holt sein Handy aus der Personalschublade und googelt die Nummer der Kriminalpolizei Zürich.

Samstag, 0:08 Uhr
Langstrasse

»Geht das auch schneller?« Lorenzo Sposato schnalzt gereizt und schenkt dem Taxifahrer einen unwirschen Blick, als der in den Rückspiegel schaut.

»Langstrasse, Freitagnacht. Keine Chance.«

»Minchia!« Misslaunig sieht Sposato aus dem Fenster, zu den Menschenmassen, die über die Trottoirs flanieren und sich vor den Bars und Klubs drängen. Die Autokarawane zieht sich vermutlich bis zum Limmatplatz, der Wagen kommt nur schrittweise vorwärts.

»Wie lange bis …?«

»Eine knappe Dreiviertelstunde. Der kürzeste Weg führt nun mal über die Langstrasse. Sobald wir aus der Stadt raus sind, geht's gleich viel schneller.«

»Das hoffe ich«, knurrt Sposato.

Er hat das Nötigste in seine Reisetasche gestopft, das Taxi, das er in der Nähe der Eschmann'schen Villa angehalten hat, hat derweil vor dem schicken Wohnhaus gewartet. Spontan hat er sich für einen kleinen Umweg über den Aargau entschieden, um der Familie des Calamaro einen dringend nötigen Besuch abzustatten, bevor er für eine Weile abtaucht. Seine Kochshow kann er problemlos auch aus dem Refugium senden, dämliche Flüchtigkeitsfehler werden ihm nie mehr unterlaufen.

Hoffentlich ist der Fettsack schon zu Hause, denkt Sposato. Sonst erlebt er die Überraschung erst, wenn er zurückkehrt. Eine ganz neue Definition von Blutbad. Lorenzo Sposato lacht leise und holt eine Schachtel *Parisienne* aus seiner Reisetasche.

Kaum hat er die Zigarette angezündet, dreht sich der Fahrer ruckartig zu ihm um. »Mann, Sie können hier nicht rauchen!«

»Und ob.« Sposato bläst dem Kerl eine Tabakwolke ins Gesicht.

»Das ist verboten!«

»Können Sie sich vorstellen, wie sich das anfühlt, wenn eine scharfe Messerklinge von hinten in Ihren Hals dringt und die Nackenmuskulatur durchtrennt?«

Schicksalsergeben wirft der Taxifahrer die Hände in die Luft. »Dann öffnen Sie wenigstens das Fenster.«

Sposato kurbelt die Scheibe hinunter und zieht an seiner Zigarette. Eben haben sie das *Longstreet* passiert, auf der linken Seite rückt die *Lambada* Bar ins Bild.

»Übler Schuppen«, murmelt er und lässt den Rauch durch die Nase entweichen.

Samstag, 0:09 Uhr
Langstrasse

Belämmert steht Herbert Russo mit der Sommerjacke über dem blutverschmierten und verschwitzen Hemd an der Ecke, an der Dienerstrasse und Langstrasse rechtwinklig zusammentreffen, und kann nicht fassen, was gerade geschieht. Das Taxi bewegt sich wie in Zeitlupe über die einspurige Straße und rollt in seine Richtung. Gerade hat der Fahrgast auf dem Rücksitz das Fenster hinuntergekurbelt, Rauchschwaden wehen ins Freie. Russo ist vor Entsetzen und Verblüffung zugleich zusammengefahren, kaum hat er den Mann erkannt.

Seit wann darf man in Taxis wieder rauchen?, schießt es ihm durch den Kopf, gleich darauf denkt er, dass das jetzt kaum die wichtigste Frage ist. Da ist der Wagen schon auf seiner Höhe angelangt. Unkontrolliert beginnt Russo zu schlottern, erst als er sich seine Familie in Erinnerung ruft, wird er ruhiger. Wie in Trance reißt er die Hand aus der Jackentasche und streckt den Arm durch, senkrecht vom Körper weg, seine schweißigen Finger kleben förmlich am Griff der Pistole. Verwundert dreht sich Lorenzo Sposato im Fond des Taxis zu ihm hin, als er das Klicken hört, mit dem Russo die Waffe entsichert. Rauch strömt aus Sposatos Nasenlöchern. Russos Zeigefinger spannt sich über dem Abzug, er atmet tief ein und drückt ab. Ausnahmsweise reicht ein einziger Schuss.

Samstag, 0:10 Uhr
Dienerstrasse

Mit offenem Mund glotzt Russo auf das Einschussloch mitten in Lorenzo Sposatos Stirn, bevor der Mafioso langsam nach hinten auf den Rücksitz des Taxis kippt. Der Fahrer hat noch gar nicht bemerkt, was geschehen ist, nur die Passanten haben sich beim lauten Knall beunruhigt umgesehen. Da nichts Ungewöhnliches zu erkennen ist, reagiert niemand. Noch nicht, das Chaos kann jederzeit losbrechen. Russo kennt sich aus. Die Pistole wiegt mit einem Mal bleischwer in seiner Hand, rasch steckt er sie in die Jackentasche und flüchtet um die Ecke, am Eingang der *Lambada* Bar vorbei. Er verfällt in leichten Trab, rennt dann immer schneller und stürzt durch die Kernstrasse, durch den kurzen düsteren Abschnitt, wo die nigerianischen Prostituierten stehen. Blindlings biegt er in die nächste Querstraße ein. Kreischende Bremsen und das ohrenbetäubende Hupen eines Taxis lassen ihn mitten auf der Straße erstarren, wie hypnotisiert bleibt er im Scheinwerferlicht des Wagens stehen.

Unflätig beschimpft der Fahrer ihn, mit zittrigen Beinen wechselt Russo auf den Bürgersteig und läuft an der Längsseite des Taxis entlang. So unsicher ist sein Gang plötzlich, dass er sich mit einer Hand an der Karosserie abstützen muss. Jäh wird die hintere Tür aufgestoßen, trifft Russo in die Seite und schleudert ihn zu Boden. Verstört verfolgt er, wie eine junge Afrikanerin aus dem Wagen springt. Ihr Gesicht ist wutverzerrt, während sie mit einem Satz über Russo hinwegsetzt. Ruckartig hält sie inne und betrachtet ihn mit schiefgelegtem Kopf. Wortlos greift die junge Frau nach der Pistole, die eine Armlänge von Russo entfernt auf dem Asphalt liegt. Die Waffe ist ihm aus der Hand gerutscht und über den Boden geschlittert, als er den Sturz abzufedern versucht hat. Ein angedeutetes Nicken, daraufhin hastet die Afrikanerin in die Gasse hinein und verschwindet im Seiteneingang neben *Macuto's* Bar.

Vor Erschöpfung fallen Russo fast die Augen zu. Er horcht auf die Geräusche der Zürcher Nacht, das Stimmengewirr auf der Langstrasse. Alles, was Russo will, ist, in den kleinen Ort im Aargau zurückzukehren, zu seiner Frau und den Kindern. In seine heile Welt. Wo im Laden Laura Pausini läuft, wo es würzig nach Rohschinken riecht und er den italienischen Spaßvogel geben darf. Und wo hoffentlich nicht so bald eine unterdrückte Nummer auf seinem Handy aufleuchten wird. Denn in Ruhe gelassen zu werden, das wünscht er sich mehr als alles andere. Dass sie ihn in Zukunft wieder übersehen und ihn eines Tages mit etwas Glück sogar ganz vergessen. Dass er wie ein Kalmar mit seiner Umgebung verschmilzt, bis er komplett unsichtbar wird. Bis sich keiner in der Familie mehr daran erinnert, wer Herbert Russo ist.

Samstag, 0:13 Uhr
Kernstrasse

Faith stürmt durch den Hausflur, die Pistole im Anschlag. Wie sie es in Filmen gesehen hat. Zwei Frauen in kurzen Glitzerröcken kommen ihr entgegen und drücken sich bei ihrem Anblick an die Wand. Faith kann die blanke Angst in ihren Augen erkennen. Zu gern hätte sie ihnen gesagt, dass sie von ihr nichts zu befürchten haben, dazu reicht die Zeit nicht. Sie hetzt an ihnen vorbei, reißt die Tür zum Keller auf und rennt die Treppe hinab. Faith weiß nicht genau, wo sich die Folterkammer befindet, Joy hat nur einmal davon erzählt. Unten, hat sie gesagt.

Neonröhren erhellen den Gang, Betonwände, Leitungsrohre verlaufen unter der Decke. Faith bleibt stehen und horcht in die Stille hinein. Sie kann wegen ihres eigenen Keuchens und des hämmernden Herzschlags kaum etwas hören, erst allmählich dringen Geräusche zu ihr durch. Irgendwo in der Nähe tropft Wasser auf den Boden, eine Waschmaschine läuft. Von weit hinten sind unablässig elektronische Signaltöne zu vernehmen, als würde jemand auf seinem Handy herumspielen. Behutsam bewegt sich Faith vorwärts. Sie passiert einen weiteren Raum mit einer Heizung. Vor der Tür daneben stoppt sie. Bis auf das nervöse Piepen dringt kein Laut zu ihr heraus.

Faiths Puls dröhnt in ihren Ohren, sie darf nicht zu lange warten, sonst verlässt sie der Mut. Sie hebt die Pistole, gleichzeitig drückt sie die Türklinge hinunter. Abgeschlossen. Verdammt.

»Tani o wa nibe?«, will Dayo wissen. Wer ist da? Seine Stimme ist unverkennbar.

Faith schluckt.

»Madame Lisha schickt mich«, bringt sie schließlich hervor. »Bier für euch.«

Drinnen wird der Schlüssel gedreht. Ehe die Tür aufschwingt, wirft sich Faith dagegen. Der Rahmen schlägt gegen etwas Festes, Faith spürt kurz Widerstand, bevor derjenige auf der anderen Seite das Gleichgewicht verliert und zu Boden geht.

Faith hechtet in die Kammer und richtet die Waffe auf Akono, der konsterniert von seinem Handy aufblickt. Im nächsten Moment nimmt sie Dayo ins Visier, der gerade auf die Beine kommt.

»Sie ist geladen«, sagt sie auf Yoruba und hofft, dass die beiden Männer nicht bemerken, wie nah sie an der Panik ist.

Gehetzt sieht sie sich um. Joy ist noch immer auf den Stuhl gebunden, so wie auf den Fotos, die sie ihr geschickt haben. Die beiden Typen haben sie grässlich zugerichtet, Faith spürt Tränen aufsteigen. Immerhin ist ihre Schwester bei Bewusstsein.

»Du!«, fordert sie Dayo auf und bemüht sich um einen Befehlston. »Losmachen!«

Der Kerl grinst und bewegt sich nicht vom Fleck, worauf sie einen Schritt auf ihn zu macht und den Finger auf den Abzug legt. Er gibt sich unbeeindruckt. Kurzerhand richtet Faith den Lauf auf das schmale Kellerfenster über ihm und drückt ab. Der Schuss hallt ohrenbetäubend laut in der Kammer, Glas splittert. Der Rückstoß hat Faith nach hinten geschleudert, sie stellt sich breitbeinig hin und schwenkt die Waffe wieder Richtung Dayo, dem das Grinsen aus dem Gesicht gefallen ist.

»Los!«, wiederholt sie.

Diesmal lässt sich der Nigerianer nicht zweimal bitten. Sichtlich angespannt befreit er Joy von ihren Fesseln und lässt sich danach von Faith in die Ecke neben Akono dirigieren. Schwankend steht Joy auf. Das Blut auf ihrem Gesicht ist eingetrocknet, vermutlich haben die beiden Folterknechte ihr eine Pause gegönnt. Nach einigen Schritten wird Joys

Gang sicherer, sie stellt sich neben Faith und stützt sich auf ihrer Schulter ab.

»Wir müssen schleunigst raus hier«, mahnt sie mit kratzender Stimme. »Der Krach hat das ganze Haus alarmiert.«

Faith hält sie am Arm fest und drängt ihre Schwester aus dem Verlies. Noch einmal deutet sie drohend mit der Waffe auf die beiden Männer, dann zieht sie den Schlüssel aus dem Schloss und sperrt die Tür von außen ab.

So schnell, wie es Joy möglich ist, eilen sie durch den Korridor. Sie haben den Aufgang fast erreicht, als Madame Lisha gehetzt um die Ecke biegt. Zwei Frauen begleiten sie, die Faith und Joy verächtlich taxieren.

Mit süffisant geschürzten Lippen bremst Lisha ab. Ehe sie zu einer Bemerkung ansetzen kann, fällt ihr die Pistole in Faith Hand auf. Ihr Mund klappt auf. Ruhig hebt Faith den Arm und zielt auf Lishas Stirn.

Niemand rührt sich, wie festgefroren stehen sie sich gegenüber. Am Ende des Gangs rüttelt einer der Männer fluchend an der verschlossenen Tür.

»Nicht«, flüstert Joy.

»Sie verdient es nicht anders.«

»Aber dann bist du wie sie, Faith. Genau wie sie.«

Faith zögert, unschlüssig lässt sie die Pistole sinken.

»Lass uns ins Ruhe, Lisha!«, zischt sie. »Hast du verstanden?«

Madame Lisha, die fahl geworden ist, nickt.

»Beim nächsten Mal drücke ich ab. Ist das klar?«

Samstag, 0:18 Uhr
Langstrasse

Vor der *Lambada* Bar sind laute Schreie zu hören. Belén kümmert das wenig, in einer Freitagnacht in der Langstrasse ist das nichts Ungewöhnliches. Mit erhobenen Armen bewegt sie sich im Takt der Musik und genießt das Gefühl der Freiheit, das sie so lange vermisst hat. Auch wenn es eine kurze Flucht aus dem Alltag ist. All ihre Pläne haben sich in Luft aufgelöst, die Zukunft sieht wieder so grau und hoffnungslos aus wie am frühen Abend. Daran will sie nicht denken, sie will jetzt einfach tanzen, alles vergessen, zu einem Teil dieser Menschenmenge werden.

Immer mehr Leute strömen zusammen, sie drängen von allen Seiten. Ein Taxifahrer rauft sich vor seinem Fahrzeug die Haare, die Türen auf der linken Seite stehen offen. Auf dem Rücksitz des Wagens scheint sich etwas abzuspielen, das Belén wegen der Gaffer, die sich dicht um das Auto scharen, nicht erkennen kann.

Mit einem Mal doch neugierig geworden, lässt sich Belén mit den hinausströmenden Bargästen auf die Straße treiben. Alle wollen zu diesem Taxi. Selbst als sie auf dem Trottoir angelangt ist, kann sie nichts sehen. Mittlerweile hat sich eine riesige Menschentraube um den Wagen gebildet, Handys werden gezückt. Belén entfernt sich ein paar Schritte und bleibt zwischen der Bar und dem türkischen Schnellimbiss nebenan stehen, in der Hoffnung, aus der Distanz etwas ausmachen zu können. Vergebens.

Die Autokolonne ist längst zum Stillstand gekommen. Wegen der Neugierigen, die beide Fahrbahnen blockieren, sind Überholmanöver unmöglich geworden. Aus der Ferne nähern sich Polizeisirenen, auch das ein vertrautes Geräusch in einer Freitagnacht. Der schrille Ton quietschender Reifen lässt Belén herumfahren. Ein schwarzer Mercedes schießt aus der Hohlstrasse, etwa hundert Meter entfernt, prescht durch die Lücke zwischen zwei in der Schlange stehenden Autos und streift mit einem lauten Kratzen ein Chassis. Beim Abbiegen wird der Wagen beinahe aus der Kurve getragen, um ein Haar hätte er mit dem Heck die Tische und Stühle vor dem *Aargauerhof* abgeräumt. Auf der Fahrbahn, die für Busse reserviert ist, braust der Mercedes nun heran, rechts an der Autoschlange vorbei, er schlingert und schafft es kaum, die Spur zu halten.

Noch fünfzig Meter trennen Belén vom Wagen. Wie gelähmt sieht sie ihn auf sich zuschießen. Die Motorhaube ist zerkratzt, Blätter und abgebrochene Zweige haben sich unter den Scheibenwischern verfangen. Eine blonde junge Frau mit verzerrtem Gesicht sitzt am Steuer, auf dem Beifahrersitz hüpft eine Rothaarige wie irr auf und ab und lacht mit weit aufgerissenem Mund. Die Blondine ist Eschmanns Tochter Sarah, Belén erkennt sie erst jetzt. Daneben ihre bescheuerte Freundin Raffaella.

Sarahs Augen weiten sich entsetzt, als sie auf die Menschenmenge mitten auf der Straße aufmerksam wird, sie scheint zu fluchen, ehe sie mit einiger Verzögerung auf die Bremse tritt. Die Reifen kreischen auf, der Mercedes dreht sich um die eigene Achse, mehrmals knallt er gegen eines der in der Kolonne stehenden Fahrzeuge, bevor er mit der Kühlerhaube voran ins Bistro-Pub *Aladin* rast. Knackend wird Blech zusammengedrückt, Scheiben bersten, Leute schreien, es riecht nach verbranntem Gummi.

Entgeistert starrt Belén auf die Zerstörung. Der Wagen hat sie um wenige Zentimeter verfehlt. Raffaella lacht noch immer wie eine Irre, obschon sie der Airbag in den Sitz drückt. Derjenige auf Sarahs Seite hat nicht ausgelöst, hektisch hantiert sie am Lenkrad herum. Wie von Zauberhand hebt sich plötzlich der Deckel des Kofferraums, vermutlich hat Sarah unabsichtlich den Öffner betätigt.

Ein Blick genügt Belén. Sie hat Pierre Eschmann schon öfter dabei beobachtet, wie er vollgestopfte Sporttaschen aus dem Auto geholt hat. Zwar ist sie sich nicht hundertprozentig sicher, aber sie kann erahnen, was sich darin befindet. Kurz drückt Belén die Fingerspitze in den Stoff des Gepäckstücks. Das verheißungsvolle Knistern sagt ihr alles, was sie wissen muss. Sie überlegt nicht lange. Schon laufen die ersten Sensationslüsternen auf die Unfallstelle zu. Aus dem Imbiss stürzen ebenfalls Leute, jemand ist verletzt worden und brüllt, es herrscht ein einziges Durcheinander. Kein Mensch beachtet sie.

Jetzt oder nie, denkt Belén und schnappt sich eine der Taschen, sie ist ziemlich schwer. Während sie überlegt, wie sie die zweite wegtragen soll, bemerkt sie aus dem Augenwinkel zwei afrikanische Frauen, die an ihr vorbeistürmen.

»Joy!«, ruft sie.

Eine der beiden dreht sich gehetzt nach ihr um.

Belén zuckt zusammen, als sie das Gesicht der Nigerianerin sieht, man hat sie übel zugerichtet. Darüber kann sie jetzt keinen Gedanken verlieren, die Zeit drängt.

»Fass an!«, fordert sie Joy auf und deutet auf die zweite Tasche.

Sie schaut Belén belämmert an und versteht offenbar nicht. Ihre Schwester Faith hingegen begreift sofort. Sie steckt sich die Pistole, die sie aus irgendeinem Grund bei sich trägt, vorne in den Hosenbund und hievt die Tasche aus dem Kofferraum.

»Links, in die nächste Querstraße rein.« Belén deutet mit dem Kinn auf die weit weniger belebte Brauerstrasse. »Macht schnell, ihr dürft aber auf gar keinen Fall rennen.«

Samstag, 0:20 Uhr
Brauerstrasse

Mit einem Seufzen lässt sich Belén in den Sitz fallen und weist den Taxifahrer an, erst einmal aus der Stadt zu fahren. Linke Seeseite. Dort werden sie ein kleines, verschwiegenes Hotel finden, um das weitere Vorgehen zu besprechen.

»Habt ihr Geld?«, will der Taxifahrer wissen und beäugt misstrauisch die beiden Afrikanerinnen auf dem Rücksitz.

»Ja.« Still lächelt Belén vor sich hin und sieht auf die hell erleuchteten Lokale, die an ihr vorbeiziehen. Sie haben Geld.

Dann holt sie ihr Telefon aus der Handtasche und sucht das Video, in dem Pierre Eschmann und der Padrone den Hausbesitzer bedrohen. Mit wenigen Klicks hat sie es auf ein unter falschem Namen angelegtes Twitterprofil hochgeladen. Es wird nicht lange dauern, bis der Film viral geht. Um sich sicher zu fühlen, muss man gewisse Brücken hinter sich abreißen. Mit einem wohligen Seufzer kuschelt sich Belén in das weiche Leder des Beifahrersitzes und schließt die Augen.

Samstag, 0:28 Uhr
Wiedikon

Lautlos öffnet Marisa die Tür zum Kinderzimmer und betrachtet ihren schlafenden Sohn. Er hat sich zur Seite gedreht, das Haar klebt feucht an seiner Stirn, die Decke hat er längst weggestrampelt.

Unglaublich, wie schnell er wächst, denkt sie. In wenigen Jahren wird er mich nicht mehr brauchen, nicht mehr so wie jetzt. Der Bartwuchs wird einsetzen, er wird den Stimmbruch haben, immer später nach Hause kommen, ihr irgendwann seine erste Freundin vorstellen. Oder seinen Freund.

Marisa freut sich darauf, dann kann sie sich wieder vermehrt um ihr eigenes Leben kümmern. Gleichzeitig macht es ihr Angst.

Was bleibt mir, wenn er auszieht? Was mache ich, wenn er nicht mehr der Mittelpunkt meines Lebens ist?

Behutsam zieht sie die Tür zu und lässt sie spaltbreit offen. Noch will Luca das so.

Sie setzt sich an den Küchentisch, schenkt sich den Rest des *Pinot Grigio* aus dem Kühlschrank ein und nimmt einen Schluck.

»Was für ein Tag!«, sagt sie zu sich selbst.

Nun da die meisten Fragen zu Tonys Tod geklärt sind, verspürt sie eine seltsame Leere. Nicht zu wissen, was mit ihm geschehen war, weshalb er gestorben war, hat sie in den letzten Jahren so intensiv beschäftigt, dass kein Platz für anderes übrig geblieben ist. Das muss sich ändern.

Marisa schiebt die Spaghettipackung zur Seite, die Bashir hat liegen lassen, und legt das Handy auf den Küchentisch. Die App ist in Windeseile heruntergeladen.

Von wegen schlechte Verbindung! Sie lächelt bei dem Gedanken an Bashirs Seitenhieb.

Nach kurzem Zögern nimmt sie das Mobiltelefon in die

Hand und lädt ein paar Fotos von sich hoch. Auch das funktioniert schnell und einwandfrei. Ihr Partner hat echt keine Ahnung.

Eine kürzlich geschiedene Freundin hat ihr verraten, dass sie auf diesem Weg schon etliche tolle Typen kennengelernt habe. Nichts Festes, nichts zum Behalten. Aber genau richtig, um einen auf andere Gedanken zu bringen.

Marisa studiert die Instruktion noch einmal, öffnet die Anwendung, wenig später erscheint das erste Profil. Sie lässt den Finger über dem Display kreisen. Und wischt erst einmal nach links.

Samstag, 2:36 Uhr
Russenweg

Verschwitzt liegt Bashir auf dem Rücken, die Frau ist auf seiner Brust eingeschlafen, ihr Atem geht regelmäßig. Mit den Fingern fährt er über ihre Schulter, die Haut ist feucht und warm. Durch die schräg gestellten Jalousien fällt Mondlicht auf den Zimmerboden, wo sie nach dem Sex liegen geblieben sind.

Nachdem er Marisa nach Hause gefahren hat, ist Bashir noch auf einen Sprung in die *Toro* Bar. Zu seiner Überraschung saß sie am Tresen und als sie eine Viertelstunde später aufbrach, folgte er ihr wie immer nach Hause. Wegen der späten Uhrzeit hat sie ein Taxi angehalten, er ist mit seinem BMW hinterhergefahren.

Sie bewegt sich leicht, murmelt im Halbschlaf.

»Du?«, flüstert er, wohl wissend, dass er damit eine ihrer unausgesprochenen Regeln bricht.

»Hm?«, antwortet sie nach einer Weile.

»Wie heißt du eigentlich?«

Sie hebt den Kopf und sieht zu ihm auf, er kann ihre amüsierte Miene im Halbdunkel nur erahnen. Dann rutscht sie etwas höher, wälzt sich ganz auf ihn und küsst ihn auf den Mund.

Hart – explosiv – brandaktuell

Sunil Mann

Das Gebot

ISBN 978-3-89425-774-3
Auch als E-Book erhältlich

Der zweite Fall der Agentur für unliebsame Angelegenheiten

Marisa Greco und Bashir Berisha erhalten einen neuen Auftrag: Sie sollen Erich Bodmer suchen, den seine Eltern jahrelang auf einer Weltreise vermuteten. Tatsächlich reiste der junge Mann aber mit Freunden nach Syrien, um dort für den Islamischen Staat zu kämpfen. Während einer der Freunde unter fragwürdigen Umständen öffentlich hingerichtet wurde, führt Erichs Spur zurück in die Schweiz. Dort bleibt er jedoch unauffindbar – bis die beiden Privatermittler Hinweise auf ein geplantes Attentat erhalten. Während des Sechseläutens, mitten in Zürich. Schlagartig wird die Suche nach dem radikalisierten IS-Rückkehrer zu einem lebensgefährlichen Unterfangen.

»Sunil Mann, die Nummer eins im Schweizer Krimibusiness.«
Stefan Busz, Tagesanzeiger

»Ein gut konstruierter, aktueller und vielschichtiger Krimi.«
Erla Bartmann, Bayerischer Rundfunk, BR Kulturnachrichten

grafit

Mehr von Sunil Mann: Die Vijay-Kumar-Reihe

Fangschuss

ISBN 978-3-89425-369-1

Der indischstämmige Vijay ist frischgebackener Privatdetektiv – und schon desillusioniert. Sein aktueller Auftrag ist weder lukrativ noch Ruhm versprechend: Ness macht sich Sorgen um ihren Freund, einen Drogendealer. Lustlos hört sich Vijay in der Szene um und merkt erst, als er über eine Leiche stolpert, dass er selbst in Gefahr schwebt.

Lichterfest

ISBN 978-3-89425-384-4

Ein Medientycoon beauftragt Vijay, seine Putzfrau Rosie zu suchen. Ihr Neffe wurde von einem Schlägertrupp bewusstlos geprügelt. Dann wird ein rechter Politiker tot aufgefunden – auch bei ihm hat Rosie geputzt.

Uferwechsel

ISBN 978-3-89425-407-0

Vijay erhält den anonymen Auftrag, den grausamen Tod eines Ausländers aufzuklären. Freundin Miranda glaubt, dass der Tote ein Stricher war. Also zwängt sich Vijay in sein schwulstes Outfit und ermittelt im Milieu.

Familienpoker

ISBN 978-3-89425-425-4

Noemi will wissen, wer ihre leiblichen Eltern sind. Was als einfacher Rechercheauftrag beginnt, entwickelt sich für Vijay zu einer gefährlichen Jagd durch Europa – auf der Suche nach dem mysteriösen Doktor Grüninger.

Faustrecht

ISBN 978-3-89425-447-6

Adrian Bühler glaubt, dass seine Frau ihn mit einem Ausländer betrugt. Als ihr syrischer Liebhaber erschossen wird, verschwindet Bühler. Und Vijay bekommt es mit rechtspopulistischen Politikern und einer Geheimorganisation zu tun.

Schattenschnitt

ISBN 978-3-89425-476-6

Eine Dokumentarfilmerin wird auf offener Straße niedergestochen. Ihr aktuelles Projekt thematisierte die Lebensbedingungen HIV-positiver Menschen in Indien. Vijay folgt der Spur ins Land seiner Vorfahren.

Gossenblues

ISBN 978-3-89425-492-6

Franziska Zehnder sucht Gaudenz Pfister. Vijay findet heraus, dass er auf der Straße lebt, obwohl der einstige Banker genug Geld für einen Neuanfang haben müsste. Kurz darauf sind sowohl Pfister als auch Zehnder tot.